詩經故事

呂珍玉——主編
呂珍玉、林增文、黃守正、
施盈佑、趙詠寬——等著

車序・出入於呂珍玉教授的奇幻《詩經》世界中

從經典詮釋的角度來看，人們對待經典的方式，不外乎客觀的索解和主觀的發揮這兩類。前者是用一種嚴肅的態度來對經典進行學術性的探討，以尋求作品本義或作者意圖為依歸。後者則大多是基於某一現實的目的或存有的感受，來貼近經典，從中賦予自己所需要的意義，或藉此創造新的價值。用傳統的語彙，前者可說是「研經析義」，後者則是「通經致用」。「研經析義」是學者的行當，具有一定的專業性和技術性，而其成果則主要在小眾的學術同行的圈子裏流通，影響相對較小。「通經致用」則不然，從古至今，莫不是讀書人高懸書齋，拳拳服膺的理想。若果真能將研讀的經典予以會通致用的話，則其影響將遠超乎知識階層的學術圈，而廣被於社會大眾，甚或左右輿論的走向、國家的發展與世局的演變等，其功效之鉅之廣，往往超出人們的想像。

呂珍玉教授近年來在東海大學推動的「《詩經》經典現代化寫作」的工程，

無疑也是將《詩經》「通經致用」的一種方式。從〈序言〉「走出《詩經》的世界」，知道連同這本《詩經故事》，這個寫作工程已出版了六部作品了，成果不可謂不豐碩！呂教授推動這個工作，其自云係「帶領學生賦予經典新生命、新面貌」，這也是她講授「詩經」課程的重要目標。（《詩經人物》〈編序‧終不可諼兮〉）既是賦予《詩經》新生命、新面貌的「再創作」的方式，則讀者也就不必用「研經析義」的客觀經典詮釋的眼光來看待；而且整本書的寫作也非要帶領讀者「走進」二三千年前的《詩經》世界，相反地，是要「走出」《詩經》的世界。

不過，雖是「走出」，卻並非「出走」。對我而言，「走出《詩經》的世界」這樣的命題可能至少包含兩層意義。首先，要先能「走進」，或先有「走進」《詩經》世界的事實，才有可能談「走出」。若根本從未走進過《詩經》的世界內，又從何談「走出」呢？對參與此書的寫作者而言，在呂珍玉教授「詩經」課程的引領下，應該已切實走進《詩經》的桃源美景中，並已充分領略其中的山光水色，這是無庸置疑的。其次，這樣的走出，並非意味著從此一去不返。若參與寫作此書的同學們因寫作完成與課業修完，從此就徹底告別《詩經》，遠走他鄉，這也恐非呂珍玉教授的初衷。因而站在教授者的立場來說，如此的「走出」，只是一種學習心態的調整。從課堂中的潛心涵泳式之「走進《詩經》世界」，到課堂外的會通發明式的「走出《詩經》的世界」，既能走進，又能走出，誠所謂「入乎其內，出乎其外」，這樣的教授《詩經》與面對經典的態度，才是比較通達平實的教學方式。否則，學習者進得去，出不來，成了今之古人的腐儒學究；或出得去，卻進不來，形成學無根柢的學術野狐禪，這也並非呂珍玉教授的教學目標。

在當今學界以研究為導向，用量化的方式來衡量學者的貢獻與價值的時代中，呂珍玉教授卻仍稟持教學的熱誠，在教學的方式、教材的編寫、學生的輔導……等方面皆投入了大量的心血與精力，其所自得者少，而付出者眾，雖常人所不堪為之事，呂珍玉教授卻樂在其中。這樣一位以教學為本位的《詩經》學者，對《詩經》這部經典在當今臺灣社會的傳承中發揮了鉅大的影響，將來的學術史應該都會記上一筆的。或許這也是她透過「言教」來對《詩經》加以「通經致用」的一種方式吧！

車行健

序於政治大學中國文學系

二〇一八年八月溽暑日

編序・走出《詩經》的世界

在《詩經》教學上，多年來我遵循著一定儀軌，對修課同學抱著無限期待，鼓勵他們在進入《詩經》世界後，細體詩人心境，叩問詩人為何會寫作這首詩？反覆吟誦咀嚼，對詩中人物際遇與情感有更深入了解。當走出《詩經》的世界，幾千年前人物的故事，到底還剩下哪些值得記憶玩味的東西呢？

教學時光在迎送一屆屆學生中，匆匆即將走向終點。這本《詩經故事》或許是繼《閱讀詩經》、《詩經的智慧》、《詩經中的生活》、《詩經文藝》、《詩經人物》之後，最後一本「詩經」教學師生合著之作吧！教學是充滿希望的工程，如何教？學生能學到甚麼？在其中我摸索一生，還是無法回答自己是否開出一條新路。不過一路上看到指導研究生完成學位論文，還有師生經典現代化寫作耕耘有成，尚且自我感覺在浩瀚的學術海洋，優游其中是如此愜意迷人。

從去年十一月起，我幾乎每天習慣性打開教學平台，看看同學繳交「詩經故事」狀況，從剛開始傳來一、二篇的驚喜，直到學期末全數交來的興奮，那種期盼與等待心情難以言喻。接著細讀同學的書寫，不盡然每位同學都能從《詩經》的世界中，帶出來一些東西。其中有不少篇章能精準掌握詩義，妥貼安排在新創故事之中。果然不容小覷年輕人的熱情與創意，他們巧妙的將古老的《詩經》故事移植在現代人身上，不知是時間靜止了，古人來到今人世界，還是古今人情事理本無不同，《詩經》大河流淌千年，誰人不多少啜飲一口，內化後吐出無數個璀璨故事。當然也有一些天才型學生，喝了些《詩經》河水，編造出來奇幻的異想世界；更有些天馬行空，放浪不羈的孩子，文章只和《詩經》文本擦到邊，不論是用其事，師其義；或者只是取其言，用其句，都為他們曾經修這門課，讀過《詩經》留下印記。古人讀《詩》且可斷章取義，各取所需，不受約束的解經，我又有甚麼理由不接受這群異數呢？就像那篇〈周南村女屍命案〉的結尾所述，在周游女死後，他的父親也跟著失蹤，那麼到底是誰殺害周游女呢？石盈記者查不出真相，我也難曉《詩》之本義。於是只好學學孔子，就讓大家盍各言爾志，然後莞爾一笑好了！

《詩經故事》共收五十二篇作品，多集中在〈國風〉，尤其是〈桃夭〉、〈漢廣〉、〈摽有梅〉、〈擊鼓〉、〈谷風〉、〈氓〉、〈褰裳〉、〈狡童〉、〈子衿〉、〈出其東門〉、〈蒹葭〉、〈東門之楊〉、〈月出〉、〈東山〉等幾篇，不僅〈雅〉〈頌〉缺席，《詩經》中比較有名的人物如周公、召公、文王、武王、褒姒、許穆夫人……等歷史人物，也不是同學的最愛，這呈現出有趣的現象，課堂上我曾經笑說同學千萬別得了歷史恐懼症，不想和歷史人物打交道，但依然無效，他們還是迴避文獻上這些歷史名人，也許一無依傍，憑著讀過《詩經》印象，創作一個似曾相識的故事，要比背著沉重載籍，說一個幾乎人人知曉的故事，來得親切，也輕鬆多吧！通常我會試著填補他們的空缺，也幸好有林增文、趙詠寬、黃守正三位博士來拾遺補缺，總算〈風〉、〈雅〉、〈頌〉俱全。不過怎麼看我還是像個老人，缺乏年輕人的熱情與創意。我喜歡拿來和學生對照，鼓勵他們對自己的寫作有自信，並持續保持那份熱情。

經典值得不斷閱讀，每次閱讀都能獲得不同的體會和啟示，若能結合不同的寫作形式傳播經典，賦予經典新生命，肯定能受到群眾歡迎。北京中華書局舉辦第三屆伯鴻書香獎（二〇一七年四月至二〇一八年四月）：閱讀《詩經》，這項閱讀經典徵文，獎金豐厚，鼓勵不少人重新閱讀經典，闡釋經典不朽的生命力。回到我的「詩經」課程，沒有規模龐大的獎勵活動，沒有動員全民參與，只是少眾的修課學生，大家曾經如是沉潛閱讀《詩經》，努力進入《詩經》的世界，又從中取些東西走出來，為傳承經典接棒，也相當令人心慰了。《詩經的故事》能完成出版，要特別感謝東海大學教材教具經費補助、萬卷樓出版社張晏瑞主編和編輯楊芳綾小姐的辛勞，還有政大中文系車行健教授撰寫序言勉勵。

呂珍玉

序於新莊樂知居

二〇一八年八月二十五日中元節

目次

桃花依舊灼灼

柯季妍

女孩與男孩從初中就結識，認識一年隨即交往，直至今日。

三月，是個佳木繁盛的月份，也是那女孩即將出嫁的日子，從初戀走到現在，實屬難能可貴，能如此細水長流的確實屈指可數。

放眼望去，都是前頭有彩球的禮車，裡頭有溫馨感人的新娘與至親離別，蒞臨現場淚腺也會被逼著出來，新娘紅著眼眶，內心矛盾不已，一則是與家人離別的傷感，二則是女孩一直以來憧憬的新婚生活，這複雜的心卻因為看著她身旁的那個人，給消散不去蹤影。

桃之夭夭，灼灼其華。之子于歸，宜其室家。
桃之夭夭，有蕡其實。之子于歸，宜其家室。
桃之夭夭，其葉蓁蓁。之子于歸，宜其家人。

《詩經》曾這麼寫過。

每個女孩出嫁時心中都懷有這小小的夢想，但她卻不這麼擔心，因為從小青梅竹馬的他們，對彼此家庭早就熟透不已，不會有諸如此類的問題發生，不過像路邊的桃花如此強人奪目倒是真的，女孩心中暗想他們倆的愛情也就像這桃花一樣繽紛奪目，也像桃花一樣轟轟烈烈，女孩想到這裡，臉上多了淺淺的微笑。

「你是否願意這個男子成為你的丈夫與他締結婚約？無論疾病還是健康，或任何其他理由，都愛他、照顧他、尊重他、接納他，永遠對他忠貞不渝直至生命盡頭？」牧師說道。

「我願意。」女孩回答道。

「你是否願意這個女人成為你的妻子與她締結婚約？無論疾病還是健康，或任何其他理由，都愛他、照顧他、尊重他、接納他，永遠對他忠貞不渝直至生命盡頭？」

「我願意。」男孩回答道。

「那新郎可以親吻新娘了。」語畢。

新郎揭開新娘的頭紗，覆上她的唇，喝采聲也從此刻來到了最大聲。男孩與女孩兩小無猜的戀愛結束了，男孩也當要成男人，而女孩成了女人，則迎面而來的是人們俗稱的「愛情墳墓」——婚姻，結婚前每當朋友們說出這類的玩笑話，兩人皆不以為意，仍舊相信他們的愛情能像《詩經》所說的「及爾偕老」一樣，能長相廝守。

※

這一天，是他們倆的結婚三周年，他們的愛如同當年初遇的時候一樣，依然深刻而無法忘懷，雖然今日沒有盛大的慶祝活動，平凡而不足為道，或許結婚的這三年來他們多了更多的爭吵，更多的忙碌，更多的怨懟，但依然始終相信當初他們的誓言。

與三年前不同的是，餐桌上多了些熱鬧的氣氛，震耳欲聾的哭泣聲「哇——」，惹得兩人在這天最美好的時候，得要照顧他們倆最寵愛的寶。

「辛苦你了，老婆。」睡前男子在熟睡的她額頭烙下一吻，隨即也與周公同去。

然而愛情持續到某一點時，則會有風雲色變的轉捩點。

某天，當時男子正在澡浴，女子看到自己老公手機傳出一個訊息。「你哪時要來見我？我好想你。」頭像是一個從未見過的臉孔。

此時男子從浴室出來，女子連忙把手機物歸原處。

「怎麼了嗎？怎麼一直這樣看我？」男子疑惑的問。

「沒事。」女子滿不在乎的回答，心裡則是被剛剛眼前所見的，泛起了內心的漣漪。「我從未想過會遇到這種事，該怎麼辦？」她內心不斷的審問自己。

男子並沒有想到什麼，畢竟他已經在公司忙了一整天，也無暇察覺到哪有異樣，隨即躺下床，倒頭呼呼大睡。

然則在夜闌人靜時，她看著男子熟睡的背影，想著「我是哪裡做得不夠好？」想到這裡，她眼前的光景，便逐漸模糊起來了，這一晚，女子睡得並不安穩，甚至可以說是徹夜未眠，想了又哭，愈哭愈傷心。

隔日，她回到那裡，當初出嫁時最為難忘的路線，一路桃紅柳綠，春意盎然，而今凋零到一葉不剩，枝條乾枯了無生機，這也難怪，因為現在季節可是邁入冬天。

沾染到了景色的氣氛，而想到昨日的事情，內心由不得的悲愴起來。

她難受地這樣走著走著，看著枯萎的景象，忽然想起當年的那首詩：

桃之夭夭，灼灼其華。之子于歸，宜其室家。
桃之夭夭，有蕡其實。之子于歸，宜其家室。
桃之夭夭，其葉蓁蓁。之子于歸，宜其家人。

想來是如此不搭調，如此諷刺。

「哪裡有值得嫁的婆家，有好的丈夫，成為一個好的妻子？一切都是當時那個她虛幻不切實際的想法，男人從來要的是有新鮮感的小三，而不是一直陪伴在旁，早已厭倦的妻子。」她自我調侃的想著。而桃花也在欺騙她，寒風中那瑟縮的樹枝就是在諷刺他的愛情，猶如現在凋零到一朵都不剩。

可是又想到當年那個青澀小伙子，膽怯地跟她告白的樣子。「你……你願意跟……跟我交往嗎？」結巴又臉紅地說。

想到這些種種，不同於昨晚趨近無聲的哽咽，這次則是崩潰的大哭，那是近乎絕望的悲傷，這女子是非常深愛著她的丈夫，不論是現在成熟的大人，還是過去青澀的小女孩，從一始終的愛著他，乃至於她現在的不甘心，不甘心有人在短短的時間內，能在短短的時間內搶走她的摯愛，不甘心丈夫會投向另一個女人的懷抱，她此刻很恨他，更恨這世界的愛情多麼不公平。

她哭累了，拖著疲憊的身軀，回到她昨天還覺得溫馨的家，她看見小孩一臉疑惑的臉，又哭了，孩子也被嚇哭了。

※

女子想了多天，決定要跟丈夫攤牌，因為她不想要活在象牙塔裡，每天的哄騙自己。

「你是不是在外面有別的女人？」這句話常常在她愛看的八點檔上聽到，沒想到現在竟由她自己說出。

「什麼？你在說什麼？我聽不懂。」丈夫的表情大概就像時下最流行的「黑人問號」那樣。

「別裝了，我看到你手機前幾天的訊息了，那女的說她想你，你哪時要去找她。」

丈夫噗哧地笑，說道「那是你小姑，我妹呀！妳忘了前些年就去韓國讀書。」

「騙人！別以為我不知道小姑長怎樣。」面不改色地說。

「痾……妳別忘了，她可是在『韓國』讀書啊。」

女子依舊不相信，直到丈夫拿起手機，給她檢查一次，她才發覺上次是匆忙忘了看暱稱，這才相信這是真的，同時也鬆了一口氣，慶幸著丈夫沒有出軌。

「怎麼？原來妳在懷疑我。」丈夫微怒的樣貌說著。

「對不起啦！是我太愛胡思亂想了，原諒我好嗎？」女人撒嬌地說。丈夫看到自己妻子撒嬌的模樣，怒氣全消，一股腦兒把女人抓起來擁抱，並且安撫妻子剛剛不安的心情。

「乖！別哭了，我愛你呀！」

當年的那個男孩還是愛她的男孩，只是女孩變成了「敏感」的女人。

桃之夭夭，灼灼其華。之子于歸，宜其室家。
桃之夭夭，有蕡其實。之子于歸，宜其家室。
桃之夭夭，其葉蓁蓁。之子于歸，宜其家人。

《詩經》說的也沒錯，她確實嫁入好人家，那個男孩。她期待著春來，一路桃花依舊盛開！

作者小傳

柯季妍，中文系三年級，出生於彰化縣鄉下，一個不顧家人反對仍就讀中文系的女子，喜歡古代文學，然描寫情感仍不高深，待此篇來日能修改成佳作。

詩經圖譜慧解

愛的眞相

許頣寧

那是一場很美好的結婚典禮。
鮮花、喜酒、親友的祝福。
女子的親友都覺得她找到好歸宿；男子家則覺得娶到了賢妻。
女子的母親又哭又笑，說著要孝順公婆、要體貼老公的話。
女子也含著眼淚，要母親不要擔心，她會好好過日子。
女子的父親醉了，胡亂抓著女婿的手，叨絮著要他好好照顧自己的女兒。
男子慎重地握住丈人的手，承諾著會一輩子守護妻子。

飯菜又涼了。
自己工作累得要命，還是努力趕回家做飯給老公吃。
明明說好了會回家，卻依然不見人影。

婆婆總是嫌棄她做飯，覺得兒子又瘦了，定是因為她沒有好好做飯。

老公在外喝酒到十二點，她是要做飯給誰吃啊！

小孩呢？

沒有。

結婚這麼久，一直沒有什麼動靜。婆婆要她辭職，好好養身體，方便懷孕。

她只有那種價值嗎？

母親也常欲言又止，也是覺得她不該堅持繼續工作嗎？

女孩子大了就是要結婚、生小孩，然後呢？

柴米油鹽醬醋茶。

她不想要那麼悲慘，所以努力工作、慎重交往、思考婚姻。

她以為她可以讓自己擁有更精采的人生。

她的選擇，是錯誤的嗎？

那個女人又來了。

今天，他們約在咖啡館，肩並肩坐著、說著話、笑著，咖啡香伴隨著笑語，平靜祥和……。

上一次是西餐廳、再上一次是書店、再上上一次是小公園，像初戀一般，兩人凝視著彼此，眼中只有對方的身影，笑語嫣嫣。

婆婆說：「多一個人照顧妳老公，不好嗎！」

第一次，她找了全世界的理由去說服自己：那都是一場誤會！

第二次，她開始找所有的蛛絲馬跡，整天疑神疑鬼，甚至跟蹤老公出門。

第三次，她把自己反鎖在房間，摩娑著床頭的結婚照片，瑟縮在床角痛哭。

第四次，她坐在咖啡廳內，看著他們開心聊天。

她覺得自己很失敗。

那些曾經的努力，都只是安慰了自己，她有做到身為妻子的責任。

人生並不會因為她努力，而讓她過得比較好。

但自尊使她寧可被悲傷默默蠶食，而不願意撕破表面的和平。

小時候，她可以任性的拉著父親的手，要父親買東西給她；她可以眨著水汪汪的眼睛，要母親不要處罰她。

現在呢？只能坐在咖啡廳，喝著一杯再怎麼燙，都無法摀暖她心的咖啡。

一切，都應該結束了。

她走向他們、坐在他們面前，平靜地望向老公有些驚慌的臉：

「換一個人重溫過去曾約會的地方感覺如何。」
那個女人摟緊了老公的手臂說：
「同一個地方跟不同人去感覺當然不一樣。」
語氣帶著驕傲和得意。
剛好，她早就沒有那種東西了，驕傲對她來說，只是殘害人生的利刃。
「我們離婚吧。」

行李都整理好了、該丟的也都收拾好了。
那張結婚照片呢？
丟進垃圾袋了，連同那個照片上微笑中帶著對新生活不安的她。
哈，那真是一場美好的結婚典禮。

桃之夭夭，灼灼其華。之子于歸，宜其室家。
桃之夭夭，有蕡其實。之子于歸，宜其家人。
桃之夭夭，其葉蓁蓁。之子于歸，宜其家人。

作者小傳

許頤寧，現就讀東海中文系四年級，二十二歲，是個愛幻想的雙魚座。大學四年級，遇到了很多瓶頸和對未來的迷茫。但透過文字，可以紓解內心的挫敗感，使自己振作，再繼續前進。

毛詩品物圖考

桃夭

蔡智宏

「欸，馬青，你真不夠義氣，怎麼突然說結婚就結婚了呢？前陣子怎麼都沒聽說過你有男朋友，你還藏得挺密啊。」

話語在擁擠的空氣膨脹自己，才使得旁人的耳朵勉強捕捉。酒過三巡，明業的雙頰已經像是被擦過濃厚的腮紅似的，清醒的他依然爽朗幽默，醉後也不忘詼諧一番。

「對啊，我這個閨蜜也是她宣布結婚的時候我才知道的，我當下還真的有點生氣！」

服務員例行公事般地注意到李月的酒杯空了，遂上前倒酒，話音被服務員的身子隔斷，李月暫時止住未完的話再說。

「馬青，你說說，你這個閨蜜究竟是怎麼當的？」李月的音量也許因酒精的作祟和嘈雜的環境變得更大，但語氣和生態中並不存在惡意。

「唉呀，你們別這樣嘛，今天我結婚，就該高高興興的，我沒跟你們說確實是我不對，來，我再自罰三杯。」

語音落下，酒杯即將舉起之際，另一隻手果斷而不粗暴地將就被奪去。

「小青，別喝了，你喝的夠多了。」

帶著責備和警告的渾厚聲線，充斥心疼和溫柔。

「好啦，你們就別再為難小青了，這三杯我幫她喝了好嗎？」話語說畢，酒杯便送到唇邊喝盡。

「好啦好啦，你也別喝了，你們今天就先放過我們好嗎，婚禮結束我再請你們吃飯，好好向你們請罪。」馬青開著玩笑而帶有誠意地說。

「這邊就是你說要帶我來的地方？哇，這裡的月亮確實很美。」

「嗯，我第一次來這邊的時候，就想到你，想帶你來。」

在公園的後山，兩人在缺乏光的陰影下對話。灑落的月光使兩人的亮起了一半。另一半仍埋葬在陰影底下。

「這麼隱秘的地方，你是怎麼找到的？說，你到底是不是跟別的女人來的？」

說完雙手馬上伸至香盈的腰部試圖搔癢，掀起一陣嬉鬧追逐。山路旁邊僅有數盞路燈，月亮孤獨地懸著，彷彿用它母親似的手撫著年輕人的髮絲，讓它們在奔跑中飛揚此時月光比燈亮。

兩人力氣盡了，並著躺在白月下的山坡，氣還喘著的馬青開口，「你覺得我們能永遠在一起嗎？」旁邊的人並沒有隨即回答，等氣息稍微平復，思慮仔細以後說，「未來的事情我不知道，也許我和你以後並不會在一起，我們可能最終都會對這個世界服從，嫁給一個我們並不愛的男人，但是此刻，我只想好好跟你在一起。」

可能在另外一個遙遠的地方，如此遙望月亮的兩個人，能夠永遠在一起。

「馬青，我媽病了妳是知道的。」

訊息傳來，馬青的手機在書桌上抖了起來。

「我媽的檢驗報告出來了，原來是胃癌，第三期了。」

連續傳來的訊息震動，彷彿奏出了一首孤獨的舞曲。

「我真的不知道該怎麼辦，我很亂。我剛剛自己一個人在醫院房間想了很久，我看著熟睡的我媽，想了很多，想到了我小時候，我爸死得早，從小我只有我媽一個，她也只有我一個。」

「我不想讓她難過，我知道她接受不了，所以她不知道我是誰，真正的我，她也以為你只是朋友，但現在這樣……我想讓她活著的時候開心一點，哪怕只有短短的日子，而且也許她也可以就這樣心情開朗地接受治療、康復。在這個時候，我不能再給她任何打擊。她以前最大的願望就是可以活著看見我嫁人，有美好的家庭，養兒育女。馬青，她是我唯一的親人」

「所以……我們分手吧，對不起，我愛妳」

如果可以的話，這樣的訊息還是永遠保持未讀就好。

男人攙扶著馬青的腰部，打開家門，艱難地把妻子帶到床上躺下。

「老婆，你還好嗎，你今天真的喝太多了，我先去拿濕毛巾和泡一杯醒酒茶給你」

邊說著撫著馬青的額頭和瀏海，親了一下。

「沒關係，今天難得開心嘛！」醉醺醺的馬青躺在床上，卻並未睡著，眼睛閉著卻感到旁邊有一道強烈的光亮，勉強睜開雙眼去看，月光穿過落地窗，依然孤獨地懸掛在無星的夜空。沈思一陣，她費勁地坐起來，試圖尋找一天未有空閒去看的手機。

手機打開後，彷彿親密卻久違的名字出現在螢幕，是來自她的訊息。

「聽說你結婚了，我很開心，真的……今晚我去了我以前帶你去的那個地方，還記得我跟你說的話嗎？嗯！我們終究沒有在一起，但是我最希望的是你能開心。祝你幸福。」

訊息顯示被讀，手機螢幕再一次被不停的眼淚浸濕。

桃之夭夭，灼灼其華，之子于歸，宜其室家。
桃之夭夭，有蕡其實，之子于歸，宜其家室。
桃之夭夭，其葉蓁蓁，之子于歸，宜其家人。

濕潤的雙眼紅著，透過落地窗凝視著白色的月光，馬青感到從所未有的孤獨。每個夜晚的月亮是同一顆，卻又不是；就像每晚在月亮下的我，是同一個，但又不是；曾經在同一個月亮底下的我們，也不再是，我們。

作者小傳

蔡智宏，馬來西亞籍華裔，於東海大學修讀中文系學士，曾到大陸廈門大學交換。自小在名為加影的小城鎮成長上學，也許因為如此才造就了不願拘於一方的心理傾向，成為推動我出國留學及交換的動機，經歷如此，故事待續。

毛詩品物圖考

周南村女屍命案

施盈佑

二〇一八年十二月三十一日，夜幕低垂，華燈初上，雖然桃紅爆竹還靜靜躺在非法工廠，但光鮮新潮的男女服飾，早已按奈不住，挾持主人們走踏城市的每個角落。而塞陷在車陣長龍的我，只想快點回家倒頭大睡一覺，無暇編排一場「維士與女，伊其相謔，贈之以勺藥」的愛情浪漫劇。

我，石盈，正值花樣年華的歲數，單身一人。記得去年的這個時候，我只是《詩報》的一位小記者，後來因為一篇文情並茂的獨家報導，搖身一變……

二〇一七年十二月三十日下午兩點多，開了三小時的車程，終於抵達一處名叫「周南」的僻靜山村。沿途滑過眼幕的翠綠山林，猶如一張又一張的絕景明信片，兒時背誦的「偶來松樹下，高枕石頭眠；山中無日曆，寒盡不知年」，一瞬間溜竄進心窩。不過，也就那麼一瞬間，因為身負重任的我，根本無心且無法駐足。之所以千里迢迢，其實是為了報導一樁詭譎命案，當然更因為那位滿腦肥腸的總編輯，承諾這次獨家報導若能引起閱報者的回響，春節過後將要拔擢我為副主任。這個誘因相較伊甸園樹上的禁果，縱使沒「史奈克」的鼓動哄騙，但卻更加令我垂涎，畢竟它能讓我擺脫水深火熱的跑腿身份。

這趟兩天一夜的行程，我前後採訪了四位與命案相關或無關的人士。

發現屍體的村民──羅黑

二〇一七年十二月三十日下午三點多，我先找上發現屍體的村民。在他家門口的對講機裡，我說明採訪意圖，他似乎沒有任何驚訝，立即開門請我進屋。在我進屋坐定後，看到褐黃沙發椅前的大理石面桌上，有條不紊地置放著茶壺、茶杯、濾茶器、品茶杯……等等泡茶器具。不過，面對我這種不速之客的陌生人，他很合理地端上一杯白開水。這位名叫羅黑的村民，看起來略約六十來歲，鬢角已有些許花白，體型稍為發福，感覺像是修剪草木的鄰家老伯。

「老伯您怎麼發現屍體？」我沒有使用新聞採訪學的寒喧破冰，劈頭便問。

「我那天早上，跟平常一樣，想要散散步。」他想也不想地回應。

「然後……然後就走進那條廢棄的產業道路。」

「記者小姐……」

「妳也覺得奇怪嗎？」他聲調變小，腰也垮了，猥瑣地抬頭瞧了我一眼。

「咦？您是說，走進廢棄產業道路？」這個突如其來的轉變，讓我意識到他的不安，但為了得到更多可以報導的訊息，絕對不能讓他築起防備心牆，於是，我搖了搖頭。

「我父親也常常這樣子，看到立牌上的『禁止進入』，反而更想一探究竟……」我隨口撒了一個無關緊要的小謊。

「我就知道很多人跟我一樣。」獲得認同後，他腰桿突然拉直。

「妳也不會覺得奇怪！但，那個警察，就一直問，就一直問……」

「一副我是殺人兇手！」他那原本祥和的臉孔，竟然添上一點猙獰。

「說什麼，有百分之五的殺人兇手，會自己報案說發現兇殺案……」

「說什麼狗屁話，完全聽不懂。」

「而且，百分之五是殺人兇手，那有百分之九十五不是兇手，百分之九十五不是比較大嗎？」

「不是嗎？不是嗎？」他直視著我，希望再次得到認同。

「嗯。」職業病使然，我用一個中性的回答，讓他自己對號入座。

「是吧！對吧！」

「您可以明確說一下如何發現屍體嗎？」我擔心他越扯越遠，趕緊將話題拉回女屍命案上。

「走著，走著，我就看到，好像有個人坐在大樹後面。」

「走近看，是個女生，眼睛睜著大大，我嚇一大跳，但她身體卻一動也不動。」

「我想說，怎麼那麼倒楣，居然讓我遇到這種事情。」

「本來想要……，後來覺得還是報警好了。」

「羅先生，您看到這具女生屍體時，有沒有發現什麼奇怪地方？像是屍體旁有那些物品？衣服有凌亂不堪嗎？」

「有，有，有個奇怪的事！」

「那個女生腳邊有兩塊木頭，一根大概這麼長，另一個大概這麼長。」他比劃了一下木頭的長度。

「兩根木頭是排成打叉形狀，我小時候聽祖母說過，這是一種神婚儀式。」

「凡人必須獻上生命，再透過一長一短的老樹枝幹，引渡靈魂與相戀神仙重聚……」他說得煞有其事，我是越聽越糊塗。

「還有其它奇怪的嗎？」

「沒有！沒有！」我話還沒講完，他急忙打斷。

「那……」我還想要接著問。

「記者小姐，知道的都跟妳說了。我有事要出門了……」他蹶然站起。

「哦，好。」被下了逐客令，我也只能識趣的走人。

製作筆錄的警察——申澤

二〇一七年十二月三十日下午六點左右，我在村裡唯一的破舊雜貨店，買了一碗「統『二』肉燥麵」及一瓶「多『飲』水」。接著，入住村裡唯一的昏黃小旅館。晚上八點多，撥了通電話到周南派出所，詢問如何能找到那位製作女屍命案筆錄的警察，無巧不巧，接通電話那頭的警察先生，竟然就是本人。

三步併作兩步，我穿過一條不長不短的街，跑到村裡的周南派出所。一位身著警服的粗壯中年，正站在門口旁抽菸。他，濃眉大眼加上高鼻樑，神似電影《賽德克巴萊》裡的「莫那魯道」。

「妳是石盈記者吧！」他開口便指名道姓。我心想，村裡大概很少會有外人，何況我這種天生麗質難自棄的美人胚子，鐵定更是招搖過市。

「您好，您是申澤警員？」聽他渾厚聲音跟剛剛電話裡如出一轍，那就是我要找的警察，申澤。

「起霧了，外面冷，進來再說。」他點頭示意，用手指彈掉菸頭，轉身走進派出所，且邊走邊說。

當走進派出所裡，我瞟到一臺鹵素燈管紅通通的電暖器，無論視覺或體感溫度，都暖了起來。

「石記者，妳想要了解什麼？」

「死者是在地人？外地人？」

「在地人。」

「死者是誰？」

「周游女，二十一歲，無業。」

「自殺？他殺？」

「偵辦中，不確定。」

「命案現場有什麼跡證？」

「偵辦中，不能說。」

「命案相關人士的筆錄？」

「偵辦中，不能看。」

「……」申澤警員的面無表情，構築起一座冰冷高牆，那些零碎訊息彷彿已是最大的恩惠。然而，光憑這些要編寫一則引起回響的獨家報導，簡直是痴人說夢。

「嗯，您當時有到案發現場嗎？羅黑先生說，當時現場有兩根木頭……」突然想起羅黑下午對我說的話，靈機一動，就拿這誘餌再來釣些訊息。

「啊？羅叔他一定又亂說話。」他似乎被我點中死穴，開始劈哩啪啦說個沒完。

「石記者應該不會相信那鬼話吧？」

「什麼神婚的獻上生命？現在都民國幾年了，這一定是謀殺命案。」

「羅叔想像力太豐富了。」

「那根長木頭有血跡，而短木頭本來是其中一截，因為用力揮擊，才斷裂成兩根。落下來時，又剛好交疊成打叉形狀。」

「死者後腦曾遭重擊，所以凹陷了。」

「羅叔也真是的，自己嚇到口無遮攔，扯上山裡傳說。」

「筆錄時，硬叫我寫這些有的沒的，怎麼寫？怎麼寫？」

「現在可好了，居然告狀告到記者這裡。」

「那警方有懷疑的嫌疑犯嗎？」我擔心變成申澤的情緒抒發，因此趕緊再拉回可用訊息。

「馬門明。」申澤警員一說出口，馬上知道自己說了不該說的話。

道聽塗說的大嬸——雜貨店老闆娘

二〇一七年十二月三十一日，不到九點，「馬門明」這名字一直在腦中打轉，徹夜不得好眠的我，滴水未進就離開旅館。當我煩惱如何打聽「馬門明」這號人物時，正好走到旅館附近的雜貨店。昨晚，雜貨店販賣的東西，雖然令人不敢恭維，但那位躺坐搖椅上的大嬸，卻已對我顯露出好弄嘴舌的八卦性格。

「老闆，多少錢？」我胡亂拿了不知名的瓶裝水，一手撐在收銀檯的桌子上，等著從搖椅緩慢起身的大嬸。

「十五元。」結帳時，大嬸一邊說一邊瞅了我幾眼。

「記者小姐，今天要找誰？」昨夜買個晚餐的幾分鐘，大嬸恨不得將我扒光瞧透，我是誰，從那裡來，要做什麼，她都問過一回了。

「大嬸，您知道馬門明嗎？」

「知道呀！」

「馬門明跟命案有關？」

「我跟妳說，他一定跟命案有關，他明明在周家當了好幾年的長工，可是幾星期突然就不做了，周家小姐接著失蹤，幾天後又被人發現死了。周家小姐死了，他一定脫不了干係，他一定是殺人兇手。周家小姐那麼年輕，這個沒良心的馬門明，竟然就殺了她。唉。」採訪的最高準則，就是請君入甕，而最好入甕的「君」，就是吃飽閒著愛聊八卦的那些人。所以，報社裡的せんぱい們，總會提醒菜鳥，千萬別找不講話的受訪者，愛講八卦的受訪者，口若懸河的胡扯瞎說，總會冒出一些有用的資訊。

「我聽周家人說，馬門明愛上小姐，工作時都魂不守舍。甚至有一次，在大半夜裡，從小姐房裡鬼鬼祟祟地走出來，被起床小解的老長工王寶撞見了，大家七嘴八舌地傳到周董那，但後來……」

「後來？」滿心疑惑地我，渴望大嬸繼續往下說，因為八卦永遠比新聞迷人。

「後來，這件事就沒再聽說了。」大嬸深鎖愁眉，若有所思地說。

「大嬸，有聽說他現在在那嗎？」馬門明，他應該就是命案的關鍵人物，若能採訪到他，應當能寫出一篇叫好又叫座的獨家新聞。心裡拿定主意的我，想趕緊打聽出他的行蹤。

「在他哥哥家。」

千夫所指的嫌犯——馬門明

二〇一七年十二月三十一日十點半，呆佇在一個深藍色貨櫃前的我，不知如何是好。因為，根據雜貨店大嬸的八卦消息，馬門明目前暫住在哥哥家，就在村子西邊沿著周南溪的碎石路上。但一路走來，沒有半間民房，只有眼前這個滑稽又突兀的貨櫃。

「小姐，你欲創啥物？」我正在納悶時，一個理著平頭且皮膚黝黑的男子，從貨櫃側邊走了出來。

「請問，馬門明先生在家嗎？」我說了自己都覺得好笑的話。

「阿明不在，下晡才會轉來，欲啥代？」

「不好意思，請問您是馬門明的哥哥嗎？」雖然有點難以置信貨櫃就是他們的家，但我還是故作鎮定地接著問。

「小姐妳是啥人？找阮兜阿明欲啥代？」他疑惑地盯著我。

「我是《詩報》記者，想採訪他有關女屍命案……」

「妳毋通烏白寫，阿明伊毋是殺人兇手，伊有影愛伊，只是……」

「庄頭內地的人攏烏白講，阮小弟根本毋是兇手……」

「馬大哥，這次採訪你弟弟，主要是想了解究竟是誰殺了周小姐，不是將他視為兇手來報導。」我感覺到他的怒火，幾乎要從眼睛深處噴發出來，當務之急就是讓他快點冷靜。而且，難道千夫所指就是兇手嗎？

「記者小姐，歹勢，阮性地較毋好。」

「較停仔，阮敲電話叫阿明伊趕緊倒轉來。」

「妳先內底坐。」

「好，謝謝。」映入眼簾，一張沒有床單的粉紅雙人床，一張組合式的仿木大方桌，三張青綠色的塑膠椅。若在巴黎時裝秀，這是理所當然的混搭風，但堂而皇之在貨櫃裡，顯然是對藝術美感的挑釁。還有，加上那桌吃完的泡麵保麗龍碗，以及沒有吃完而瀰漫廚餘味的便當盒，拼湊成感官的煉獄。

「伊講隨轉來。」馬大哥結束手機通話後，微笑說著。

「那我到外面等好了，順便看看風景……」十二月，深山徐徐吹著劍光般的寒意，而冬陽灑落溪水表面，波光粼粼的靈動，簡直像水龍潛踞其下。但，我那有美國心情看風景，只是隨口編了個理由，想要逃離連待一秒都嫌久的貨櫃。

不久後，聽到遠處傳來轟隆隆的引擎聲，接著一臺破舊的野狼一二五，不斷碾壓著灰白碎石，最後轉進貨櫃屋前的小草地。

「妳好，我是馬門明。」他熄火下車後，立即禮貌地說著。

「你好，我是《詩報》記者石盈。」我也禮貌報上姓名，只是內心驚愕一下。不僅這個馬門明與火爆的馬大哥，性格似乎南轅北轍，同時也因為他的憔悴神情。而且，兄弟倆的長相，居然天差地遠，二十來歲的小伙子，皮膚雖不白皙，但也不黝黑，柳眉、豹眼、挺鼻，配上污穢不堪的迷彩衣，以及寬大不合身的普魯士藍牛仔褲，怎麼看都與韓劇裡的俊俏歐巴，旗鼓相當不分軒輊。

「我可以問你幾個問題嗎？」

「請問。」

「聽說，你與死者周小姐認識？」

「當然認識，我因為家境不好，國中畢業後就到周家當長工，小姐那時候才升國二。我們從那時候就是玩伴。」

「玩伴？你不是到周家當長工？」

「小姐她爸爸，嗯，我說的是周老闆。周老闆有忙不完的生意，小姐她媽媽早已移居加拿大，大部分的時間，周家就只剩下我、王叔、陳媽及周老太太。王叔他們都是大人，那還會搭理小女孩的扮家家酒，所以我自然而然成為小姐唯一的玩伴。」

「長大後，你們還是玩伴嗎？」我順水推舟拋了意有所指的問題。

「嗯，小姐高三畢業那一天，突然跑到我房間，緊抓著我的手，問我有沒有喜歡她，我很坦白跟她說『有』。」

「這事情沒什麼好隱瞞，周老闆也都知道，只是……」

「只是？周老闆不同意你們在一起？」我猜測地說。

「小姐是千金大小姐，我只是個國中畢業的長工，周老闆也是為了小姐著想。」

「但……小姐她……」他哽咽到無法再說下去。

「警方找過你嗎？」我馬上轉開話題。

「嗯。」他還未能平復情緒地簡單回應。

「警方是懷疑你殺害周游女？」

「嗯。」

「那後來如何確定你不是兇手？」因為馬門明在外四處閒晃，顯然警方沒有證據將他拘捕羈押。

「那一天，小姐跟我相約在村口的公車站牌，我等了一整天，她沒來。我到周家問王叔他們，也說沒有看到小姐。隔天，警察就找上我，說發現小姐屍體，問我這兩天的行蹤。」

「他們帶著我到村口公車站牌那裡，問了一些店家，看了一些監視器畫面，就讓我走了。」

原本我的計畫，還要採訪周小姐的父親，也就是雜貨店老闆娘口中的周董，馬門明所說的周老闆。不過，問了周家人，問了周家鄰居們，甚至問了周南警局，沒有人知道他身在何處。似乎，自從周游女屍體被發現後，這位周大老闆消失在這個村裡。開車北返的路途上，我想起一首詩：

南有喬木，不可休息；漢有游女，不可求思。
漢之廣矣，不可泳思；江之永矣，不可方思。
翹翹錯薪，言刈其楚；之子于歸，言秣其馬。
漢之廣矣，不可泳思，江之永矣，不可方思。
翹翹錯薪，言刈其蔞；之子于歸，言秣其駒。
漢之廣矣，不可泳思，江之永矣，不可方思。

二〇一八年十二月三十一日晚上八點，還未到家的我，再次想起那個村子、那些人及那首詩。

作者小傳

施盈佑，民國六十五年出生，東海大學文學博士。現任勤益科技大學通識教育中心專案助理教授，曾任逢甲大學國語文教學中心博士後研究員，東海大學中文系、靜宜大學通識教育中心、臺中教育大學語教系兼任教師。

漢廣舊事

楊慧心

嘿，還記得當初我們是怎麼相遇的嗎？

偌大寬敞的大廳上，柔和的粉色桌椅，橘黃色的燈光溫暖的照耀，每個人穿著喜氣洋洋的服裝進進出出，入口處那幅最幸福的照片，有著最燦爛的笑容，可沒有人知道，今天卻是我一生中最難熬的時刻。

啪搭，如同我心中悲傷的門閣了起來，在場的賓客瞬間安靜下來，全場的視線都往大門集中。歡迎新郎新娘進場！音樂悠揚的響起，新人緩慢地踏上紅毯，一身華麗的露肩白色禮服，貼著新娘纖細的曲線，和傲人的胸圍，裙襬一旁開叉露出細長的白皙美腿；旁邊的新郎穿著畢挺的黑色西裝，臉上洋溢著幸福的笑容，接受眾人的祝福。

新娘一手拿著捧花，而另一手牽著的那個人，不是我。眼看她的背影離我越來越遙遠，漸趨模糊，思緒也慢慢飄回我們相遇的那天……。

「喂！妳是啞巴嗎？問妳話為什麼不回答？」一群太妹包圍著一個蹲在牆角的女生，就像被逼到絕境的小動物一樣瑟縮著，害怕得不敢抬頭。突然啪的一聲，領頭的大姊慘叫了一聲「誰丟的石頭？！」，憤怒的轉過頭想找出兇手，「是我，不小心手滑的。」我從牆邊淡定的走了出來，眼神堅定地看向她，「我已經找教官來了，妳們最好馬上離開！」大姊瞪了一眼轉過頭對在牆角的女孩說「下次再讓我遇到妳，絕對不會放過妳！」說完便頭也不回的走了。

「妳還好嗎？」拉起女孩後，看到她的手臂上一條條怵目驚心的傷口，馬上要拉她去保健室。「不，不用了……我……我自己會處理，那個……謝謝你救我！」說完，朝我露出感激的微笑後，便轉身朝校門口跑走了。

從那天起，我就再也沒見過她，直到某天在補習班裡相認。

咚，橡皮擦掉落在我桌子的一角，「是妳（你）！」沿著手的主人抬頭望去，我們驚訝的認出彼此。

「妳過得還好嗎？」打破彼此的沉默，望向許久不見的她，經過時間的洗禮，她的樣子從小女孩的青澀蛻變成少女的成熟。就這樣我們成為無話不談的好朋友，也一起考進同一所高中。

印象最深刻的就屬聖誕節學校園遊會。

「你看！那邊有間很神秘的小屋耶，我們進去看看吧！」一踏進去馬上被小屋中央一臺機器吸引，「同學，你有喜歡的人嗎？只要閉著眼睛，心中默念你心上人的名字，再按一下這顆按鈕，就會知道你跟她的結果喔！」明知道這只是噱頭，卻還是因為好奇心作祟而照做，拿到小紙條後還沒打開，就被女孩急忙的拉去舞會。

「各位女士、先生，現在邀請你的舞伴到舞池中間來跳舞吧！」主持人在臺上興奮的用麥克風大喊。音樂一下，在場的人們紛紛雙雙入對的開始跳起舞來，我大膽地走向那到處張望的女孩，「美麗的小姐，我可以請妳跳支舞嗎？」緊張地低著頭並伸出微微顫抖的手，「三八喔！都這麼熟了是在客套什麼啦！」輕搥了一下我的肩膀，牽著我的手一同走進舞池中。

多希望這一刻能成為永恆，牽著她的手，踩著輕快的步伐，沉醉在音樂裡，就我們倆。

「等一下妳能到天臺等我嗎？我有話想對妳說。」

「可以啊，不過我等一下有事，所以會晚一點到喔。」

「沒關係啦，不論多晚我都會等妳的。」

那天夜晚的星星很耀眼目炫，月亮很圓很溫暖，但是我卻什麼都感受不到。

隔天，女孩哭紅著雙眼，出現在我面前。我什麼都沒問，只是靜靜地陪在她身旁。

某天女孩突然問起那天舞會的事，我只是搖搖頭，說不是什麼重要的事，雙手暗自握拳卻什麼都說不出口。

高中畢業後，我們各自朝著自己的目標邁進，彼此間都還有在聯絡，直到那天我收到了紅色炸彈，我才知道我還是沒有把握住機會。

是啊，女人到了一個年齡就有想結婚的衝動，三十歲不年輕了，時間忘了提醒我，我以為等到我功成名就，屬於我的幸福就會來了；就算我再怎麼每個月和她見一次面，都敵不過她心裡的那個人，她愛的人。

朦朧中，我再次看到那襲我替她量身打造的白色的禮服，和她面露的燦爛笑容，耀眼到讓我不敢直視。

「David，謝謝你替我們設計了這套禮服，我們很喜歡！來，這杯酒敬你！」同桌的人齊聲敬酒，祝賀的話綿延不絕，看著她泛紅的臉頰就知道她已微醺，正想為她做點什麼，新郎已經貼心的把她手中的酒換成果汁，並摟著她往下一桌前進。見到這一幕，我心中的石頭也放下了。於是便起身獨自離去，再不離開我會克制不住。

門外，正飄著細雨，鏡片沾上雨水，一滴二滴三滴，然後滑落。小跑步的坐上計程車，透過後照鏡看著模糊的會場，慢慢縮小，被雨滴覆蓋，直到消失。

新娘休息室，一張泛黃的小紙片

南有喬木，不可休思；漢有遊女，不可求思。
漢之廣矣，不可泳思；江之永矣，不可方思。
翹翹錯薪，言刈其楚；之子于歸，言秣其馬。

漢之廣矣，不可泳思；江之永矣，不可方思。

翹翹錯薪，言刈其蔞；之子于歸，言秣其駒。

漢之廣矣，不可泳思；江之永矣，不可方思。

再見，我心愛的女孩。

作者小傳

楊慧心，二十歲，女。

說話直來直往，如同創作一樣直白，愛幻想，思緒跳脫很快，內心想表達的東西很多，可是卻有說不上的感覺。

怊悵漢廣

鄭佳慧

「叮咚！」

一陣短促的提示音響起，我胡亂的沖乾淨手上的泡沫，在衣服上隨意的擦了擦，連忙點開了螢幕。

「告訴你一件事情！其實我真的覺得沈然好可愛……」鍵盤上的手有些顫抖。「知道啦，但……你是真的想追嗎？如果是真的我幫你啊！」雖然遲疑片刻但還是按下了傳送。

她是我喜歡的女孩，喜歡了三年的女孩。高中的三年，從充滿期待的入學典禮到難熬的備考期間，我所有的喜悲幾乎都圍繞著她交替變化。這不是她第一次說哪一個男生帥氣可愛，因為以往她總是半開玩笑的談起我也總是沒放在心上，我也知道那只是隨口調笑，但這次她似乎是認真了，因為她的眼神，還有重複不斷提起他的時候，我確認了這一點。

其實即使我沒說出口，但是朋友間應該都心知肚明我對她的那點小心思，只是我一再的否認，因為一旦說出來了，我們之間應該連朋友都沒的做。可能因為前車之鑒太多了，我也絕對不想冒險的逞一時之快，最後只能讓我們形同陌路。

她也曾經半開玩笑式的問我「你是不是喜歡我啊？」突如其來的問題讓我有些慌了手腳，但是還是連忙否認「怎麼可能，你會不會太自戀了啊！」「可是……小景說……」她似乎還想說些什麼，我馬上打斷了她「拜託，妳才不是我的菜！」我努力裝出嫌棄的樣子。

「我該怎麼認識他啊？」她看起來很緊張，這是我第一次看到她窘促不安的樣子，雖然我覺得這樣的她好可愛，但是好像同時有什麼刺的我有點痛。

「別擔心啦，等我幾天！」我拍了拍她的肩膀。

放學後，我換好T恤和球鞋走到球場，遠遠的就看到正在打球的沈然，我走過去報隊，沒過幾場以後大家就混熟了，籃球果然是男生間的交友利器。今天我離他近了一點，但是離她好像更遠了一些。

接下來幾天我都跟他們一起打球，放學都混在一起，甚至是疏遠了本來的朋友，我總是告訴自己沒關係，可能這件事情能讓她想起我的時候多一點感謝或是虧欠，還是除了普通朋友以外的關係會有的羈絆，不管是什麼都可以。

我跟沈然算是完全不同類型的人，這可能也是她不喜歡我的原因，所以我極盡可能的表現的像他一樣，也好讓沈然覺得我跟他很有話題，我們天南地北的聊，雖然他說的我一點都不感興趣，沒過幾天，我好像真的跟他變成了很好的朋友。

「這週六一起出來玩吧，妳可要好好感謝我！」我飛速的在鍵盤上敲下幾個字。

「誒？為什麼啊？」過了幾分鐘，收到她的回覆。

「和沈然一起，不去就算了～～」真想話題就在這裡結束，像她平常那樣總是不順著我的話回答。

「誒？去去去，當然去！」事與願違。

她穿著一身墨綠色的洋裝，綁著馬尾，這跟我以往認識的她有些不同，但依舊是我喜歡的樣子，我有些臉紅。我曾無數次想像過，我們一起看電影一起吃飯的場景，突然實現了讓我有些恍惚，我的目光快速地打量著眼前的一切，不論是電影院大廳過度明亮的燈光照著她的頭髮變成淺棕色，還是她笑著向我跑來時臉上深深酒窩。

「等很久嗎？」她站在我身邊，轉頭向四周望。

「還好，他快到了，我們坐著等吧！」我們走進Starbucks，她先找了位子我點了兩杯冰美式，走向座位的時候就看見沈然站在門口。

「沈然你來啦！這杯給你，先坐一下吧，離開場還有一段時間。」我跟沈然一起走回去，把另一杯冰美放在她面前。

他們互相介紹一下對方，我們就有一搭沒一搭的聊起來，開始雖然多數時候總是透過我來找話題，但沒多久沈然和她也找到共同的話題，於是後來總是我笑著看他們兩個聊天。

今天的電影也不是我喜歡的類型，散場以後沈然和她倒還是津津有味討論剛剛電影裡的情節，我覺得有點不自在，好像有什麼想說但是又想不到能說什麼。

「我還有點事要先走了，沈然，沫沫就拜託你啦！」我裝作抱歉的樣子笑了笑，沫沫有點吃驚但也很快恢復了平靜。

「阿……？那子樵你路上小心！」沈然看了看沫沫又看了看我道。

「好，周一見啦！」我朝他們揮了揮手。

南有喬木，不可休思；漢有遊女，不可求思。
漢之廣矣，不可泳思；江之永矣，不可方思。
翹翹錯薪，言刈其楚；之子于歸，言秣其馬。
漢之廣矣，不可泳思；江之永矣，不可方思。
翹翹錯薪，言刈其蔞；之子于歸，言秣其駒。
漢之廣矣，不可泳思；江之永矣，不可方思。

雖是水生木，水浸入木，日久必腐。

作者小傳

鄭佳慧，四月生。

人類行為觀察研究愛好者，
只對感興趣的感興趣，
逆水而行的異類。

毛詩品物圖考

那棵錯的樹

徐瑩

他就這麼走了。

欣涵笑著目送他上新人車的那刻，好像也看見了第一次她送他上車的那次，女孩笑意盈盈，男人目光溫柔的像是能沁出水來。

沒辦法，看了看自己粗糙的雙手，一旁車窗上的窗映出自己臉上的汗珠，混著黑油流下，欣涵知道自己終究是得看著他走。

他們的第一次相遇在那男人引擎熄火的那天。他穿著襯衫，打著領帶，卻一臉汗水，吃力的推著一輛漂亮的奧迪進了欣涵的車廠。欣涵年紀輕輕就從爸爸手中接過了修車廠，不是因為爸爸沒了氣力幹活兒，而是因為欣涵實在是坐不住，一天到晚就愛跑車廠裡頭，這兒摸摸那兒碰碰，苦苦哀求爸爸將車廠交給她來打理，欣涵爸爸才不得已，讓這麼一個捧在手裡的獨女接下了重擔。欣涵在所有車裡尤其喜歡奧迪，當那車一進到她的視線，她便不自覺的將眼球兒貼了上去，腳步也不自覺地離開了她正打理著的老福特，走向前去死盯著看。男人被他盯得不自在，便喘著氣開口：「姑娘，能幫忙推一下嗎？」欣涵這才發現自己的失態，臉一燥熱連忙點頭，哪有客人來不幫忙的道理呀！

「姑娘，謝謝你啊，能不能幫個忙，請你們這兒的廠長出來，我這車子剛提沒多久，怎麼就自己熄火了呢？」

「您好，我就是，能有什麼為您效勞的嗎？」欣涵忙不迭地將手在衣服上抹了抹，拿出名片自我介紹。開玩笑！那可是能盡情撫摸這臺小可愛的機會啊！怎能把它交給爸爸那幾個粗手大腳的學徒們！那些個孩子大學都還沒畢業，有些還是什麼中文系、歷史系的，能懂什麼這車的美好哇！果不其然，那男人愣了愣，才回過神笑道：「不好意思不好意思，在下有眼不識泰山了。那您看我這車……？」「沒事，您有急需用車嘛？這可能得修個一星期跑不了啊……」「啊？得修這麼久啊？」溫潤如玉的男人臉頓時皺的跟苦瓜似的，苦惱的躊躇了一陣。「當然不用這麼久，不過是想好好跟它相處啊！」欣涵心中打著算盤，但也不好讓這男人識破。「那好吧！」男人在糾結了幾分鐘後兩手一拍，「我就信你一回，麻煩您修好後打個電話給我吧，這是我名片，謝謝你啊。」男人的手掌不經意的撫上欣涵的腦袋，隨即離開，留下欣涵在原地傻愣。「奇怪的男人。」那是欣涵紅著臉心中對他評價。

奧迪的問題不大，基本上欣涵一天就搞定了，剩下的六天，只要她工作告了個段落，他就會飛奔至它的身邊，悉心地替它保養。好車就得好好養著，是欣涵的座右銘。她時常偷偷地為它打臘、上油、擦拭和清潔車子的內部，有時還偷偷開出去蹓躂。廠裡頭的小伙子看了也只是搖頭嘆息，這老闆什麼德性他們全都知道的一清二楚，那可是一個愛車如命啊！

但果然紙仍是包不住火，三天後男人在街上攔下了他的奧迪，揪出了欣涵。欣涵也只能老老實實地交代了，畢竟對客人也是說了謊。沒想到男人只是笑著請她坐上副駕駛座，帶她出去狠狠地飆了一陣。然後淡淡地對一臉驚嚇的欣涵說：「修得挺扎實，謝謝你啊。」

自此欣涵跟丟了魂似的，在廠裡發呆，回了家也發呆。她腦子裡全是那男人送她回廠裡頭的時候，溫柔地笑著對她說：「謝謝你修好了它，服務還不錯，我會再來。」女孩忙擺出笑容，回應了他的讚美，目送著他離開。

就像現在一樣。

「麻煩你再幫我做全車保養了。」隔了兩三個月後男人再次出現時，欣涵的心臟都跳停了。男人同樣是那溫柔的沁出水般，摸了摸她的頭，笑著說：「我下禮拜要結婚了，得靠它去迎娶我老婆啊。那就拜託你了，嗯？」女孩站在那兒，感覺像是有一桶冰水自男人手心的熨燙中傾瀉流下，緩慢卻確實地流經四肢百骸，冰冷了她的手指尖、腳趾尖、還有心跳。沈默流淌在兩人之間大約有十分多鐘，男人有些不解的看著欣涵。「您要結婚啦？恭喜您！」廠中的小伙子見狀況不大對勁，不得已跳出來圓圓場子。「謝謝你。」男人一樣紳士的笑了笑，嘴角揚起幸福的弧度。

「恭喜您。」欣涵終於找回了自己的聲音，乾巴巴的吞了吞口水。「保養的部分只需要兩三天，請問您預計何時來提車呢？」「啊，我想等迎娶前一天來拿行嗎？能不能請你順道幫我佈置一下禮車的部分，有需要的話我會再另外貼錢。」男人高興的說著，「我想給她一點驚喜的感覺。」他羞澀地笑了笑。「好的，當然沒有問題，恭喜您要結婚了，就當作是我們車廠送給您的祝賀禮吧！」欣涵用力地擠出笑容，用盡最後一絲氣力笑著對他說。男人高興的笑了，笑得像個孩子。

欣涵絞盡腦汁，從禮車前方擺放的圖樣，到緞帶的材質，全都由她親自精挑細選，一手包辦。她時常藉著出門買材料之名，趁機跑到離車廠兩條街遠的小溪旁，邊哭邊喊，直到精疲力盡，躺在草地上默默流淚。終於是到了他提車那天，男人驚喜的眼神她一輩子也忘不了。他笑著告訴她他未來的太太會有多喜歡，多高興坐進這樣好看的禮車，她露出最專業的微笑，虛心地接受他的讚美。然後欣涵目送他坐上她為他設計的禮車，為他關上車門，在他溫潤如水的眼神中，報以她最亮麗的微笑，目送他離開，去迎娶另一個女人。

廠中的小伙子有些怯怯的走向前，說：「老闆，我們學校老師要我們背詩五十首，找個可靠的人簽名證明，我家裡的情況……您也知道的，您能替我聽聽嗎？」欣涵稍回過神，睜著接連幾天有些沒睡好的腫脹眼皮，勉強的點了點頭。她記得這孩子是中文系的，家裡卻沒個識大字的親人，背個詩也沒什麼，就聽聽吧。

南有喬木，不可休思。漢有遊女，不可求思。
漢之廣矣，不可泳思。江之永矣，不可方思。

翹翹錯薪，言刈其楚。之子于歸，言秣其馬。
漢之廣矣，不可泳思。江之永矣，不可方思。

翹翹錯薪，言刈其蔞。之子于歸，言秣其駒。
漢之廣矣，不可泳思。江之永矣，不可方思。

「……江之永矣，不可方思。老闆，還行嗎？咦？老闆你…你別哭啊老闆！誒小張！拿衛生紙來！老闆不知道怎麼了，老闆？老闆？」

是啊，她不過是在那棵錯的樹下稍作休息了，卻不是她該永久落腳之處。

作者小傳

徐瑩，就讀東海大學中文系三年級。喜歡看書，看著看著就寫了起來。喜歡旅行，走著走著卻越走越遠。想看見更多不同的風景，聽見更多不同的故事，寫出更多沒有人聽見看見，卻溫暖人心的渺小。

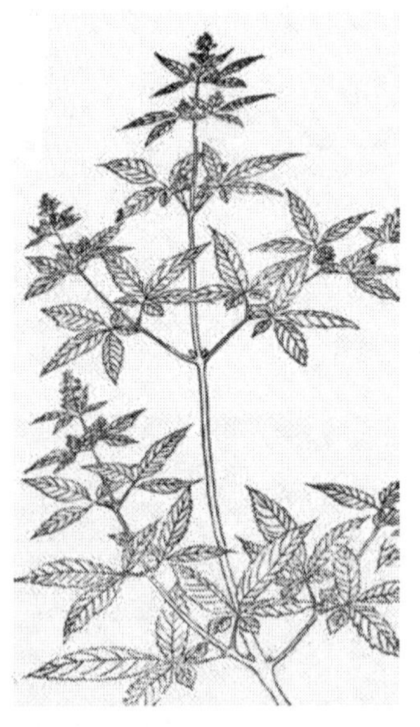

毛詩品物圖考

甘棠樹下的懷思

呂珍玉

相信你一定讀過很多崇拜人物的自傳，或者他人書寫他的文字。又或者你參訪過他的故居、紀念館，甚至到過他的墓前憑弔。當你漫步在一條以某位名人命名的道路、公園，看到矗立的紀念碑，進入他的紀念館，看到他留下來的用物，是否會拉近你和他的距離，更加感受到他的風範，於是思緒被拉回到他的年代，隨著他的成長，一點一滴建構他的行跡、想其際遇與功業，揣測他到底是個怎樣的人？後人為什麼要撰文或者立紀念物來懷念他呢？

中國有五千年悠久歷史，史書上留下無數名人事跡，各具典範意義，讀之發思古幽情，起肅然起敬之心。或是文學史上，一篇篇的懷古、憑弔詩文，都是最具人文價值意義的文獻，這些人往往是歷史的開創者，精神文化的領袖，甚至像姜太公、后稷、關公之類人物，還從人被拔高為神，有專屬廟宇供人膜拜。漫漫人文發展歷程中，因這些人物奇幻傳說點綴些許亮光。

周文王庶子召公姬奭，相較於庶兄武王伐紂，推翻商朝建立周朝，周公受命輔佐年幼成王，安定殷商遺民及外患變亂，訂定禮樂制度，和他兩位建立赫赫功業的兄弟相較起來，似乎默默沉寂許多。其實他歷處武王、成王、康王相當長的時間，對於穩定朝政，居功厥偉。他的食邑在召（今陝西岐山西南），故稱召公，曾輔佐武王滅商，被封於燕，以防止息慎、孤竹等民族，為戰國七雄燕國的開國之君。但因武王病逝，成王年幼，由周公輔政，他擔任太保，為協助成王經營洛邑，未能遠赴燕地就職，而交由他的兒子姬克治理。根據〈召誥序〉：「成王在豐，欲宅洛邑，使召公先相宅，作〈召誥〉。」《史記．周本紀》也記載：「成王在豐，使召公復營洛邑，如武王之意。周公復卜申視，卒營築，居九鼎焉。」可見立國之初，朝政千頭萬緒時，是他先把洛邑經營好，讓周公、成王有更好的國都備用，雖然成王最終並未遷都於此，但召公未雨綢繆經營洛邑，為後來幽王遭犬戎之難，平王倉皇東遷，提早做好了都城各項建設準備。史官在〈召誥〉中除了記錄當時召公營建洛邑的情況外，還記錄他「祈天永命」告誡成王的誥詞，總結夏、商兩代亡國教訓，提出敬天、保民才能得到天命佑周。王國維《殷周制度論》對〈召誥〉中的天命觀有高度評價說：「此篇乃召公之言，而史佚書之以誥天下，文、武、周公所以治天下之精義大法，胥在於此。」在王國維的心目中召公應是位有智慧、敏銳的政治思想家，他的言論概括了父兄的政治胸懷，並以此期許成王發揚敬德精神，這是周亡夏、商後，從中體認到「皇天無親，惟德是輔」，天命思想的重大轉變，也深化成為周文化的敬德觀。

《史記‧燕召公世家》記載召公的燕國接近蠻陌等外族，疆土又和齊晉等強國交錯，生存艱難，多次幾乎遭到吞併，然而國祚竟能延續八、九百年之久，在姬姓封國中最後滅亡，這和召公敬天、重德、任賢、愛民「祈天永命」或有一定關係吧！

除了《尚書》、《史記》等史書上的記載外，有關召公生平事跡，尤為難得的是《詩經》留下這首短詩：

〈召南‧甘棠〉

蔽芾甘棠，勿剪勿伐，召伯所茇。

蔽芾甘棠，勿翦勿敗，召伯所憩。

蔽芾甘棠，勿剪勿拜，召伯所說。

詩意非常簡單，只是複疊三章說：

茂盛的甘棠樹啊！不要去剪去伐它，召公曾在樹下休息啊！
茂盛的甘棠樹啊！不要去剪去毀它，召公曾在樹下休息啊！
茂盛的甘棠樹啊！不要去剪去折它，召公曾在樹下休息啊！

召公治理南國，勤政親民，經常下鄉巡視，坐在一棵甘棠樹下休息，傾聽百姓的聲音，排解他們的紛爭，深受召南人民的愛戴。詩人不直接寫當地人民對他的敬愛，而通過呼告民眾要愛護那棵召公曾憩息其下的甘棠樹，千萬不可以砍伐、不可以毀損、不可以攀摘它啊！用一層輕一層寫法，即便攀摘樹枝也不可以，愛其樹猶愛其人。簡單詩句抵得過千卷歌頌文字。野外那棵甘棠於是化身為勤政愛民的召公，永恆的生長在召南土地上，樹底下說著百聽不厭的「甘棠遺愛」故事。

你看光是漢人就為他說了許多故事，《毛詩序》：

〈甘棠〉，美召伯也。召伯之教，明於南國。

《毛詩》學者概括言召伯對於南國的教化，《齊詩》學者似乎知道多些，《齊說》：

召公，賢者也。明不能與聖人分職，常戰慄恐懼，故舍於樹下而聽斷焉。勞身苦體，然後乃與聖人齊，是故〈周南〉無美，而〈召南〉存之。

看來齊國人很替召公抱不平，認為他在甘棠樹下聽訟，關懷百姓，這種仁德不輸給周公呢！

又說：

古者春省耕以補不足，秋省斂以助不給，民勤於財，則貢賦省，民勤於力，則功業牢，為民愛力，不奪須臾，故召伯聽斷於甘棠之下，為妨農業之務也。

齊國人果真很愛召公，還舉證召公所作關心農務，減輕負稅，愛民親民之德呢！

《韓詩》學者更加細說：

昔者，周道之盛，召伯在朝，有司請營召以居，召伯曰：「嗟，以吾一身而勞百姓，此非吾先君文王之志也。於是出而就烝於阡陌隴畝之間，而聽斷焉。召伯暴處遠野，廬於樹下，百姓大悅，耕桑者倍力於勤，於是歲大稔，家給人足。其後在位者驕奢不恤元元，稅賦繁數，百姓困乏，耕桑失時，於是詩見召伯休息樹下，善而歌之。

有司要他在召地蓋宮殿，他不願勞民，隨便在野外搭個簡陋帳篷，處理百姓的問題，百姓受其感化，勤耕力作，因而大豐收。那些驕奢不體恤百姓的在位者，實在應該好好頌讀〈甘棠〉這首詩啊！

那天我想穿過二二八紀念公園搭公車回家，但小徑已被層層拒馬攔住，從邊門走出馬路，也被層層拒馬攔住，我又繞回公園，四顧茫茫行路難。走累了，坐在一棵大榕樹下，想著：

甘棠有蔭，空留後人之思

寒風樹影幾分蕭瑟，我餵著野鴿子，遙想著甘棠遺愛故事，飽食後的鴿子回旋高飛，遠空一片暗沉！

作者小傳

呂珍玉，桃園縣人，東海大學中文研究所博士，現任東海大學中文系教授，講授詩經、訓詁學、詩選等課程。著有《高本漢詩經注釋研究》、《詩經訓詁研究》、《詩經詳析》、《詩經訓解與詮釋》等專書。熱愛教學研究工作，不知老之將至，最高興看到學生有傑出表現。

毛詩品物圖考

摽有梅

林惠慧

「三、二、一……砰！砰！砰……新年快樂！」煙火的聲音傳來，伴隨著電視裡主持人站在舞臺上興奮的賀喜，而我站在茶水間，小憩片刻，就要回辦公室持續關注美方的投資匯率消息，一旦有所變動，才能即刻反應。「新年快樂。」一陣低沉的男音傳來，是我的夥伴——B先生；有人問我為什麼要工作這麼努力，連跨年夜也死守在辦公室加班，卻放棄升遷呢？也問工作能力如此出色，為什麼要死嗑在這間小公司不離開去謀取更好的工作呢？又問年紀也不小了，怎麼不找個男朋友準備結婚？還問……這麼這麼多的為什麼，只有唯一的答案，就是這個在我面前的男人。他有著不算出色的容顏，並不高挑的身材，但沉穩爾雅的氣質緊抓著我的眼球不放，而這麼努力，就為了留在他身旁，就在我這麼愣愣地想著的同時，他伸出一隻手在我的面前揮了揮。

「累了嗎？要不我守著投資方消息，讓你小睡一會？」他展現他一貫的紳士風度，並挑眉問著。

「才不，我只是發個愣而已……新年快樂！」拉回思緒的我說著。「下班後要不要去碰兩杯？」我繼續說著，每個週末小酌一番的約定，因為這次的專案都推遲許久了，新的一年，該有點不同了，這次我要下定決心和他表明心意，我在心裡這麼想著。

「行，再十分鐘就該有人來交班了。走，去收拾收拾。」語畢，就聽見接班同事到來的腳步聲。

十五分鐘後，我們一塊走出公司，就在並肩走在小路上時，B先生開口了。

「我們兩個算起來是七年前同期的實習生，當時看你纖弱的外表，又是應屆的大學畢業生，還覺得你肯定支持不住繁重的工作呢！」

「怎麼？改觀了是吧？女人也是能撐起半邊天的」我隨口瞎扯著，心頭一緊，難道這是……忍不住竊喜起來，而面上仍故作鎮定。

「是啊，談判桌上的女戰神呢！」昏暗的燈光在他臉上忽明忽滅，讓我捉摸不到他的表情。「你也很出色啊，沒有你精確的分析，簡明扼要的數據，我不可能有底氣去開會、談判。」我有些緊張。

不知不覺走到酒吧，出乎意料地，裡面寥寥幾人，不像跨年夜的酒吧。

「需要些什麼？」Bartender的招呼聲傳來「老樣子？」這位Bartender是個體貼細心的男人，善於觀察人們的小細節，雖寡言，卻總是能一言擊中要害。見我倆點點頭，就進吧檯準備。

「這不，在工作上拚搏這麼久，也該回歸個人生活了。對了，大家多年的好兄弟，跟你說個消息。」他的臉在昏暗的空間裡，顯得更加深邃，此時的他顯得興奮。

「嗯？」我漫不經心輕聲應答，而臉龐微微緊繃，顯得有點緊張。

此時，Bartender送上調酒，放在我眼前的是「心鮮莓汁」——當年初出社會的我，不太懂得這些，點了一杯「長島冰茶」，酩酊大醉後，睜開眼看到的是Bartender，原來是他帶我到酒吧的休息室休息，讓我免於出糗——Bartender推薦我的飲品。

「前陣子在公司聚會上我認識了一個女孩——W小姐，說起來還是小你兩屆學妹，怎麼樣有印象吧？」「嗯？怎麼突然提起她了？是個善良又溫柔的學妹。」像是意會到什麼，心情漸漸冷卻下來，輕啜一口心鮮莓汁後，卻又忍不住補一句「非常漂亮，當年很多學長都在追求她呢！」

「是嗎？確實是個很有魅力的女生，我們最近交往了，本來是希望穩定些再公開，但還是希望跟我最合拍的同事分享，怎麼？太驚訝了嗎？先別說出去，好嗎？我們想過陣子再公開。」

此時我心中滿腔熱情瞬間熄滅，卻無言以對。

不記得怎麼回到住處，在隔天睜眼時，匆匆地傳訊息給上司，拿出積累許久的年假，硬是在這個忙碌的時期請了一個長假。

就這樣渾渾噩噩的過了幾天，收到B先生關心的訊息，盯著小小四方的螢幕，只一句「發生什麼事？音訊全無令人相當擔心」就看著這樣一條訊息，出神許久，終於決定豁出去回訊……

摽有梅，其實七兮。求我庶士，迨其吉兮。
摽有梅，其實三兮。求我庶士，迨其今兮。
摽有梅，頃筐塈之。求我庶士，迨其謂之。

而B先生收到訊息後，似領略了什麼，卻無法回應，任對話訊息停留在此。

從此我們錯過，然後漸行漸遠。

後來，我請調分公司，離開這個城市，遠渡他鄉。

再後來，聽說他與W一拍即合，火速結婚。

一年後，回到總公司開會，做完年度彙整後，再次來到這間酒吧，一樣的擺設，寥寥的人群，不同的是，這次我空對一張凳子，遙遙呼應那年的跨年夜，令人回想過往點滴……

摽有梅，其實七兮。求我庶士，迨其吉兮。

剛畢業到公司實習的我，懵懂稚嫩，只有你，主動找我攀談，一見鍾情，沉浸在你的言談氣質。雖然同年，行為卻進退有度，讓人難以企及。暗自幻想著你願意等我成長，然等我變得優秀，能夠你的眼中只有我嗎？我能等來你這樣優秀男性的愛慕嗎？

摽有梅，其實三兮。求我庶士，迨其今兮。

歷練三年的我，漸漸在公司展露頭角，與你一同工作時，你的側顏令我心動。

合契的想法，默契的提案，都讓我暗喜。這樣的我還不夠優秀嗎？難道你還沒對我動心嗎？我等著傾聽你的愛慕之情呢！

杯子與桌子的碰撞聲響起，「好久不見，怎麼只有你？B先生呢？」Bartender放下心鮮莓汁。

「他都是有家室的人了，怎麼還會出來呢？」我平靜地說著。

「那你呢？三十多歲了，難道還放不下嗎？」不知道為什麼我覺得他的表情有些緊張，而我對於他看穿我當初的心思，一點驚訝也沒有，然也不打算回答他這個問題，低頭啜飲著。

「你知道心鮮莓汁是有含意的嗎？」見我不答，他接著說，「它代表為眼前的甜美莓果心動之意。」

我瞪大雙眼，看著這樣的他，他失笑。

「什麼時候的事？」「在你第一次點酒時。」

看了他良久，看得他都緊張了。

他說「我如何？」

我說「摽有梅，頃筐塈之。求我庶士，迨其謂之。」

作者小傳

林惠慧，一個活在自己的小糾結的大學生，很喜歡在沒有人注意到的角落跟自己對話。自以為很灑脫，其實非常小氣。夢想著一夜致富，還有當世界百大影響人物，貪心的有很多說不完的夢想，要是有一天可以遇上阿拉丁神燈，一定要他給我一百個願望。

毛詩品物圖考

死生契闊

陳宏肯

「待我戎馬而歸，就褪下這身戎裝，執子之手，伴娘子直到終老。」還清晰的記得，丈夫的誓言是那麼的堅定，那輕撫女子臉頰的手溫暖彷佛日照，驅散了她心中的不安。女子抬起頭，整理了丈夫的服裝，輕聲道，「那待君凱旋來還，妾身就穿上素裳，洗盡鉛華，隨君走遍天涯。」

知道丈夫喜愛出遊，自己本不喜拋頭露面，但如夫君能平安回來，這點小事又算得什麼。想起當初的相知相惜而相戀，女子不禁展露了久違的淺笑，但隨即她又蹙起了柳眉，離丈夫征戰已逾三載，但卻是毫無消息。當年周圍兩國不和睦，即使是她身處的國家也瀰漫著不安的氛圍，年輕力壯的男人都被徵召，或操持兵戈訓練，揮舞武器的聲音響徹整個國家；或修築漕城，以抵禦外侮。女子本以為他國的戰事不會波及自己的國家，因此也不甚在意，然而噩耗卻是不知不覺襲來……

「待會夫君回來了，就叫他來陪我習字吧」女子露出狡黠的笑容，她出身於名門世家，自幼便隨著先生讀書識字，有大家閨秀之風，而她丈夫雖也是出自世家，但他生性活潑，喜愛遊山玩水，坐著一時半刻就靜不下心，自己一不留神便不見他的人影，所以每次陪自己習字總是如坐針氈，看他那樣抓耳撓腮的樣子，女子覺得好笑，又在其中感覺到丈夫對自己的憐愛，開心的如同吃了蜜一般。

正當她想的入神，一陣腳步聲傳來，急促的猶如戰鼓敲響，聲勢自小轉大，女子搖頭失笑，迎向門口，說道，「夫君，你好歹也是成家立業的人了，性格怎還那麼的不穩重……」話說到一半便戛然而止，因為進門的並非自己的丈夫，而是住在附近的張氏。

沒等女子詢問，張氏就慌張的道出前來的原因，「不好了！我家那口子說妳家丈夫被抓去打仗啦！」「什麼！」女子只覺得一陣頭暈目眩，勉強扶住桌子，「所以我夫……夫君現在已經……已經上沙場征戰了嗎？」女子顫抖著，深怕下一刻，會聽到自己懼怕的事情。「是還沒」張氏搖頭，「但留給妳們兩口子的時間恐怕也不多……」張氏嘮叨了許多，但女子卻一句也沒聽見，她凝視著遠方，等待盼望的人的出現。

夕陽斜照，彩霞餘輝，徐徐微風吹拂著，不冷，但女子卻感覺如赤裸雙足踏在寒冰之上，她緊緊抓著羅裳的袖子，指甲深深陷入肉中，但她卻絲毫不覺。隨著光線的逐漸陰暗，一道人影自遠方而來，走近之後，兩人視線交錯，卻沒有人發出一言一語，良久，男子才道，「天涼了，娘子把門關上吧」女子眼眶泛紅，卻只道了聲是，便乖巧地將門闔上。

爐火熊熊燃燒，男子撥弄著柴火，煮滾了茶水，女子為其泡了一盅白薑梨花茶，想為男子消除疲勞。男子視線垂落，低語道，「薑梨，將離……」

女子也是飽讀詩書，心思敏捷，剎那間便理解夫君呢喃之意，不禁俏臉一白，連忙道，「夫君，我再重新沏一壺茶吧」男子擺手示意不用，就這樣一人飲茶，一人斟茶，將去之際，兩人卻一夜無話。幾個時辰，稍縱即逝，他們迎來了曙光，但對他們來說，這卻是黑夜的開始。

「待我戎馬而歸，就褪下這身戎裝，執子之手，伴娘子直到終老。」

就這樣，男子留下了誓言，前往遠方的戰場。女子獨留在家，最多的是倚在門邊望著遠方，眼神中彷彿看見了丈夫離去的足跡，偶爾有了興致，女字會取出文房四寶，磨墨題筆習字，這次是《詩經》的一篇〈擊鼓〉。

擊鼓其鏜，踴躍用兵。土國城漕，我獨南行。

從孫子仲，平陳與宋。不我以歸，憂心有忡。
爰居爰處，爰喪其馬。于以求之，于林之下。
死生契闊，與子成說。執子之手，與子偕老。
于嗟闊兮，不我活兮。于嗟洵兮，不我信兮。

寫到末句，紙上的字凌亂不堪，墨跡暈開數點，淚花散成朵朵白梅。女子埋首嗚咽，淚盡力亦盡，便沉沉睡去。

「諒你為生於書香世家，便予你餵食戰馬糧草的職責，但你卻是心不在焉，導致馬匹丟失，你可知罪？」

「屬下……知罪」

「你雖初犯，但本該大勝的戰役卻因你而敗，死罪可免，活罪難逃。廢去雙腳，聽君發落。」

「不要！」女子發狂似的將柔荑前伸，才發現原來是夢一場，「呼……呼……」女子大口喘息著，只覺大汗淋漓。起身端了杯茶，想潤下乾澀的喉嚨，卻因手抖而潑灑在字帖上，只見「死生契闊，與子成說。執子之手，與子偕老」幾字原本就模糊不清的字徹底被沖刷，抓著字帖，女子那平時漆黑如墨的雙眸如今卻像是被沖淡的墨水一般顯得無神，嘴裡喃喃自語著什麼。

為伊消得人憔悴，或許就是女子最好的寫照，那夜的噩夢總是如烏雲籠罩在她的心頭上，夜夜的驚醒，仍是未見思人的歸來。春芽，夏樹，秋霜，冬雪，年復一年，女子的盼望萌芽又隨時光流逝而墮入絕望冷寂，婀娜的身姿日漸消瘦。

或許是老天無眼，男子征戰已逾七載，時值大雪紛飛，女子每年都為遠方的丈夫縫製厚衣，今年也不例外，正當她將棉絮塞入衣服時，大門傳來敲響，女子疑惑的放下手上的物品，前去開門，是隔壁的張氏。「張姐，怎麼了？」張氏哆嗦著進門，欲言又止的模樣令女子閃過不祥的預感，卻又不敢確認。只得將張氏帶到火爐邊暖暖身子，「說吧，張姐，到底怎麼了？」張氏嘆了口氣道，「聽說打仗的士兵回國了，但是幾乎是全死了，只留下少數人……」女子聽到一半，嚶嚀一聲暈了過去。

「那家子真是遭逢橫災啊……，男的打仗至今未回，不過想他一個文弱書生想必也逃不了吧，女的聽說因為暈倒撞到哪兒失明了呢」

「別亂嚼口舌，那是別人家的事，少說嘴」

「行行行，不說總行了吧」

「對不住啊，都是我說了，才讓你變成這樣的」張氏神色沮喪道，「張姐，沒事的，或許這都是命吧……」女子扯起嘴勉強一笑，雖然看不到令人惶恐，但女子感到恐懼的是，今後沒有丈夫的陪伴自己又該怎麼走下去。

新年炮竹聲不斷，歡樂不已，女子家卻是冷清，張氏幫女子煮了桌菜，女子便讓張氏回去了，畢竟張氏也是有家要回的。睜著看不見的雙眼，女子如魁儡般進食，當得知丈夫可能戰死時，她的心也死了。行屍走肉般的就寢，在睡去之際，她彷彿聽見了開門的聲音，「或許是聽錯了吧」女子心裡自語，隨即一波睏意襲來，她便睡了過去。

一個月後，斗杓東指，天下皆春，剛萌發出新芽的山來了兩道人影，「妳的眼睛不好，為什麼還要堅持讓我帶妳到這裡啊？」男子無奈道，眼中流露一絲疼惜，「怎麼？你忘了自己的誓言啊！」女子皺了皺瓊鼻，威脅道，「怎麼會呢？」男子牽著女子的手，溫柔道。

「待我戎馬而歸，就褪下這身戎裝，執子之手，伴娘子直到終老。」

作者小傳

陳宏肯，東海大學中文系三年級生。人生是一汪望不盡的湖，而我是迷茫於其中的一條魚，不奢求能夠成為天空中自由翱翔的飛鳥，只求能在水中享受寧靜的美好。

詩經圖譜慧解

執子之手

許夢芯

「我們……會在一起多久？」

「妳覺得呢？」

「如果可以……一輩子？」

「妳覺得一輩子有多長？六十年？七十年？」

「我不知道……」

「我們會在一起，一直到我死亡，或是妳心臟停止的那刻。」

我好想你。

一個月前，我們還一起去看電影，你還記得嗎？為什麼又是只留下了「我要出任務，好好照顧自己！」然後就消息全失了呢？為什麼是你？但捫心自問……是啊！為什麼不是你。

但是為何你連一句「等我回來。」都不願意留給我，反而是告訴我，當我有困難，可以去找誰，那你呢？你要把我丟掉了嗎？

我只不過是在我們去看電影時打卡，我不知道你來找我的時候是秘密前來，我不知道這樣會洩漏你的行蹤……

我只希望我們都快樂，現在，我只希望你能平安就好。

是啊！不知者無罪，錯了，是個錯誤，如同你曾經說的，就是因為無知，才更該死……多麼渺小的我，多麼的愚蠢無知。

我好想妳。但我不能。

已經不知道現在是白天還是夜晚。不知過了多久，想起妳那天的笑容，好甜。但是，看著妳哭著走回家，那麼大一段路，是夜，雖然不是深夜，但一個女孩子走了那麼大一段路，看著你走過，你臉上的淚滑落，劃在我的心上，烙印。

每天……，不，我現在根本已經沒有了天數的存在，時間是什麼，一瞬眼，就只有緊盯著那些小小的螞蟻，人類被形容成螞蟻，似乎還太大了點，這世界本來就是被少數的人所操縱，事實如此。看著你們的交戰，互相殘殺，何其可笑，一切都是為了什麼？

而我，不求什麼，看著戰爭中的你們，天知道我何其想家，想念她，但我不能，我必須全心全意地專注著這些動作，等待上級的消息，聽從指令。不能有其他的自我，不能有其他思緒，因為這是戰場，這是人命……

「那後來呢？」已經沉浸在別人回憶中的我問。

「妳真把我們的愛情當成小說啦！」小雙好笑的說著。

「不管嘛，人家想聽。」而我孩子氣般討要故事。

「妳就真的那麼相信啊！如果是假的呢？」小雙玩笑的說。

「你就真的把一個青春洋溢美少女丟路邊？哎呀！不管嘛！後續呢？不要吊我胃口啦！」我問了N，但比起問題，我更在意愛情。

「就如同妳看到的現在啊。」N卻是很實際地回答。

「現在是現在，以前是以前，不一樣。」

「這句話，我也曾經講過……」這句話又勾起了小雙的回憶……

「現在是現在，過去是過去，昨天也是過去，前天也是過去，不一樣。」

「的確，但過去所做的一切，包括前一分、前一秒，都在造就現在，變成現在這個妳。」

「那現在的你，真的是在為未來鋪路嗎？你的未來，一定是這條路嗎？」

「我為國家奉獻一切，是我一直的不變，之前就說過了。」

「我知道你身為國際人員，不是那麼自由，更何況你是傭兵，但是你要一直是傭兵嗎？我希望你能夠好好的生活，而不是為了生存所活著，雖然你是為了你的目標而前進，但是，我是你未來生活的陪伴嗎？」

「當然！但是那是為了任務，難道你希望這個世界因為那些自以為是的人類毀滅嗎？更何況我是為你好。」

「為了我好？多少人因為這句話，造成困擾。事實上或許是如此，最好的選擇，但是在感情上呢？一輩子是什麼？我不知道，而你說了，死亡是生命的盡頭，但是我不想，為什麼要將自己的世界置於那麼危險的地方，雖然，沒有人可以決定別人的生命，但你的生命在當下是決定在別人的手上的啊！」

「那也是我的選擇，成為傭兵在出任務的當下就不能有自己，而生命是國家的。沒有國哪有家，沒有了家哪有你我。」

「是啊！國家比我來的重要太多，在你的觀念裡，人類不過是螻蟻，我，只不過剛好是你的女朋友而已，但是你的未來要一直被這些爭奪權力的貪婪慾望左右嗎？」

「沒有人可以綁住我，只有我想不想停留。」

「所以你們之前就曾經因為這個吵架過？」這個回憶似乎很糟啊……我心想。

「對啊！但是那時候他還是一樣堅持，不過他現在已經換個方式，一樣是為國家奉獻沒錯，但是終於不再那麼危險。」小雙卻是心滿意足。

「難怪現在看他幾乎都變賢夫良父的家庭主夫了，這差別會不會太大了點。」這算是為愛妥協嗎？

「我是覺得差不了多少，畢竟被關在小房間，被別人的視線緊盯著，算是很自由了。」N依舊是以現實作為回答。

「等等，回去剛剛講的故事，身為傭兵被派去戰爭中出任務，那你當時的想法是什麼？」我可好奇著。

「任務就是任務，在當下你根本不能有自我，就這樣，尤其是你被槍抵在腦後，應該也只能思考著任務吧？」N說出了戰爭之時，被控制的當下。

「所以你不是去第一線的打仗？」

「不是！所以我才一直盯著螢幕，我是資訊兵。」

「那你們聽過《詩經》裡面有一首詩，叫做〈擊鼓〉嗎？」我突然思考到，這段故事好像在上課時有所類似，卻又不雷同。

「不知道。」

「可能你們平常對於《詩經》的印象就那些，尤其比較有名的『窈窕淑女，君子好逑。』之類的詩，但是〈擊鼓〉這一首詩裡面，你們一定有聽過這句『執子之手，與子偕老。』就是出自這裡的。」終於有我可以獻醜的時候了。

擊鼓其鏜，踊躍用兵。土國城漕，我獨南行。
從孫子仲，平陳與宋。不我以歸，憂心有忡。
爰居爰處，爰喪其馬；于以求之，于林之下。
死生契闊，與子成說；執子之手，與子偕老。
于嗟闊兮！不我活兮！于嗟洵兮！不我信兮！

「詩經〈擊鼓〉裡的士兵，是因為被徵調去打仗，無法實現對愛人的承諾。這是一場遠赴他國的戰爭，寫南征士兵出征前對只有自己被徵調上前線打仗，但其他人卻留守修城，深感不平；出征時想到要去管他國的紛爭，不能回家，心神煩憂。出征之後自己無心戰爭，想到以前跟妻子死生都要在一起、牽手到老的誓言，現在卻相隔那麼遠，不僅不能一起生活、相互照顧扶持，也無法兌現承諾。

不過我覺得依照N你的個性，你在戰爭中完全不可能像《詩經》裡面丟失馬匹的士兵，畢竟我認為雖然都是在別的國家作戰，而且有人拿槍抵住你的腦袋，你應該也不會那麼糊塗吧。

「我覺得你應該是可以早點結束就直接解決，怎麼可能還會犯錯來拖延你回家的時間，更何況是造成自己的危險。」

「現在只有妳們女生在那邊想東想西而已。」N已經越來越無奈，不過小雙好像又在回憶裡了。

「執子之手，與子偕老，當初分離我是有想過這句話……」

「執子之手，與子偕老……執子之手，與子偕老……你說過的……我們會一直在一起的，卻又為什麼這麼容易分離，任務，真的如此重要？對你而言，我是什麼？但是，如果可以，我希望你能不受到任何一點傷；如果可以，我希望你別牽掛我；如果可以，我希望你能平安回來；如果可以……我希望當你任務完成的時候，會想到還有一個人一直在等你……」

「那時候我差點放棄自己，畢竟他一直以任務為重，但是當他回來的時候，我慶幸我沒有放棄，他都說了，好好照顧自己，就表示至少我在他心中還是有一點地位。這樣就夠了。」

「現在的生活，一起好好的生活，我想就是你們所要的幸福吧！」

不能免俗的我，也想要擁有這種誓言的愛情，但是瞭解背後的故事，卻是如此的痛苦，很多夫妻雖然沒有甜言蜜語，甚至是吵吵鬧鬧的一起走過。

然而現實的確如同N所說的，這世界本來就是被少數的人所操縱，過去的士兵被徵調，之前的N因為任務而戰，未來的我們呢？

如果資源將耗竭，是不是就有了世界的浩劫，為了爭奪能源，到時候會有更多的分離？

就算不忘白首約，又能如何？

作者小傳

許夢芯　現讀東海大學中文系三年級學生

極其矛盾的一人，在現實中載浮載沉，活在自己心中的夢境裡。

擊鼓

饒家瑜

潔白的婚紗，紅色的長地毯一路從外邊階梯延伸至教堂中央，悠揚的鋼琴聲彈奏著結婚進行曲，新娘挽著父親，在眾人的掌聲中，緩緩地走向前方，新郎眼神鎖定著今日最美的主角，靜靜等待著。

公元前七一九年，這一年是魯隱公四年，他們都來自衛國，衛國的國君正是那個弒兄自立的州吁。他拉攏了幾個小國，聯合攻鄭。州吁驕而好兵，卻又不識時務。史書有記載，當時衛國大臣總結出他有六逆：賤妨貴，少凌長，遠間親，新間舊，小加大，淫破義。犯此六逆，卻又妄想為王，其結果可想而知。衛國人都對他這種做法深懷不滿。果然，聯軍聯合攻鄭，僅把鄭國都城的東門圍了五天，就撤兵了。而後來州吁就被人給殺了。

一個小村落裡，一對情人正準備成親，男方正握著女孩的手，堅定地看著他的大眼，說著這輩子要為她許下的諾言，他緩緩地說道：「死生契闊，與子成說。執子……」，話還未說完，便被一位不速之客打斷，他手裡拿著徵兵的通知，遺憾地告訴新郎官，他必須從軍去，語畢，便走了，徒留眾人充滿同情的眼神。

「為什麼是我，為什麼別人都在國內築城秣馬，我卻要從軍，跟著帶兵的主帥孫子仲，去平定陳與宋。」新郎哀怨地想著，但也只能唯命是從。

這對新婚夫婦在家中，丈夫難掩落寞地收拾行囊，妻子無聲地默默為他多放了幾件保暖的冬衣，時間緊迫，他必須馬上到軍中報到，他們倆一起走向門口，丈夫告訴她，很快就會回來的，並且匆匆的一瞥桌上，剛才妻子為他準備的一桌好菜。

一陣低沉的鼓聲，風吹起的黃沙，漫天飛揚，戰爭的號角響起，士兵們聽到戰鼓敲響，便紛紛拿起各自的武器，衝向敵軍，戰馬廝鳴，戰火紛飛，但他們士氣高昂，一路過關斬將，最後一舉拿下勝利。

得勝的喜悅溢於言表，盼望著除了軍功之外，更能見到他那在家苦苦等待的妻子，幾年不見，也不知是否吃飽穿暖，思念之情油然而生。

然而，卻又有了變數，通知他必須留下，戰爭停止了，但卻不能回到衛國，頓時間，有如天打雷劈，該往哪裡去，該在何處停留，那跑了的戰馬又該到哪裡去尋找，還有，在家等待他的結髮妻子，又要等到什麼時候才能等到他？

夜晚，在深夜星空下，他抬頭望向那一輪明月，想起與妻子初相識的情景，每一次的笑容都牽動著他的心，她的一顰一笑、一舉一動似乎都歷歷在目，近在眼前。而在成親當日，縱使草草結束，但也是他生命中最為珍貴的時刻，一生之中最愛的女子，與他結為連理，本想好好度日，無奈卻遇上無情地戰爭，迫使二人分隔兩地。低下頭，他長嘆了一口氣，「只怕你我此生再難見面，沒有緣分相聚一起，就此分離了。」

怎能忘記那句句誓言，怎能忘記那山前水畔，如今只剩眼淚和沉默。

擊鼓其鏜，踴躍用兵。土國城漕，我獨南行。
從孫子仲，平陳與宋。不我以歸，憂心有忡。
爰居爰處？爰喪其馬？于以求之？于林之下。
死生契闊，與子成說。執子之手，與子偕老。
于嗟闊兮，不我活兮。于嗟洵兮，不我信兮。

終於，父親將女孩交給了他，他溫柔的牽起了她的手，並深情的望著那雙大眼，在所有來賓的見證下，堅定地說出了誓言「執子之手，與子偕老」，面對他的女孩流下兩行感動的淚水，點點頭。

作者小傳

饒家瑜，東海大學中文系三年級學生。喜愛文學，認為文字是有溫度且有力量的，所以用文字記錄生活的點滴，盼望文學能傳遞溫暖與能量。喜愛嘗試不同的事物，看看不同的世界與風景，因此交換到南京大學學習，期待自己能將文字結合生活，分享更多的故事給大家。

自照圖

凱風小房間

洪雁靖

允婷剛到香港的第一年，與母親住在一個租來的小房間裡。房間裡只有一張鏽跡斑斑、搖搖晃晃的雙層床，一張可折疊的木桌，上面擺放著一個電飯煲，一個電磁爐，供她與母親做一些簡單的飯菜。那就是香港底層人民所居住的「劏房」，除去擺放雙層床的位置，整個房間就只有一條半米左右的通道。允婷常常怨恨母親為什麼要把她從安逸的家鄉帶到這座令無數人抑鬱的大城市來。在家鄉時，她住在一間寬敞的大房子，雖談不上豪華，但也比這五平方米的小房間舒適得多，那時的她朋友成群，經常約三五好友聚在一起聊天、做作業，然而在香港這座以金融產業而聞名的城市裡，友情是一種極其昂貴的東西，人與人之間以禮相待，背後卻為了利益勾心鬥角，或是忙於生計，根本無暇經營友情。因此，她剛到香港時非常鬱悶，常常與母親發生衝突，且經常往姑姑家裡跑，逃避那個令人毫無尊嚴的小房間。

一日，允婷和母親上街吃飯，在幾間連鎖速食店轉了一圈，還是覺得價格稍高，儘管這些連鎖速食店在香港人的眼中已經是最便宜的速食了。走著走著就到了街市，母女二人買了兩盒最簡單的燒味飯，準備帶回家吃。母親剛剛失業，於是一邊走一邊尋覓街上的招聘廣告。

母親走進一間茶餐廳詢問店家請不請人，叫允婷在門口候著。隔著完全封閉的玻璃窗，允聽聽不到店內的任何聲音，只見餐廳裡人頭湧動，侍應靈活地穿梭於狹窄的過道裡，不停地為客人送上飯菜，母親穿著一件深綠色的夾克外套，一條洗得發白的寬鬆牛仔褲，清瘦的腿型透過布料顯示出隱約的輪廓，她戰戰兢兢地向一個侍應問話，不時賠上笑臉，侍應聽完之後冷漠地走開，留下母親一人呆呆地站在過道裡，像一個無助的小孩，與周圍的環境格格不入。允婷不禁鼻頭一酸，眼淚奪眶而出，頓時想起了朱自清的〈背影〉。回家的路上，母親站在茶餐廳裡那個無助的背影在她的腦海中揮之不去，她一面心疼母親要獨立一人撐起家庭的經濟，一面開始討厭起這座五光十色，貧富懸殊的城市來。這座城市裡的富人深居於半山乃至山頂，仿佛是在向世人宣示他們高高在上的社會地位，他們資本雄厚，幾乎全城的人都在為他們打工。而這座城市裡的底層市民，卻像螞蟻一樣苟且地活著，住著十幾平方米的小房子，每日為三餐奔波，工作時間長達十幾個小時，賺著那微不足道的薪水。允婷一邊想著，眼淚一邊成串地掉下來，她害怕被母親看見她在流淚，也害怕被別人看見，於是一路低著頭，默不出聲，任由北風吹乾她的淚。

那一晚，允婷躺在小房間裡無聲地流淚，為自己的罪咎哭泣。只有初中文化程度的母親，為了挑起家庭的經濟重擔，毫無畏懼地在香港打拼，她不懂英文，只能做一些低技術性的工作，每天早出晚歸，只為讓允婷在香港接受良好的教育，掌握命運的主動權，給她一個更好的家。房子雖然簡陋，但母親對家庭的責任心，對她的愛，全都是真真切切的。她沒有與母親一起分擔生活的重擔，反而不理解她，怨恨她，頂撞她，傷透她的心，她恨這麼不懂事的自己！但想到在這座陌生又冷漠的城市裡，有一個與她血肉相連的人，為了她在奮鬥，在她的背後無條件地支持她，教她感受生命的高度，人生的責任，她猛地領悟到，她身處的這間簡陋的小房子是最溫暖的，充滿真情的，這就是她的家。

允婷在床上輾轉難眠，只好隨手拿起床邊的一本書，用手機屏幕的微弱光線照著書上的字體：

凱風自南，吹彼棘心。棘心夭夭，母氏劬勞。

凱風自南，吹彼棘薪。母氏聖善，我無令人。

爰有寒泉？在浚之下。有子七人，母氏勞苦。

睍睆黃鳥，載好其音。有子七人，莫慰母心。

作者小傳

洪雁靖，就讀於廣州中山大學中文系，為東海大學一〇六學年秋季學期交換生。一個讀了中文系才發現自己不愛寫作的人。

毛詩品物圖考

谷風吹過

林家宇

「哈哈哈哈哈哈哈哈哈！」

三十五歲，又一個七年。妳說妳臨老還能聽到這樣的笑話，妳笑得眼淚都噴出來了。笑聲彷彿是命運在嘲弄妳，但是妳卻掙不開亦逃不過。家人各個拘謹嚴肅，卻不停地捏著指頭，心中焦急可見。似乎在等著妳的裁定，好做什麼決定。既怕被趕出去，又自信親情的堅貞，各個驕傲又卑微。他們不知道，親情是會被磨光的。

算什麼家人，只是些可憐人罷了。

空氣中靜的彆扭，迴盪著的僅有妳的聲音，卻蒼涼的可怕。對啊，當年亦是如此啊，如今又要從頭來過嗎？妳已經累了。

「當年就是傻啊。」妳感嘆著，似乎已回復精神。但即使如此，異樣的情緒依然瀕臨引爆，親戚果然還是怕妳的。因為他們分不清妳說的傻是他們，還是妳自己。或者都有吧！

印象中，妳是個開心活潑的。妳是家中獨生女，是父母親捧在手心的公主。每每見到人都會開心的笑，真是美啊！見了的人都說是枯木也會回春。妳又非常有禮貌，也都會大聲與人打招呼，所以大家都喜歡妳。於是從小大家總是說要是誰能娶到妳，那可是八輩子都燒好香，拜對菩薩！妳也一直這麼堅信著。然而命運總是半點由不得人。就如同張愛玲所說的，生命是一襲華美的袍，爬滿了蚤子。妳總是說妳很幸運，真的很幸運。幸運到在妳父母親去世之後，妳遇見生命中令妳最痛苦的蚤子。

雙親去世之後，妳僅僅是個十五歲的小女孩。什麼都不懂，卻頓失所依。當年依然是貧窮的年代，哪個親戚有閒錢養妳？所以他們做了個令妳痛苦一生的決定。他們把妳嫁了，把妳嫁給蚤子。

說送還比較好聽呢！妳說。被送人還不是最痛苦的。直到現在，妳依然沒有忘記那段痛苦，卻又刻骨銘心的回憶。人家總說福氣還在後頭，但是妳彷彿一夕用光所有運氣，再不見光明。刻骨銘心永遠不會隨著時間停止製造，如果悲劇只有一小段，那麼下一段的劇情該何以為繼？人生就是這樣，當妳遭逢巨變時，身邊必定是連一個人都沒有的，當初親戚心疼妳的表情早糊成一片。妳似乎從不認識他們，他們也不敢面對妳，或者說他們害怕面對妳，面對他們曾經的殘忍。

好不容易在妳近三十歲時，你們家是發達了，但你們卻離婚收場。妳曾被笑問過：妳願意為他放棄一切嗎？其實不必問也知道答案。當時他深欠鉅款，又愛賭博，妳還不是為他付出母親送妳的念想？當時你們還如同一個人，現在卻是兩個陌路人。妳說，妳還記得山中的谷風習習。妳亦習習，想著乾脆隨風逝去算了。當下妳心中就充斥著〈谷風〉的詞，因為彷若她就是妳。

習習谷風，以陰以雨。黽勉同心，不宜有怒。采葑采菲，無以下體？德音莫違，及爾同死。

眼前街燈影影綽綽，氤氳了整個畫面，妳也變得朦朧。唱片行的音樂霎時流入耳裡，唱的還是歌聲縹緲的〈我願意〉。

願意為你，我願意為你。我願意為你，忘記我姓名。就算多一秒，停留在你懷裡。失去世界也不可惜。

離婚之後，第一次妳不排斥回憶。轉眼間就已過幾個年頭，一個人再如何不也習慣了嗎？現在也清閒。妳不在意，妳笑著說。第一次見妳笑，妳依然笑得那麼美，但枯木卻再也回不去了。當時的心情真的是比吞茶草還難受，沒有人會希望自己的丈夫在擺脫貧窮後，就立刻不要自己。接著，妳陷入回憶緩緩地朗誦，此時〈我願意〉早已結束。

行道遲遲，中心有違。不遠伊邇，薄送我畿。誰謂荼苦，其甘如薺。宴爾新婚，如兄如弟。

接續著的音樂〈三吋天堂〉響徹整條街巷。但是平平無奇的朗誦，卻比音樂哀戚。真人真事果然是無法騙人的。

停在這裡不敢走下去，讓悲傷無法上演。下一頁你親手寫上的離別，由不得我拒絕。這條路我們走得太匆忙，擁抱著並不真實的慾望。

那時的情況真的是糟糕透頂，蛋子連出來送妳都不肯了。在他的心裡，妳是個什麼樣的存在？妳哭過、鬧過，連上吊都挽回不了他的心。妳已經無法再問他了，妳只能不停責問自己。

「妳做錯了什麼！」

「妳到底做錯了什麼？！」

「他為什麼不要妳了？」

妳知道妳沒有嫁妝，所以也不奢望海誓山盟，但你們能一起成功經營一個家。可以一起食糟糠，一起種菜、養魚。日子雖然窮困，沒有多餘的時間一起看日出日落、人生百態，但是那又怎樣？再怎麼困難的日子，都能一起咬牙撐過。曾經覺得，頭一次如此的感謝親戚。雖然只能不停的工作，但是能與丈夫的心緊緊相連。妳說，妳真的這樣以為。

在他娶新人前，這些話妳也曾告訴過蚤子。但顯然是妳的一廂情願。人家新人年輕貌美，妳有嗎？人家新人嫁妝多，妳有嗎？人家生得出孩子，妳一顆蛋都孵不出來。妳自嘲著笑，看表情就知道是蚤子決心跟妳離婚時說的。既然蚤子已經去爬了別件華袍，妳也只剩下擔心妳留下來的事業，和妳的未來而已。妳知道死灰無法復燃，所以瀟灑的走了。妳覺得妳瀟灑。事實上，根據街坊鄰居說起，妳根本就如同死了，就像是妳們的愛情。

涇以渭濁，湜湜其沚。宴爾新婚，不我屑以。毋逝我梁，毋發我笱。我躬不閱，遑恤我後！

「不！是自以為的愛情，不堪回首啊！」妳補充道。妳聳聳肩，看起來無所謂，但妳的手都被妳掐紅了。這時街道上的音樂換成〈給我一個理由忘記〉，黃麗玲的聲音緩緩的響起，聽的最清楚的卻是最低沉之處。

我找不到理由忘記，大雨裡的別離；我找不到理由放棄，我等你的決心。有些愛，越想抽離卻越更清晰。而最痛的距離，是你不在身邊，卻在我的心裡。我想你。

離開的過程中想了很多，也想的不多。無非就是想以前的事情罷了，但卻是拔山倒樹而來。真為妳不值啊，做這麼多努力，最終得到什麼？妳不僅為他操持家務。為了他，妳甚至連他的鄰居都不放過的幫，最後呢？你們沒有同德同心，也沒有吵架打鬧，就直接成了過去式。

就其深矣，方之舟之。就其淺矣，泳之遊之。何有何亡，黽勉求之。凡民有喪，匍匐救之。不我能畜，反以我為仇。既阻我德，賈用不售。昔育恐育鞫，及爾顛覆。既生既育，比予於毒。

妳說的對極了！好似連唱片行都在聽著妳的故事，跟著換了〈你怎麼捨得我難過〉。這應該是你最想問他的吧！他究竟在想些什麼？你們之間的婚姻關係為何就抵不過七年之癢？七年了，從貧賤到小康，不是件容易的事。更何況蚤子是個不給力的。妳究竟做錯什麼？或者說，這究竟是誰的問題？音樂總是能讓人經歷人間百態，即使沒有經歷過，光聽聲音歌詞也醉人。

秋天的風，一陣陣的吹過，想起了去年的這個時候。
你的心到底在想些什麼，為什麼留下這個結局讓我承受？最愛你的人是我，你怎麼捨得我難過？最愛你的人是我，你怎麼捨得我難過？對你付出了這麼多，你卻沒有感動過⋯⋯。

妳經歷從無到有，又從有到無，不停重複，但是妳似乎麻木不仁。未婚前，被親戚與他設計，不得不嫁給他。妳也認命了，好好跟他過日子。如今美人雖尚未遲暮，但心已經老了。曾經的點點滴滴在心頭，放過妳的後半生吧！妳在心中祈求，面向坐在妳對面的親戚，妳又默默念了一小段。

我有旨蓄，亦以禦冬。宴爾新婚，以我禦窮。有洸有潰，既詒我肄。不念昔者，伊余來塈。

妳看也不看他們一眼，轉身就離開。有生之年，妳的氣息像是消逝的香氣，但妳蒼涼的笑聲卻遲遲繞梁不去。他們其實都知道妳再也不願意回蛋子身邊，卻抵不過蛋子給他們的「恩惠」。他又離婚了，到親戚身邊說什麼新人不如舊，欲重新娶妳，要給他們多少聘金……。

此刻街巷的唱片行依然播著音樂，但妳娓娓訴說的低音卻再也無從與之相配合。可是陳淑樺的歌聲卻彷彿唱進妳的人生，也唱盡妳心中的淒苦。雖然妳已經不在了。

你說你愛了不該愛的人，你的心中滿是傷痕；你說你犯了不該犯的錯，心中滿是悔恨。你說你嚐盡了生活的苦，找不到可以相信的人。你說你感到萬分沮喪，甚至開始懷疑人生。

早知道傷心總是難免的，你又何苦一往情深。因為愛情總是難捨難分，何必在意那一點點溫存，要知道傷心總是難免的。在每一個夢醒時分，有些事情你現在不必問，有些人你永遠不必等。

妳雖然已不在，但想必大家都知道妳夢醒了。

作者小傳

林家宇，二十二歲，天蠍座，東海大學中文系四年級生。
一個常因名字被誤認為男性的女性。
長年優游在文字之中，喜歡閱讀古今中外文學作品。
能寫新舊詩，喜歡創作古今散文。
但又是一個總是想嘗試寫作小說，卻常常失敗的人。

谷風習習

黃 檠

她只依稀記得那天天氣，微微的細雨加上刺骨的寒。

從夢中驚醒，她掙扎地從床上起身，揉揉自己的太陽穴，以緩和最近以來偏頭疼的毛病。她望向床邊擺著的舊式鬧鐘，早上六點，這已經是她數個禮拜成了規律的起床模式。緩緩的，她走向租屋處狹窄的浴室洗漱。

又是同一個夢，她看著鏡子，夢裡的女人有著跟她一模一樣的臉孔，她不明白為何會做這個夢，有幾次她刻意的想在醒來後將夢中的畫面記錄下來，然而她對於夢的記憶總是隨著清醒而被遺忘，她唯一記得清楚的就是夢中的陰雨綿綿以及這張自己已經看了二十多年的臉孔不斷哭泣的畫面。

打開手機，Y的訊息通知顯示在螢幕上「今天有空嗎？想說能不能見個面。」

Y是她自高中以來交往的伴侶，兩人在小學時是隔壁街的鄰居，原本兩人間打打鬧鬧的關係隨著年齡的增長也慢慢出現了奇妙的曖昧情愫，便走到了一起，今天剛好是他們在一起的五週年。

「下午應該有空，一樣老地方見嗎？」回應著Y的訊息，她回想起兩人高中時期Y向自己告白的時候，她還記得Y那雙緊緊握著她的，因為緊張而有些汗濕的手掌，以及當下不明白Y心意的她，因為尷尬而急欲掙脫的手和那羞紅的臉頰。Y當時也就是在他們因為不斷光顧，而被兩人稱做老地方的巷內咖啡館向她表白。

「嗯。到時候見吧。」交往後Y和她的互動一直很平淡，但卻非常幸福，不管到了哪裡兩人總是默默地在一起，因而常被班中同學開玩笑說兩人就像結了很久婚的老夫老妻，她知道Y並不是一個會說甜蜜情話的人，就像Y也知道她不擅長熱戀情侶間親暱的互動一般，而她自己唯一做過最像普通戀人的事，便是送了Y一條親手織的紅色圍巾。然而自上了大學之後，由於自己讀的學校在外地，兩人便開始沒有太多見面的機會，最初兩人約定每週要定期約在老地方聚會，但在大二後，她因為系上的課業，沒辦法經常回家，而Y也因為成為了社團幹部，所以沒有空閒能夠定期碰頭。兩人的交集越來越少，每次見面也只能短暫的透過手機的視訊來聊聊彼此的近況，但只要能跟Y聊上天，她還是覺得相當滿足。

讀完訊息後她躺回床上並打開了一旁桌上的電視機，而螢幕上正好在撥放著一週的天氣預報「各位觀眾朋友雖然本週已經進入春天，但天氣還是蠻冷的而且經常下雨，出門的話還是需要注意保暖以及攜帶雨具，接下來為各位帶來各地區的天氣消息……。」看著新聞，她突然想起Y讀的是山區學校，最近應該會很冷，她送Y的圍巾也應該舊了，不如趁今天見面問看看Y意見，她重新幫Y織一條好了。她永遠不會忘記當她第一次把自己織的圍巾交給Y的時候，Y的表情以及之後兩人擁抱的溫度是多麼的溫暖。

早上八點，她來到了選修的課堂，但她的心思卻在課堂之外，她只勉強記得臺上老師正在講解《詩經》的某一篇章，內容好像是有關一個婦人被丈夫拋棄後內心複雜情緒的自述。回想過去，她和Y也讀《詩經》，她尤其喜歡的是其中的愛情主題詩，雖然當時對於詩中的文言有時也不是太懂，卻覺得其中的詩句極美，下了課往往便拉著Y往圖書館裡鑽，討論著哪句詩詞浪漫，沉浸於古代詩歌意象之中，而Y總是在一旁默默的，偶爾則回應她個幾句，而臉上永遠掛著淡淡的笑。

下午五點，兩人約定的時間。她難得的噴上了淡淡的香水，坐在她與Y最常坐的角落位置，靜靜的等待Y的到來。「鈴鈴鈴」店內的門被緩緩推動，踏入店內的是她最熟悉不過的Y，但Y的身旁卻跟著一位她從來沒見過的女子。

「抱歉晚到了一些，妳等很久了嗎？」Y淡淡的說了一句

「沒有，我也剛到不久。這位是？」她有些不知所措的回應

「嗯！今天來就是要來跟妳談這件事的，她是M，是我社團裡的學妹。我們兩個決定在一起了，早就應該跟妳講這件事了，但一直找不到時機，這是我的不對。我們分手吧。這些年來我們彼此一直在綁著彼此，也是時候該放手了，到此結束吧！」Y的態度依然淡淡的

「……是這樣嗎？」她的嘴不受控制地動了起來（不是這樣，我不要這樣）

「我知道了，那麼祝兩位幸福，我等等剛好突然有急事，就先走了，再見。」接著不由自主地離開了老地方（拜託留住我，告訴我這一切只是在開玩笑）

她一直走到了小巷口，天空開始變得灰暗，沒過多久便下起了毛毛雨，眼淚混雜著雨水不住地從她的臉龐上滑落。

她回頭看老地方店內，模糊之中，她看見Y伸手為陌生女孩帶上了自己身上的圍巾，Y臉上的表情，就像當初她把圍巾送給Y時一樣，她忽然想起早上課堂老師所講的那首詩：

習習谷風，以陰以雨。黽勉同心，不宜有怒。

采葑采菲，無以下體。德音莫違，及爾同死。

行道遲遲，中心有違。不遠伊邇，薄送我畿。

誰謂荼苦？其甘如薺。宴爾新昏，如兄如弟。

她感覺自己好冷好冷，依稀之間，她感覺似乎是在夢中，而她唯一看得見的便是那灰濛濛，落著細雨的天空和那張不斷哭泣的臉孔。

作者小傳

黃檠，東海大學中文系三年級學生。

一個被人說不太像來自臺北的臺北人，喜歡小說及電影，偶而也聽聽音樂，不太善於表達的普通大學生。

美人之貽

林美萱

「鈴鈴鈴！」耳邊傳來清脆的鈴聲。我連忙接起電話，電話那頭，是許久不見的奶奶。聽著奶奶熟悉的嗓音，溫柔的話語，遠在異鄉讀書的我不禁有些熱淚盈眶，思緒也回到了很小、很小的時候。

那時爸媽工作繁忙，因此我被送到了南部的奶奶家，一直到即將就讀小學才回到北部，因此，我的童年幾乎都在奶奶家度過。小時候的我十分頑皮，長輩們都不願意帶著我出門，深怕一不小心，就把我搞丟了，只有奶奶，不論去哪裡，都會帶上我。小小的我牽著奶奶的手，那雙，有些粗糙，卻又溫暖的手，一直都映在我的心裡，成為童年裡，最最美好的回憶。

通完電話後才知道，原來奶奶周末要來探望我。一想到終於能見到許久未見的奶奶，我的內心便充滿了喜悅，滿心期待著那天的到來。日曆一張張撕下，一周的等待原來是這麼的漫長。終於，周末來臨了。一大早，我就連忙趕到火車站去迎接奶奶，但左等右等，卻都沒能看到奶奶的蹤跡。我的內心不禁感到一陣焦急，深怕奶奶在路上出了什麼意外，但又連繫不上奶奶，只能在車站不斷徘徊。

「叮咚！」這時，手機傳來朋友的訊息，那裡提醒著我有成堆期末作業要交，滑到《詩經》作業時，我不禁回想起課堂讀過的〈靜女〉：

靜女其姝，俟我於城隅。
愛而不見，搔首踟躕。
靜女其孌，貽我彤管。
彤管有煒，說懌女美。
自牧歸荑，洵美且異。
匪女之為美，美人之貽。

那天微風徐徐，陽光灑落在街道上，好像鋪上一層金色的薄紗。一名男孩行色匆匆的前來，焦急地四處張望，卻似乎未見到自己想見的人。這是《詩經》中，靜女其姝第一段中所出現的畫面，竟和此時的我如此類似。只是《詩經》寫的是男女之情，而我等待的卻是溫暖的親情。

終於，遠遠的，我看到一個熟悉的身影，我連忙迎上去，接過奶奶手上的行李。奶奶還是跟記憶中一樣的滿臉笑容，嘴上不停地叨唸著我的近況，無情的歲月使得他的頭髮變得花白，我牽起那雙溫暖而熟悉的手，一同踏上回家的路。

到家後，看著奶奶忙上忙下的張羅著我的租屋環境，又將冰箱塞得滿滿的，我不由得露出了無奈而幸福的微笑，連忙將奶奶拉到一旁讓她好好休息。這時，奶奶又從那彷彿無底洞般的行囊中，拿出了一個我意想不到的東西——那便是小時候我最喜歡的玩偶。我驚喜的接過它，卻發現這個布偶，似乎不是我記憶中的那個，因為它太新太乾淨了，就像剛買的一樣。我連忙詢問奶奶，才知道原來的那個玩偶早就遺失，但奶奶看我時常叨唸著這個童年的小玩伴，於是跑了許多店家替我尋找，終於找到了。看著眼前的玩偶和奶奶溫暖的笑顏，我的心也被感動填滿。這個布偶雖然並不昂貴，但對於我來說，卻是最好的禮物，不僅僅是因為它帶給我的回憶，更因為它是奶奶為了我設法買來的，在我心中，它的價值已遠遠超過原有。

〈靜女〉二、三段寫到的：「靜女其孌，貽我彤管。彤管有煒，說懌女美。自牧歸荑，洵美且異。匪女之為美，美人之貽。」只不過一根不起眼的荑草，男子卻由衷地大贊「洵美且異」，從此就可看出男子欣賞的並不是其外觀，而是對贈物人的喜愛。原來，荑草是女子和他同遊牧所親手採來的，物微而意深，一如後世南朝宋陸凱〈贈范曄〉詩中所寫的：「江南無所有，聊贈一枝春」，重的是情感的寄託、表達。

接受喜歡的人贈送荑草，感受到普通的小草也「洵美且異」，則是對她所傳送異乎尋常的真情滿心歡喜，在我們看來，那已經超越了外在而進入了追求內心世界高層次的愛情境界。而初生的柔荑將會成長茂盛，也含有愛情將更加發展的象徵意義。詩歌結尾「匪女之為美，美人之貽」更是對戀人贈物的愛屋及烏。

在我眼中，奶奶便是那靜女，在我心頭留下美麗而溫柔的影像。而奶奶所贈之物，更是我這一生中美好的記憶之一。我會更加的珍視那個玩偶，是因為它是奶奶所給予我的，猶如那一株柔荑，永遠洵美且異。

作者小傳

林美萱，現為東海大學中文系三年級的學生。有點愛幻想，對未來也有些迷茫。目前努力朝自己的夢想邁進中，期許自己能夠完成理想，築夢踏實。

〈碩人〉故事大家說

劉宣妘

多日寒風細雨天，久未露臉的冬陽終於出來打招呼了，小鳥枝頭熱鬧鳴叫，一陣陣悅耳的讀經聲從窗外傳入。

碩人其頎，衣錦褧衣。齊侯之子，衛侯之妻。東宮之妹，邢侯之姨，譚公維私。

手如柔荑，膚如凝脂。領如蝤蠐，齒如瓠犀。螓首蛾眉，巧笑倩兮，美目盼兮。

碩人敖敖，說于農郊。四牡有驕，朱幩鑣鑣，翟茀以朝。大夫夙退，無使君勞。

河水洋洋，北流活活。施罛濊濊，鱣鮪發發，葭菼揭揭。庶姜孽孽，庶士有朅。

我好奇地放下手邊的書本，循著聲音來到孔廟中庭，原來是村裡幾個孩子在顏回廳讀《詩經》，這首〈衛風．碩人〉正是我喜歡的詩篇之一，是千古賦美人之祖，曹子建〈洛神賦〉師其賦寫洛水女神；顧炎武《日知錄》稱讚詩用疊字最難，這首詩流傳千古，歷來無出其右，絕對是經典之作。

平時貪玩的孩子，讀起《詩經》來個個神情專注，頗能融入其中，教他們讀經的老夫子看起來和顏悅色，在這般古色古香，綠樹參天的院落中，冬日美好的早晨讀《詩經》，這番景象還真讓人有如沐春風的感覺！

童子們抑揚頓挫朗誦完，老夫子問道：「有誰知道這首詩在說什麼？」平時最喜歡寫作業的春小左，迅速的在腦海裡搜尋了一下有關這首詩的歷史，開心的說：「衛莊公娶到齊國太子的妹妹，名字叫做莊姜，她非常美麗，沒有孩子，這首〈碩人〉是衛國人為她寫的。」

在一旁率先把手舉得高高的毛小亨，暫了一下讓他暫失先機的春小左，也不等夫子答應就急著回答：「先生，這首詩有四章，每一章都有七句，小亨也知道這首詩說的美人就是莊姜，而且是詩人寫來憐憫她的，因為莊公被嬖妾迷惑，嬖妾得寵驕慣，僭越了莊姜的位置，莊姜賢慧處處讓著她，逐漸就失寵了，導致她都沒有小孩，所以詩人寫下這首詩來憐憫她。」

平常嚴肅的朱朱，不等毛小亨說完，也不甘落後的說：「先生，朱朱雖然平常會和毛小亨抬槓，但讀這首詩，真的很憐憫莊姜，看法和毛小亨也差不多耶！」毛小亨看了朱朱一眼，顯得很心安，這傢伙總算投我一票了，平時沒事老愛找我碴，何時如此規矩來了！

齊小易淡淡的看了夫子一眼說：「喔！我看這首詩寫的是夫婦互相背離，表面上和氣，實際上相處不好，男女雙方都不安心，他們是沒有小孩的夫婦。」齊小易平時就喜歡說一些高深莫測，大家都聽不太懂的話。

「魯小列，你覺得呢？」魯小列平時最喜歡和女生玩在一塊兒，他說話老學他奶奶嘀咕女人就應該怎樣又怎樣的。慢條斯理的說道：「先生，我在家曾聽奶奶說是因為莊姜剛嫁到衛國的時候很注重她的外表穿著，而不在乎德行修養，他的奶娘才會寫這首詩來勸導她，希望她能夠自省改過。」他一說完，大家面面相覷，有人一臉不以為然的搖頭了，夫子還是保持他一貫的莞爾而笑。

「姚姚換你說說？」姚姚總是讓大家先說，他靜靜的聽，總能聽出先說人的毛病，別看他小，口齒倒是清晰。他的話很少，除非夫子要他說，否則他也不隨便開口。姚姚笑著說：「哪有那麼複雜啊！這首詩是寫莊姜結婚時的事情，怎知她婚後不會生小孩？不要聽毛小亨瞎說，姚姚只覺得千古以來，這是把美女形容得最細膩絕妙的。」這時只見方方猛點頭。

「方方你說呢？」方方和姚姚年齡比較接近，因此想法也沒多大差異，比較像是個文青。方方沒想到夫子會點他說話，恭敬的站起來說道：「這首詩一點兒也沒有憐憫莊姜的意思，我覺得就是讚美莊姜美麗和賢德而已，尤其是『巧笑倩兮，美目盼兮』把美人的笑容、眼神寫得如此靈動，光這兩句就要給個讚。」

接下來最愛蒐集資料的王謙謙忍不住站起來說道：「夫子，謙謙不吐不快，齊小易說的跟這首詩根本沒關係，但也有人說夫婦關係不和導致沒有孩子。毛小亨誤會春小左說的美而無子，春小左講夫婦兩人感情好，沒有孩子是遺憾，但是毛小亨卻說是被嬖妾迷惑，才冷落莊姜，最後沒有孩子，這沒憑據且因果關係不對呀！魯小列說是因為莊姜的奶娘看到她婦道不正、操性衰惰，防患於未然勸諭她，我覺得這才對，這首詩在稱讚莊姜的美，跟無子無關。」謙謙專注的聽著前面的發言，默默的吸收統整，一副作結論的態勢。

夫子問平時最用功的萬萬是否聽懂？萬萬皺眉想了一下說：「從春小左的說法來看，應該是莊姜嫁娶時，衛國人讚美她的吧！」

大家都說完了，就剩下唯一的小女孩宣宣還沒說。夫子最疼愛她了，因為她每天笑容可掬，乖巧可愛，還會幫夫子端茶倒水。這時，自然就輪她說了：「先生，宣宣覺得這首詩就像一部縮時攝影紀錄片，鏡頭首先帶到莊姜的身材和服飾，再放大到身旁的人群，藉由這些人的身分和她的關係，讓我們知曉她的家世顯赫。接著特寫她的嫩手、白膚，往上一帶長脖、皓齒、方額、巧笑、明眸。下一幕捕捉她出嫁時的場景，身材高挑的美人，在郊外的農田歇息，四匹健壯的雄馬拉著用紅綢裝飾的馬車。鏡頭一轉，另一邊衛國的朝廷中，大夫已經提早退朝，不要讓君王太勞累，舉國上下歡慶國君即將迎娶夫人，正如浩蕩的黃河水勢活活的向北流，漁人們撒網豐收，岸邊的蒹葭隨風飄逸，隨嫁的女子盛裝打扮，孔武有力的男子送駕，莊姜出嫁時龐大隊伍，喜氣洋洋！當年看似風光，誰想到後來是這樣呢？夫子，我從字面上讀到的意思，在腦海中浮現，就是如此呀！」夫子點頭微笑，很滿意宣宣讀詩能看到背後的畫面，細心的體會文字所傳達的意思。

站在窗外聽孩子們讀《詩》，還真是有趣熱鬧，千載後莊姜故事依然會傳說不衰吧！未來人又會怎樣說她的故事呢？也許我該到鎮上圖書館借一些《詩經》書籍回家看看，說不定還藏著千奇百怪的說法。

附註：

童子詩旨緣由：

春小左：《春秋．左傳．隱公三年》：「衛莊公娶於齊東宮得臣之妹，曰莊姜，美而無子，衛人所為賦碩人也。」

毛小亨：漢．毛亨（生卒年不詳）《毛詩故訓傳》：「碩人四章章七句。〈碩人〉，閔莊姜也。莊公惑於嬖妾，使驕上僭。莊姜賢而不荅，終以無子，國人閔而憂之。」

朱朱：南宋．朱熹（一一三〇至一二〇〇年）《詩集傳》

齊小易：齊說，《焦氏易林．豫．家人》：「夫婦相背，和氣弗處。陰陽俱否，莊姜無子。」

魯小列：魯說，《列女傳．齊女傳母》：「莊姜初嫁，重衣貌而輕德行，其傅母加以規勸，使其感而自修，衛人為作此詩。」

姚姚：姚際恒（一六四七至約一七一五年）《詩經通論》

方方：清．方玉潤（一八一一至一八八三年）《詩經原始》

謙謙：清．王先謙（一八四二至一九一七年）《詩三家義集疏》

萬萬：民國．屈萬里（一九〇七至一九七九年）《詩經詮釋》

作者小傳

劉宣妘，東海哲學、中文雙主修，喜好經典，樂觀開朗，努力活出真善美人生的女孩！

毛詩品物圖考

幸福變調

許翌娟

雨季的傍晚，我奔馳在火車站外頭，急忙著找屋簷躲雨……。

一名陌生的男子，提著公事包，手拿著一把藍傘，笑著對我說：「小姐！這雨傘讓你用。」我注視著你不到三秒，你用公事包擋雨快速離開了。而我還來不及說聲：「謝謝。」此刻，內心充滿無限的感恩，心裡頭莫名有種惆悵感。

隔天的傍晚，我來到火車站外頭，帶著你給我的傘，如果兩人有緣分再度相遇，今天應該可以把傘還給你吧！甘苦煎熬的等待，只盼你的出現。第一天的等候，似乎無望，乾等了近三個小時，我決定離開了。頃刻間，一位陌生的男子與他的同事一群人，從月臺走出來，我看見你，你也看著我，那眼神的相會，彷彿是前世今生註定好的，緣分真的很不可思議。我把傘還給你了，也向你好好說聲：「謝謝。」

從此我們的邂逅，甜蜜愛情悄悄展開了！

那天還傘給你後，兩人互相留下通訊方式，而我每天所期待的事情，就是等著你對我的關心與問候，原來當初的這把傘，即是你對我追求的一個信物。你那樣的誠懇敦厚，拿著傘來給我，意不在替我撐傘，而是對我的愛慕。

交往一年半的我們，從相遇、相識、相知到相愛。某天，你帶著你的同事在火車站外面，擺起大陣仗，播放著謝謝你愛我歌曲，大跳雨傘舞，你單膝跪著向我求婚說：「親愛的，妳願意嫁給我嗎？」在眾人拍手歡呼之下，我摀著嘴流下眼淚，點頭向你說聲：「我願意。」你開心地站了起來，給我一個溫暖的擁抱。

我們的婚期訂在秋天，是我們相遇的日子，十月十六日。

十月十三日，我臨時接到你的電話，公司要派你去美國出差三天，十月十六日凌晨下飛機，我的內心突然有股哀傷，不知道你當日會不會準時來迎娶我，與其擔心這無濟於事，還不如準備婚禮的事宜吧！

十月十六日，我在家中等候你的到來，外頭聽見鞭炮聲，我好奇地看下窗外，你用黑色轎車迎娶我，車陣隊伍整齊，聲勢浩蕩，娘家以「禮」歡迎你，共同拜別父母後，嫁妝裝滿車，與你共同回家。

為了平衡家庭與職業，與你商討過後，我決定向公司遞上辭呈，一切以家為重。即便娘家與公司反彈聲浪不斷，但為了「愛」，我心甘情願。為何男人沉溺聲色之愛，社會並不會指控；女人落入情網，批評是如此的嚴苛呢？男女的性別關係，職場上的性別歧視，心裡控訴：「這是男女不平等的社會！」

「桑之落矣，其黃而隕。」枯黃的桑葉，一片片掉落，自從我嫁到你家來，三年過的苦日子，曾經戀人時期的相愛，怎麼踏入婚姻，就有這麼大的改變？為你生了兩個孩子，你因為公司上班疲累，不時就要公關應酬，加班到深夜，滿是酒味的回來，工作不順利，就拿我暴力相向，孩子們心疼我的痛，抱著我大哭，我們錯了嗎？

娘家的兄弟姊妹不知情，曾經因為工作而離職與他們鬧不合，現在看我的狼狽樣，他們肯定看我笑話，我只能獨自默默忍受你的無情，為何要對我如此殘忍？

「及爾偕老，老使我怨。」想起求婚時的你，口口聲聲說愛我，信誓旦旦的樣子，表現的堅貞不渝，使我心繫於你，對婚姻有著無限的憧憬，回頭看兩個孩子無助的眼神，我不捨他們還要忍受你的壞脾氣，我選擇帶他們就此離開，至於你，就算了吧！

三年後，我們離婚了，日期是十月十六日，地點是當初相遇的火車站。

我帶著兩個孩子，搭上火車，我渴望婚姻的甜美幸福，但幸福只是曇花一現，現實和理想終究有段距離，曾經失去的已無力挽回，身為人母，為了孩子，選擇離開，或許我還能找回尊嚴和一點點的幸福。

作者小傳

許翌娟，東海大學中文系四年級學生，輔修教育學程。喜愛古典文學、生命教育書籍。期望透過「文學」的力量，讓學生的學習能更加活潑生動。

氓插圖　毛詩品物圖考

黍離

陳香君

那天，是我在新的壽喜燒餐廳上班的第二天，急急忙忙中，我拿著空菜盒跑進廚房裝菜，匆忙的隨手抓了幾把空心菜塞進菜盒，「啊……掉了……算了。」幾根粗細不一的莖管灑落在地上。轉身我就要跑向外場，跑了兩大步，「啊……差點摔死。」「哈哈哈哈哈，好笨！」後方蹲著洗碗的你傳來陣陣狂笑聲，我半苦笑地盯著你咪成一線的眼睛，臉蛋不知是因羞愧還是害羞紅了起來。那是我們相識的開始。

「一起上班，好嗎？」「呃……好。」

「一起吃飯，好嗎？」「嗯？」

「一起去唱歌，好嗎？」「什麼時候呀？」

「一起打撞球，好嗎？」「當然好啊。」

「一起去遊樂場，好嗎？」「我要坐雲霄飛車，還要吃棉花糖。」

「一起去花海散步，好嗎？」「就我們兩個嗎？」

你帶著我走過用綠葉拼湊出的大大四字「新社花海」，往那一大片黃黃紅紅的群花走去。走到了花海之中，一陣大風吹來，把我的洋帽吹落在某一叢橘色的向日葵上，我使勁拉長手臂，墊著腳尖，將自己傾斜四十五度，「就差一點……哎呀！」一個不小心就跌坐在黑色的塑膠地墊上。你猛地回頭，急忙走向我，嘴裡喃喃著：「怎麼這麼不小心呢？要撿東西叫我幫你撿就好了啊！真是笨蛋。」一隻強壯的大手伸在我面前，我看了看你的手，因為在廚房工作而有的大大小小的傷口，在順著你的手望向你，那如陽光般溫煦的臉龐，直愣愣地映照在我的眼波裡，臉蛋不知是因羞愧還是害羞紅了起來。我別過你的手，自個兒地站了起來，你沉默不語，緩緩地收回了手。停頓了一秒鐘才微笑著說：「帽子撿起來了，走吧！」放眼望去，左邊這一塊是桃紅色的大波斯菊，右邊是粉紅色的玫瑰花田，隔壁走道旁有細細碎碎的白色水仙花和滿天星，眼角最遠的那一道長滿了黃色鬱金香和藍色薔薇。

我們前後並著走，「欸，你應該知道吧？」「知道什麼？」「我朋友在追你的事。」「花海真的好美啊……」我選擇避開他的提問。「看得出來，他對你比對他以前的女朋友用心好幾倍呢。」你的背影笑著顫抖了幾下，走了幾步後，突然停下來轉頭問我：「怎麼樣？考慮一下吧？」我愣了幾秒鐘後，開始對你拳打腳踢，「要不是現在沒有球棒，你早就被我打到外太空了！」「哈哈哈，接受就說啊。」你一邊挨著揍，一邊嘲笑我。

我們在花海追逐了起來，你一言我一語的笑鬧聲在整片花田裡響徹。「哈哈哈……你別跑！」一個轉彎，你就消失在我眼前，我轉繞了一圈，還是沒看見你的蹤影，正當我急得要逼出眼淚時，你手拿著一朵薰衣草出現了，「喏，送你囉，我去偷摘的，快收起來。」我接過那朵薰衣草，含著眼淚默默地將它收進黑色包包裡。

幾天後，我收到一封信，上面寫著《詩經》中的〈黍離〉：

彼黍離離，彼稷之苗，行邁靡靡，中心搖搖。
知我者謂我心憂，不知我者謂我何求，悠悠蒼天，此何人哉！
彼黍離離，彼稷之穗，行邁靡靡，中心如醉。
知我者謂我心憂，不知我者謂我何求，悠悠蒼天，此何人哉！
彼黍離離，彼稷之實，行邁靡靡，中心如噎。
知我者謂我心憂，不知我者謂我何求，悠悠蒼天，此何人哉！

我要離職了，請你好、好的。」

那是你的筆跡，我一看就認出來了，我拿起手機狂撥二三十通，「嘟聲後開始計費，如不留言請掛斷。」「如果你聽到我的留言，見一面，好嗎？」看著桌上透明玻璃瓶中的薰衣草，我不知不覺的哭了起來，「怎麼可以這樣……」不知不覺也就累得睡著了。

過了幾週沒有你的日子，讓我變得懶散渾噩了，桌上堆滿著各式各樣的雜物，喝一半的綠茶，吃到剩兩片的洋芋片，還有一堆瓶瓶罐罐。這天，帶著濕淋淋的頭髮從浴室走出來，原本要拿在電腦螢幕後面的吹風機，結果卻不小心打翻了桌上那一杯綠茶，那封信也像我的頭髮一樣變得濕淋淋的。我急忙拿起吹風機就往信紙吹去，吹了一會兒，突然，信上出現了先前沒有看過的字！最後兩行寫著：「一起陪我走向未來，好嗎？

我要離職了，請你說好、好的。」

原來，空白的那些地方，全都藏著你心中的話——就如同你送我薰衣草一樣——而我卻一一忽略，或者是說：我一直逃避。我們兩人之間隔著一道名為「朋友」的牆，因為害怕破壞了二人的關係，所以遲遲不肯踰越彼此的界線，只能守著所謂「不能相戀的愛」。

我回到了當初我們一起去的花海，我緩慢地移動著我的步伐，「如果這時，你在身旁，然後問我：『怎麼樣？考慮一下吧？』我一定會回答你：『你的話，我就不需要考慮了。』只可惜……」我喃喃著，不知不覺地走到了上次因為追逐而沒有看見的另一側花田。上次在眼角最遠端的黃色鬱金香和藍色薔薇現在也看得一清二楚了，還有鮮紅色的曼珠沙華和罌粟花，一朵一朵映照在我眼中，就像是當初我看見的你那如陽光般溫煦的臉龐，我才知道，在我眼波裡的叫作眷戀。

走著走著，便低下頭安靜地哭了起來，不懂我的人說：「他一定是在細看那些漂亮的花吧。」懂我的人卻說：「他一定很悲傷吧！」不懂我的人說：「他是不是在找些什麼？」懂我的人卻說：「或許他的愛情就正是曼珠沙華和罌粟花。」

「知我者謂我心憂，不知我者謂我何求，悠悠蒼天，此何人哉！」我說。

作者小傳

陳香君，東海大學中文系三年級。如流如梭的歲月，唯有飛得更快的隕石，才能成就一顆更加耀眼的流星。我喜歡，大草原上的歐風木屋，既衝突又華麗。

葛藟

吳珮瑩

「磅！」

一疊厚重的資料被人用力地往鐵製的辦公桌上丟去，發出了一陣巨大的聲響，同時間，辦公室裡原本輕鬆悠閒的氣氛，也被這聲巨響而變得鴉雀無聲，除了咖啡機運轉的機械聲，和主管的憤怒的叫罵聲。

「給了你三天，竟然交給我這種爛東西？你是活膩了嗎？」穿著藍色襯衫的男人坐在辦公椅上，朝面前一臉羞愧地低頭的人不斷地吼著。

「你的腦袋是裝飾品嗎？我不需要連創意都沒有的廢物，算了！拿你的垃圾回去重做。」

男人試圖冷靜下自己的情緒，但他看著眼前一直低著頭默默地收著桌上文件的人，一肚子氣就忍不住衝上腦子裡。

「用你的腦，好嗎？」男人終是忍不住開了口。

他回到自己的辦公座位前，依舊是低著頭沒有說話，隔壁鄰桌的女同事一臉擔憂地看著他，突然，女同事似乎想到了什麼，在自己的桌上忙著什麼。

接著，他突然收到了女同事傳來的小紙條，和一顆巧克力。

紙條上寫著：

你要相信你可以做得很好。

然後，她聽到了輕淡地快要捕捉不到的一句話。

「謝謝。」

晚上八點，夜色毫無聲息地侵入整間辦公室裡，快將渺小的他給淹沒，整間辦公室只剩下了他一個人，僅依靠著桌上微弱的燈光，照亮眼前的電腦螢幕。

細長的手指飛快地在鍵盤上跳舞，但每一下似乎都帶著一絲無力感，漸漸地，他停下了手上的作業，嘆了口氣，拿起掛在椅背的西裝外套，走上頂樓。

從外套口袋裡拿出菸盒，準備抽上一根，但下過雨之後微濕的空氣，讓他連點了幾下打火機都點不著，讓他忍不住罵了句「SHIT！」。

當尼古丁的煙氣充斥在肺裡時，他稍微受到了刺激感，輕輕地吐出一片煙霧，腦袋頓時醒了過來。

不是沒有想過要回去，每年回去的時候，母親臉上漸長的紋路，有些燒痛了他的雙眼，父親嘴上不說，但眼裡的擔憂卻顯而易見，這些年，他不是沒想過要放棄在這裡的生活，。

「真的非要到這麼遠的地方工作嗎？」母親一而再地詢問著。

「對啊！好不容易應徵上了，我總得試試自己的能力究竟在哪。」

「但我好擔心你，阿傑！」母親摸上他的臉龐，雙眉間的皺褶卻加深了。

「不用擔心啦！我……。」

「讓年輕人自己去闖一闖吧！既然他這麼有想法的話。」正在看報的父親緩緩地飄來一句，成功地止住母親接下去的嘮叨。

也不是沒有想過不同國家之間，有許多地方是無法互相體諒，但……。

「亞曼達，你是真的對那個亞洲仔有興趣嗎？」

「沒有，只是覺得可憐……。」名叫亞曼達的女人這麼說。

「拜託，那個瞇瞇眼亞洲仔有什麼好可憐的？根本不懂什麼是創意。」另一旁的男人一邊微瞇著眼睛，一邊數落道。

「也許辭職當數學家還比較適合他。」一開始開口的女人贊同地說。

「莎拉、約翰，你們……。」

他對於自己聽到他們在茶水間裡對他的感想，並沒有想像中太大的憤怒，甚至可以說是無動於衷。

他將額前的瀏海用手指往後梳，疲倦爬滿他的臉上，深深地吸了一口菸，並在眼前發現了角落裡的葛藤。

是被野放了嗎？他心想。

黑夜之下的綠色植物，不小心沾染了迷惑人眼的霓虹燈色彩，顯得格格不入，隱藏在角落的葛藤，只能憑藉著小花盆裡稀少的土壤養分，努力掙扎著伸長枝蔓，一些枯黃的葉片似乎訴說著：「我試過了⋯。」

現在的情景，讓他忍不住想起了這首〈王風．葛藟〉：

緜緜葛藟，在河之滸。終遠兄弟，謂他人父。謂他人父，亦莫我顧！

緜緜葛藟，在河之涘。終遠兄弟，謂他人母。謂他人母，亦莫我有！

緜緜葛藟，在河之漘。終遠兄弟，謂他人昆。謂他人昆，亦莫我聞！

在陌生的國家裡，他試著融入它，無論是身邊的人，身旁的街景，試圖將自己小小的身影像個普通人一樣，與身後的人事物連接在一起，但總是有一絲說不上來的違和感。

看著這城市的夜景，真的很像活在虛幻中那般的不真實，彷彿是一戳就破的泡沫。

他真的很想說，我真的試過了⋯⋯。

「嘿！傑克，怎麼突然想在桌上放植物當裝飾品？」亞曼達看著那株占了不少桌面面積的植物提出了她的疑問。

「當作靈感來源囉！」傑克語氣輕鬆地回答她。

作者小傳

吳珮瑩，就讀於東海大學中文系，喜歡電影，特別是動作類的電影，也喜歡接觸各式各樣的事物，但是常常都只有三分鐘熱度。

遵大路

陳予婕

一如往常地走在回家的路上，一向喜歡觀察著身邊事物的我，今天也一樣觀察著萬物。

一樣趁著老闆不注意偷滑手機的工讀生小妹、一樣趴在路邊睡懶覺的大黃貓、一樣在路邊分享八卦的大嬸們、一樣沒有半個客人的便利……，正當我腦中準備浮現「商店」兩字時，一陣怒吼讓我嚇得倒退兩步。

「你給我回來，你以為你說要走就可以走？」一個黑皮膚的男子正拉著一個穿著短裙且淚流滿面的女子，女子像是使勁全力般想掙脫那雙囚禁她的手，但不用想也知道那一定是白費力氣，「讓我走！讓我走」女子用盡全力嘶吼著，力氣用盡的女子從原本的站姿變成了半蹲，但那雙手仍然牢牢的拽著她。

你問我最後他們怎麼了？我也不知道，雖然這對男女的爭吵的確引起我的目光，但看了幾分鐘後，還是繼續走著自己的路，但在後來，我卻再也無心繼續觀察著周遭的事物，腦子裡想的全是剛剛那段爭吵畫面。

他們是情侶嗎？還是只是還在曖昧？又或者是男子跟女子告白被拒絕了？各種情境在我腦海中浮現，甚至開始上演，不過最後一個聲音打破了全部的想像「那個男的也真奇怪，女的都執意要走了，為什麼還硬要留住她？」，我在心中默默嘲笑男子的無知，如果那女子最後選擇留下來，一定有很大一部分是勉強與同情吧！一段愛情如果最終只剩下勉強與同情，那還有存在的必要嗎？強留的愛情就像強摘的果子一般，不但不甜更多的是苦澀。

在感覺自己好像已經體悟到愛情的本質時，我從不知道這一切都只是自以為。

「明天你有空吧！一起去吃飯吧！」熟悉的人、熟悉的語氣搭配上一個愛心的貼圖，我一直以為自己擁有了幸福。

「是我不夠好，我們分手吧！」雖然他傳給我的話很多很多，但我的目光始終停留在最後的那兩句，眼淚不聽使喚的掉了下來，腦中一片空白，完全無法思考任何事情，然後以前共同一起經歷的畫面一幕幕的在腦中閃過，突然腦中只浮現了一句「不，不能就這樣失去。」，完全沒有多想，在鍵盤上按下無數個字，無疑就是一些挽留的話。

一天一天的過去了，一直沒有看到回覆，甚至連已讀都沒有，就在傷心即將壓誇自己時，看見桌上擺著明天要考的《詩經》課本：

遵大路兮，摻執子之袪兮。無我惡兮，不寁故也。
遵大路兮，摻執子之手兮。無我魗兮，不寁好也。

腦中隨即浮現了那對在馬路上吵架的男女，而當初那句「那個男的也真奇怪，女的都執意要走了，為什麼還硬要留住她？」瞬間在腦海出現，就像當頭棒喝般，像是突然頓悟了什麼，拿起手機，將挽留他的訊息刪除，隨後放下手機，走向大門，繼續過著日子。

作者小傳

陳予婕，東海大學中文系三年級。每個當下都是一連串奇蹟的總和，是無數巧合的累積，才造就了現在，過去的每一個當下都是珍貴的，我相信自己始終能帶著微笑去面對世界，因為在生命中遇到的都是善良的人。

失戀和療傷

謝佳蓉

男女愛情像天氣變化，時陰時晴，有時萬里無雲，有時風雨交加，情濃時甜甜蜜蜜，情淡時烏雲密布，愛情是什麼？大家努力去追求，卻又從來沒有一定的解答。〈鄭風〉中不少男女情詩，尤其是情感曖昧，或者失戀的心情，沒有比鄭國詩人寫得貼近人心的了。其中〈遵大路〉就是首一方執意分手，一方不讓他離去，在大馬路上上演的情難斷拉扯圖：

遵大路兮，摻執子之袪兮。無我惡兮，不寁故也。

遵大路兮，摻執子之手兮。無我魗兮，不寁好也。

愛情就像是枝椏上開得最美的櫻花，綻放至極就隨風零落。時光讓草木凋零，也讓玫瑰燃燒成荒蕪原野，世間多是負心人，女子自古最是難繞開情之一字，總是被過去的美好纏繞不願放開，在大道上馬路邊，拉著情人的衣袖，懇求不要奔向另一個沒有她的地方，她也只能希冀男方不要厭煩她，雖然知道強摘的瓜不甜，但還是想要延續美好的過往，男方只覺得她像是黏在身邊的臭蟲，想快快甩開她。女子苦苦哀求他不要拋下她，拉著他的衣袖，被他甩開，又追了上去，拉著他的手，向他低泣說道：

彼狡童兮，不與我言兮。維子之故，使我不能餐兮。
彼狡童兮，不與我食兮。維子之故，使我不能息兮。

如此楚楚可憐，嬌嗔的語氣抱怨著男方跟她冷戰，使她吃不下飯，也無法呼吸，這愛情就是他的空氣，吸不到空氣，只有窒息而死了。

愛情就像開到荼靡花事了，絢爛至極如烟花即逝，情意濃烈一生一世，在天願做比翼鳥，誓言中美好的願景，情人耽溺蜜糖的話語，感情的最後，寸寸相思染成黑白，只剩下相對無語，一人獨自踽踽獨行於荒蕪之中，手心緊握著是那甩開的不耐，淚水凝結在眼眶，就連流淚也是對方咆嘯的理由，忘憂湖旁植在心口的楊柳，想要留住幸福來忘憂。

何以忘憂唯有杜康？諷刺的是只能緊握的是手上的杯中物來安慰自己。可是麻痺也只是暫時的，隱隱作痛的傷口，一碰就流膿，曾經的纏綿悱惻屬於你我間的故事。

煙花杏雨兩人合撐一傘散步在湖邊，他將傘留給女子，衝入雨中買了熱茶給女子，杯中氤氳的霧氣蒸熱了女子的心，繾綣眷戀的雙手捧著這剎那溫情。畫面移轉切換，男子褐色淺淡的眸子，眼中明媚的自己轉變成歇斯底里的妒婦，爭吵、猜忌、和好、爭吵、冷漠，這些場景像是默劇輪番上演，大家都是二流演員戴著面具在舞臺上，誰都不願意當壞人，可是都在傷人。多情總被無情傷，女人總是漸漸情深，男人總是情深至淺淡，兩個不同方向的列車最終駛向不同的終點站。

不是沒愛過，而是愛情被柴米油鹽鍋碗瓢盆割傷，破碎的難以拼湊，如此俗氣而真實，這樣曠男怨女的故事不少見，但這種的真相鮮少在才子佳人的折子戲裡看見。

最美好的愛情是經歷考驗後，願意攜手白頭偕老，願意共同面對每個問題，能夠在雨夜過後，一蓑煙雨任平生，料峭春風吹酒醒，微冷，山頭斜照卻相迎。回首向來蕭瑟處，也無風雨也無晴。瀟灑坦蕩自在而不逾矩，心境擴展，跨過風風雨雨，牽起那雙手就不再輕易放開。

愛情如何能夠相忘於江湖，各自放開而不傷，這是件困難而需要勇氣的事，若兩人在相處中互相珍惜，溫柔呵護這段感情，兩方互不虧欠，就算情淡了，手放開後，也許能在未來的某時刻在路上碰頭點頭致意關心。

多年過去了，曾經在愛情的最終時分，不捨卑微，遍體鱗傷的自尊自傲，都像是早晨的微雨疏冷的撒落在身後的梧桐樹梢，輕淺無聲的滴落，女子手捧著一杯相似而不同的熱茶，牽起男子的手捧著杯子的另一面，和對面既熟悉又疏離的男子點頭致意，相忘於江湖，也憐取眼前人。

作者小傳

謝佳蓉，現為東海大學中文系三年級生。

喜歡喜劇中夾帶著淚水，喜歡痛過後的釋然。

喜歡捕捉生命的碎片，擷取相遇的璀璨光芒。

是頗有豪俠之氣的爽朗女俠，同時住著複雜的內斂的閨秀女子。

在愛情中總會有許多女子鑽牛角尖，想要勾勒出一個擁有現實的冰冷又有美好的願景，傳達放手也會很好的愛情觀。

愛戀中糾結的小故事

趙詠寬

鄭子維、陳以哲、秦晨、鄭士溱、鄭丰*

摘要

愛情幾乎是全體人類會遇到的共同課題，課題大小端看當事者內心認定。雖然組員皆在愛戀中遇到令人糾結之事，但我們認為，過程不至驚天動地，現在想來也還好，因此報告題目定為「愛戀中糾結的小故事」。

本課為古籍選讀。眾多古籍中，本組採用《詩經》。《詩經》記載不少愛戀糾結之詩，我們從中尋出五篇生命共鳴之作，分別為鄭風〈狡童〉、陳風〈東門之

* 鄭子維：大氣科學系三年級；陳以哲：物理學系二年級；秦晨：輔導與諮商學系四年級；鄭士溱：運動學系三年級；鄭丰：園藝學系一年級。

楊〉、秦風〈晨風〉、鄭風〈褰裳〉、鄭風〈手〉。

五首詩歌的當事者幾乎是女性，我們組員全是男性，可見愛戀中的糾結不分性別，你我皆可能遇到。另由《詩經》記錄與本組報告可發現，情愛糾結不只跨越性別，亦跨越時空。雖時代不同，但人同是血肉之軀，情感需求仍是一致。發生在我們身上的糾結，古人早已遇到，未來的人也會遇到。

《詩經》雖貴為經典，然所載之事皆為人生日常，不若刻板印象之迂腐不化。歷久彌新，是經典之所以為經典的緣故。

關鍵詞：《詩經》、糾結、已讀不回、搞失蹤、分手

一、前言

老師，各位同學好，我們是第五組，選擇的主題是「愛情」。選用的古籍是《詩經》。本組組員有鄭子維同學，陳以哲學弟，秦晨學長，鄭手大哥，以及在下我——鄭士溱。

現在是二十一世紀，科技發達，物資不缺。理論上，人人可過著幸福快樂的生活，但事實上似乎不是如此，每人的心中似乎缺少什麼。我們發現，再好的物質生活無法解決人與人相處的問題，尤其是愛情！愛情沒有一定的公式或答案，許多人

在過程中碰一鼻子灰。

我們第五組也不例外，如同學所見，我們五人一臉魯宅樣，理所當然，戀愛之路都滿QQ的。（註）剛開始尋找古籍時覺得，我們八年級都已經跟七年級的老人有代溝了（鄭手大哥不好意思），何況是百年、千年前的老書？這時突然想到，高中曾經讀過〈蒹葭〉，這首超級朦朧惆悵的詩出自《詩經》。《詩經》號稱可以興、觀、群、怨，或許詩歌中會有與我們產生共鳴的地方。我們三百零五篇都翻過了，也找了不少白話翻譯。搜尋過程中，真的越看越有感，感觸越來越深。

許多人說經典是封建思想、奴化教育，甚至是廢物垃圾。以前我們沒有深入了解就跟著人云亦云，甚至加入詆毀行列。查閱《詩經》的過程中慢慢發現，古人不是笨蛋！經典之所以是經典，不是因為什麼高不可攀的理論，而是因為貼近生活，寫的是你我的人生。

以下報告組員會先分享自己在愛戀中的糾結、挫折，再附上《詩經》詩文做對照。同學會發現，原來人性不會因千年的時空而進化，相同的蠢事千年後一樣發生，不信嗎？請看以下報告。我們歡迎第一位出場的子維！

註　QQ：一種年輕人用語，表示傷心、難過的意思。

二、你為什麼不理我？

士溱謝謝。老師，同學好，我是鄭子維，大氣系三年級，先由我分享自己的遭遇。我與學妹是通識課認識的，因為我是大氣系，所以對基本的氣象預報頗有自信。每次學妹要外出時，都會問我天氣概況，我總是很認真回答。每當收到學妹回我「學長好厲害喔！」之類的訊息，我可以開心一整天！

後來，我們每天一起吃早餐，討論當日的天氣預報。那時的我，真的是人生最幸福快樂的時候。可是，不知道何時開始，學妹慢慢已讀不回，頂多回一下「我先去洗澡」或「我去遛狗」後就沒下文，到最後不讀不回了……有時在學校遇見她，她常把頭別過去裝不認識，後來進化到彷彿沒我這個人直接走過去。我不知道自己做錯什麼，為什麼她要這樣對我？我的心就這麼一直揪著，直到小組討論看到這首詩才稍微釋懷，這首詩是《詩經．鄭風》的〈狡童〉，詩文如下：

彼狡童兮，不與我言兮，維子之故，使我不能餐兮。
彼狡童兮，不與我食兮，維子之故，使我不能息兮。

這首詩真是寫到我心坎裡，原來早在千年前就有跟我一樣的受害者，受害者是個女生，男生不跟她說話，害得她吃不下飯。你想，連話都不講了，怎麼可能有機會一起吃飯？因此，女生為了他吃不好、睡不好。我當時因為學妹把我當空氣，也是好一陣子飯吃不下，連平日最愛喝的珍奶也無法讓我振作……雖然現在還是有點糾結，不過也是該走出來的時候了。以上是我的報告，謝謝大家，下一位是以哲的報告。

三、我是不是被放鴿子了？

謝謝學長。老師，各位同學好，我是陳以哲。陳是耳東陳，以是可以的以，哲是哲學的哲口字邊改成日字邊的晢，是明亮的意思。相較學長令人鼻酸的遭遇，我遇到的就還好。

我是物理系二年級，大家都知道，物理系是陽盛陰衰的系，男生特別多，女孩兒特別少。不知道是不是少子化？我們班創下本系紀錄，一個女孩兒都沒有！一個！都！沒！有！所以我們班的公關非常積極為班上謀福利，舉辦好幾次聯誼。有次我們與女孩兒特別多的系聯誼，這些女孩兒仙氣逼人，不食人間煙火。同學們私下表示，雖然這些女孩兒全是女神等級，但她們猶如帶刺玫瑰，難以親近！同學紛紛虛應故事，退出戰場，以免未來受到荊棘之苦。

這時，有位仙氣爆表的女孩兒問我：「要不要在永康街一起吃芒果冰？」那個只出現在動漫的夢幻場面居然發生在我身上！我的大腦瞬間無法思考。「好啊！」難得有女孩兒主動邀約，我怎能拒絕？「不見不散喔！」女孩兒向我立下誓言般的約定。

約定之日到了。記得那天，氣象局發布高溫警報，警報是等級最高的紅色燈號，燈號內容是「避免戶外活動，若必要外出時請注意防曬、多補充水份、慎防熱傷害。」她約我上午十一點在永康公園見面，然後再一起走去冰店。我十點半就到東門捷運站，想說吹個十分鐘的冷氣，四十分慢慢走到五號出口，然後再前往永康公園。

十分鐘很快過去，走向五號出口的過程中，捷運內的冷氣大軍似乎擋不住站外的熱流大軍，腦中突然有不妙的預感。踏出捷運出口的那一剎那，心中飆出無數的髒話，「〇!?」太熱了吧！

果然，路上一隻螞蟻都沒有，我卻必須忍受高溫，朝兩百多公尺遠的公園邁進。不過，一想到接下來的浪漫時光，我的鬥志瞬間擊敗熾熱，勇往直前。店家已開始營業，隆隆運作的冷氣熱情地為酷暑加油打氣！「啊!?」熱度爆表啦！我糊成一團的臉應該比孟克的吶喊還猙獰吧！

上午十點五十分，永康公園終於到了，比預定時間早十分鐘。公園的樹不多，能降的溫度有限。在悶熱的樹下好不容易熬到十一點，她還沒有到。我腦中閃過性別刻板印象，女孩兒總是會遲到嘛！再等一下。度秒如年的十分鐘過去，她還是沒來。我用Line問「我到了，妳在哪裡？」還好她沒有不讀不回，很快回我「抱歉，家裡臨時有事，現在沒辦法過去」、「下午五點一定沒問題，記得五點不見不散！」、「不見不散喲！」還附上滿滿的兔兔道歉貼圖。那時不知道哪根筋不對，故作紳士地回「沒問題，下午見」。或許是我對異性的渴望吧！讓我想好好把握機會，給她一點好印象。

下午四點五十分，我又提早十分鐘在永康公園等候。不過，不可思議的畫面在我眼前出現。店家的照明一間間熄滅，熱情的冷氣也一臺臺戛然而止。一陣寂靜後，開始人聲沸騰。大家討論怎麼了，怎麼沒電了？又沒有颱風、地震，怎麼會這樣？Dcard、PTT紛紛回報，是全臺大停電……（註）

我從眾人喧騰中回過神來，五點了。環顧公園，不見她的倩影。我用Line問

註　全臺大停電至今發生數次，本文係指二〇一七年八月十五日這件，原因為大潭發電廠機組跳停所致。

「妳在哪裡？」、「我在公園囉！」她不讀不回。我想，也許是停電的關係吧！再等一下吧！

不知道為什麼？或許是「不見不散！」這句話的強制力吧！我最後等她到晚上九點多。街上的路燈因分區限電，時而明亮時而熄滅。店家生意做不成了，冰自然也吃不成了……

我們來看《詩經．陳風》〈東門之楊〉吧！詩歌是這樣的：

東門之楊，其葉牂牂。昏以為期，明星煌煌。
東門之楊，其葉肺肺。昏以為期，明星晢晢。

詩中主人翁站在東門的楊柳樹下等人，此樹枝繁葉茂，相信遮蔭效果不錯。黃昏時，也許有把葉子吹得沙沙作響的微風，所以沒那麼熱。可是，從他眼中看見金星出現兩次可以知道，這一等就是從黃昏等到隔天清晨啊！（註）他為什麼願意如此長時間的等待？只是想見上一面？不可毀壞的約定？還是純粹讓等待延續想像的美好……

記得那天，晚上十一點多，訊息終於已讀，我趕緊問「還好嗎？」、「妳那邊狀況如何？」但也僅是已讀。我想，她是不是卡在車陣中還是累了？不過，這些疑問永遠沒有解答，因為被封鎖了。學長，麥克風。

四、你忘記我了嗎？

學弟謝謝。老師，同學安安，我是秦晨，秦是秦朝的秦；晨是清晨的晨。嗯！學弟的等待真的頗辛酸……我的故事應該比較沒那麼糾結，讓大家放鬆一下。我是輔諮系四年級，雖然是學諮商的，可是事情發生在自己身上時也是有點不知所措。

我跟她是高中同學，那時就是班對了。學測成績出來後，很幸運地，我們申請上同一所大學，開始無憂無慮的大學生活，除了有時覺得課業有點沉重外。

大三的時候，我們認為，應該要好好規劃下一段人生道路了，以免畢業就是失業。我決定好好唸書，攻讀碩士班，然後通過高考，取得諮商心理師證書。她則是申請交換生一年，希望踏出臺灣這個舒適圈，增長見聞。

我們兩人同居三年，是的，從大一就同居了。我們有養一隻羽毛是夢幻藍紫色

註　金星在地球上，可見於日落之後或日出之前。古時稱日落時西方出現的金星為「長庚」；稱日出前東方出現的金星為「啟明」。

的紫羅蘭小鸚，（註）名字就直接取作「小櫻」，不過「一ㄥ」是櫻花的「櫻」喔！宿舍的陽臺我們種滿玫瑰、香草等植物。沒課時，偶爾一起做餅乾、烤蛋糕，泡著玫瑰花草茶，在陽臺享受兩人一鳥的午茶時光。那時真是閑雅愜意，再繁重的功課也沒什麼了。

升大四的暑假，她幾乎沒什麼收拾就飛去德國。只是吩咐我，要好好陪陪小櫻，花記得澆水就離開了。她可能認為，反正有Skype，在德國也能輕易連結臺灣的生活。一開始，我們很熱絡地用Skype視訊，她跟我分享在德國的生活有多麼新鮮，足球有多麼厲害（OS：是看球員長得帥吧）。尤其是四月波昂（Bonn）赫爾街（Heerstraße）櫻花盛開之時，那夜空下粉紫花瓣如雨飄落的畫面，一定一定要讓我見識到！

後來就跟前面學弟的遭遇一樣，慢慢沒有聯繫了。她說課業很忙、壓力很大，不要煩她！我不太好意思打擾她，以免她爆炸。

就這樣，一學期過去了。我偶爾還是會寄一些關心的話，陽臺花草的照片，小櫻搗蛋的影片等，至於她在德國過得好不好，我不知道。聽她爸媽說，農曆過年有回來一趟，不過很快又回去趕專題了。四月的德國櫻花，我想，她也沒時間去看了吧！

說到櫻花就想到小櫻，雖然小櫻類的鸚鵡大多不太會說話，但我們養的小櫻卻會說幾句簡單的話，例如我回宿舍時牠會說：「歡迎回家」。你們知道嗎？當我聽到這句話時有多麼百感交集？走到陽臺，玫瑰還是一樣芬芳，香草依然馥郁。回望房間，她的書、衣服、保養品，就像她隨時會回來一樣……

快要一年了，妳還記得我們的小櫻嗎？還記得我們的玫瑰、香草嗎？還記得我們的小窩嗎？

或許她真的很忙吧……

嗯！故事大概這樣。我們來看《詩經．秦風》〈晨風〉這首詩：

鴥彼晨風，鬱彼北林，未見君子，憂心欽欽，如何如何，忘我實多。

山有苞櫟，隰有六駮，未見君子，憂心靡樂，如何如何，忘我實多。

山有苞棣，隰有樹檖，未見君子，憂心如醉，如何如何，忘我實多。

註　紫羅蘭小鸚，小型鸚鵡，為情侶鸚鵡（愛情鳥）的一種。羽色多為藍白色（白首藍身），壽命約十多年。

詩中這位女性，也就是當事者，她在山上看見鴿鷹，如風般出現，如風般消逝，好似不曾在這時空出現過。我想，她們可能很喜歡在山中散步、約會吧！山裡的橡樹、榆樹、豆梨依舊，可是你在哪裡？你是不是忘記我了？為什麼？怎麼辦？你該不會真的忘了我？

當事者無限的疑問也是我無限的疑問。我即將畢業，畢業前不知道會不會再見到面。我考上研究所了，可是不是母校。我想，我們兩人總該說清楚，再看之後怎麼辦。下一位我們請士溱學弟報告。

五、你給我說清楚！

學長辛苦了。大家好，我們又見面了，我是士溱，名字就像螢幕上秀的。相信大家應該看得出來，對！我是運動系的。現在三年級，主修排球。我跟女友（？）怎麼認識的呢？要說到三年前的大一國文。

國文老師很愛種花，也喜歡與大家分享園藝的樂趣，所以他向系上申請一小塊地方，打造一座鳥語花香的小花園。小花園主要由國文老師維護，有時老師忙不過來，我們會幫忙蒔花弄草一下。記得那天，我們坐在老師提供的童軍椅上，正忙著幫一盆盆玫瑰拔草、摘枯葉，弄得渾身汗臭。這時有幾位美術系的學生來寫生，她們拿著板子很克難地蹲在玫瑰花前畫畫，我們看了於心不忍，就拿我們的童軍椅給她們。我永遠忘不了當她從我手中接過椅子的時候，那沁人的淡香，嬌羞的微笑，銀鈴般的答謝，她的存在根本就是全世界最美最美的畫！

後來我們交往了，可是，她是個非常沒有安全感的人。她認為，既然我們交往了，我就不應該與其他異性朋友互動，包含老師也是一樣。我為了她，盡量避免與女性有過多互動。不過每次運表「後」，（註）她就會跟我大吵一架。因為表演結束後，總會有很多粉絲送花給我。你們猜對了，沒錯！這些粉絲幾乎都是女生。她覺得我冷落她，心不在她身上。這時她就會搞失蹤，等到我苦苦哀求的訊息填滿她的空虛，她就又沒事般出現。

這學期又有運表了，不過這次比較不一樣，她在運表「前」搞失蹤。她留言嗆說「我們分手吧！你的心不在我這裡，我們不是男女朋友了！」我回「沒有，我愛你，回來吧！妳在哪？我很擔心妳。」她就會嗆說「我們已經分手了，再見！」

過了幾天，又會收到她傳的訊息，「你跟那女生聊得這麼開心，是什麼意

註　運表，全名為運動表演會，是運動學系的活動之一。若該校為相關科系名為體育學系，則會簡稱為「體表」。此活動是每年畢業前運動系、體育系的成果展，也可說是該系大四生的畢業展。

思？」我回「我跟她是運表的主持人，純粹在練習，沒有什麼！」總之，就這樣你來我往……

我跟她已經一個半月沒見面了，我傳的訊息也只剩已讀不回。好吧！至少還有已讀。我們到底有沒有分手，我到現在也不清楚。如果真的討厭我，為什麼不直接封鎖我？至少來得痛快！在那邊搞失蹤，不清不楚的算什麼？心累，真的心好累……

《詩經．鄭風》〈褰裳〉寫的根本就是我的遭遇，詩文如下：

子惠思我，褰裳涉溱。子不我思，豈無他人？狂童之狂也且！
子惠思我，褰裳涉洧。子不我思，豈無他士？狂童之狂也且！

這首詩是女孩子嗆男生說：「如果你愛我、想我，就主動來找我，我又不是沒有人追！你這個沒常識的男人！」談戀愛時如果對象是這種人真的很煩，到底是愛我還是不愛我？都不說清楚，只會在那邊逃避。你看我，我條件也不差啊！不想再跟她玩捉迷藏遊戲了！唉！心累……接下來是我們這組的壓軸，鄭手大哥。

六、我還是愛你的啊！

學長謝謝。老師、各位同學，大家好，我是鄭手，現在就讀園藝系一年級。相信大家看到我一定會發現，除了老師，我的年紀比在座的各位都還要大上許多。沒錯！我今年三十二歲，為了重新尋找人生的另一種可能，所以重讀大學。

我本來是哲學系畢業，原本想說，如果順利考上公務員，就與前女友結婚。是的，我用「前女友」這稱呼。我與她在大一時也是在通識課認識，不過不是現在這一所，是以前讀的那一所，然後開始長達十多年的愛情長跑。後來，她希望我們先結婚，我再專心準備考試。至少她可以有婚姻的保障，成家的安全感。我跟她說，如果沒有穩定的經濟，我們的婚姻備受考驗，等我考上公職的那一天再結婚吧！到時，我一定給妳最安全、最有保障的未來！

一年一年過去，她一次次求婚，我一次次拒婚。看著我載浮載沉的國考之路，她的不安越來越高，我的焦慮也越來越深。最後，她不想等了，向我提出分手，希望放彼此一條生路。我崩潰地說妳怎麼可以拋棄我，她冷冷地回「我累了，真的累了……」。

分手後隔年一月，那天異常寒冷，連新店都下起白雪。我看著窗外銀白世界，內心沒有太多驚喜，只有滿滿對她的擔憂。妳現在還好嗎？我不在妳身邊，天又這麼冷，有沒有煮黑糖薑汁地瓜湯暖暖自己身子呢？……「包裹！包裹！鄭先生在家嗎？」黑貓先生打破我呢喃的小世界。是妳！是妳寄來的包裹！包裹裡是一件羽絨衣及一封信，信封上是妳的字跡，是妳！真的是妳！妳知道我怕冷，所以寄來這件暖洋洋的羽絨衣吧！妳還是擔心我、掛念我。謝謝妳，這次，我一定不會讓妳等了，不會再讓妳不安、難過。我要向妳求婚，許我們一個美好的婚姻、完整的家！

我迫不及待拆開信封，取出裡面的信紙，信紙是傳統的中國風，牛皮紙材質，有滿滿的五張。第一張信紙，她述說我們過去的美好。謝謝我總是天冷的時候煮薑汁地瓜湯給她，在她職場受委屈時包容她的歇斯底里及任性。怎麼會呢？任性的是我，我才要謝謝妳包容我、鼓勵我，是妳陪我走過那段不知所終的歲月啊！一字一句，猶如一包包暖暖包，讓我渾身暖了起來。一張一張信紙，好像她依偎在我身旁，一樣閒話家常，一樣打情罵俏。

下一張信紙是最後一張了，妳會寫些什麼呢？我不由得吞了口口水，緊張了起來！第一二行，還好，沒事。妳說妳最近過得很好，要我不用擔心。真的不誇張！不知道為什麼，這張信紙我用書遮住，只敢一行一行慢慢讀。看著行數逐漸減少，我心中莫名的石頭也一塊塊卸下。直到最後一行，「過去我們有淚有笑，現在想來仍是回味無窮！」耶！沒事！太好了！妳是要我主動開口提復合吧！妳等一下，我馬上打電話給妳！

當我興奮起身要找手機時，信紙隨之翻落地上，疑？背面有字？第五張信紙背面還有字！

丰，希望你好好照顧自己，不要再想我。我已經有未婚夫了，今年元旦，我們已辦過文定，三月就會步入禮堂，開始我新的人生。一切珍重！

我將那件羽絨衣原封不動退回，祇留下那封碎心的信……

我知道是我讓她等太久了，可是……

以上就是我的故事。你們知道嗎？從我們小組討論到現在，每次讀到《詩經．鄭風》的〈丰〉時，淚水都會差點奪眶而出，不過這次我會努力把詩好好唸完，詩文如下：

子之丰兮，俟我乎巷兮。悔予不送兮。

子之昌兮，俟我乎堂兮。悔予不將兮。

衣錦褧衣，裳錦褧裳。叔兮伯兮，駕予與行。

裳錦褧裳，衣錦褧衣。叔兮伯兮，駕予與歸。

本詩的主角是名女生，有個男生對女主角有意思，也一直在等候女主角。但是不知道女主角有何苦衷，拒絕男主角的求婚。顯然地，女主角非常懊悔這個舉動，因為女主角是喜歡男主角的。女主角就這樣失去男主角，永遠失去了。即使如此，女主角仍癡癡盼望，盼望有朝一日能穿上美麗的嫁衣，乘著大紅花轎，開開心心嫁給男主角。這首詩有人認為，女主角猶豫不定，錯失良緣。可是……抱歉……等我一下……

七、結語

好，不好意思，剛剛失態了。結語繼續由我鄭手負責。謝謝大家聽了我們五人愛戀中糾結的小故事，不知道大家覺得如何呢？其實一開始找主題時，我們曾經卡關，因為組員來自不同的科系，年級也不盡相同。不過在聊天過程中，不知道是誰問了「你有沒有女朋友？」才發覺到我們五人的相聚根本是上天美好的安排。我們都遇到共同的生命課題，那就是「愛情」。

雖然我們五個大男生在愛情上或多或少受到一點小傷，但也由經典中知道，我們的痛不是空前絕後，而是「繼往開來」。我們遇到的難題，以前的人早已遇到，未來的人也會遇到。

相信同學都發現到，雖然詩歌主人翁的遭遇與我們有細節的差異，但情感上的糾結、憤怒、無奈是類似的。而這些負面情緒原來在以前可以被寫成詩歌，甚至被尊為經典。如果是現在，這些心情PO在網路上，一定會被酸是「討拍文」、「取暖文」，或是被嗆「嚴禁討拍」、「滾」之類。

現在科技進步，人類生活腳步越來越快。訴苦似乎變成浪費時間、浪費生命的蠢事。在一片正向思考、不抱怨的政治正確氛圍下，人們只好故作堅強，任由心靈的防護罩一點一滴塌落。最終防護罩瓦解，衝擊直攻內心。這時，此人可能會罹患難以治癒的憂鬱症，甚至造成無法挽回的後果。

《詩》可以興觀群怨，同理人類的七情六慾。唯有內心情感需求被照料到，心靈才有可能得以修復，進而茁壯、堅強，這也是經典存在世上的功能。只可惜，大家過於匆忙，沒有時間或是沒有心力去接觸，錯失了讓經典分憂解勞、療癒自我、填補瘡疤的機會。

我們報告的五首詩，當事者幾乎是女性，但我們五個是男性。可見愛戀上的課題不分性別，它是人類須共同面對的考驗。如果願意在人性、行為、時代等不同面向，正視這些誘發因子，或許就可避開或是化解這些情愛中的難題。

你問會不會因為這些遭遇而對愛情絕望？我們敢肯定地說：「不會！」《詩經》三百零五篇，雖不乏「為情所傷」之人，但也不缺「擁情而樂」之人。當我們準備好自己，讓心智更加成熟，相信一定能在對的時間遇到合適的人，一起過著「女曰雞鳴，士曰昧旦」的平凡幸福生活。謝謝大家。

作者小傳

趙詠寬，母胎單身。博班時，曾騎小五十至八十多公里遠的日月潭月老廟求紅線。當時，月老很爽快地應筊，我也滿心期待對方的出現。至今，我該繼續順其自然還是……

窒息

黃宇岑

打開手帳，翻到末頁，記錄下今天的日期：十二月二十三號，也是我們冷戰的第四天，輕輕地寫下：「我快不能呼吸了」。

我有一個怪異的習慣，大概從高中開始，每年一定要買一本新的手帳，一開始總會勤奮的紀錄每天大小事，大概四五月過後就開始慢慢怠惰下來了，但挑手帳時有個堅持，後面我總是會挑有留一些空白頁的手帳，因為我會寫一些簡短的日記，也不全說是日記，應該說是血紅的紀錄。每當我憤怒到極致或是悲傷到無法自己時，我總會用紅色的原子筆記錄下來，這算是一種發洩嗎？還記得哈利波特電影中，有段情節是哈利被罰寫，特別的是筆的墨水是來自他的血液，寫到後頭，看著慘白的紙張被鮮血覆蓋；在我手帳中的每一筆一畫都是帶著滿溢的情緒，那些字就像是用鮮血去刻寫的。

回顧過去的一年，後方的空白頁也快被我寫滿了，要說今年過的不甚開心嗎？

其實也不然，跟你在一起的這一年，我是很快樂的，只是第一次談遠距離戀愛的我，還在適應這種甜蜜的孤單。其實手帳的前頭，貼滿了我與你的回憶，第一次一起去看的電影，第一次約會時的餐廳發票，還有好多好多的花蓮臺中來回火車票。

每一次的吵架，金牛座的你總是愛鑽牛角尖，牡羊座的我總是耐不住火爆的脾氣，一隻牛一隻羊，彼此用頭頂的尖角互相牴觸，彼此用尖角抗衡著，誰也不願讓誰的結果，就是總要等到一方累了，先將頭低下來，才能結束這無謂的爭吵。必須承認的是，你總是先低頭向我示好，而我都會故意噘著嘴的說不想理你，總是要你哄哄我，才願意綻開笑顏，我是很幼稚沒錯，謝謝你總是願意這樣疼我。

但是這次的吵架，我們反而不像平常一樣爭執，你反常地對我冷漠，而我也倔強的不願道歉，就這樣，我們冷戰了第四天。

十二月二十日

真的奇怪欸，為了這樣的小事要跟我吵架，只因為聖誕節我要跟其他朋友出去玩，不能陪你過節，就在那邊生氣。雖然說我們去年時有約定，今年的聖誕節要一起過，可是事情總會有變卦的嘛~不懂為什麼要發這麼大的脾氣，還氣到不想跟我講話，好啊我就看你什麼時候才要理我。哼~

十二月二十一日

好啊你這個可惡傢伙，不理我就不理我，那我也不會叫你起床了，今天你活該睡過頭～誰叫你不跟我說話，那就都不要講話呀～我沒關係的，這樣我反而比較快活呢，不用事事跟你報備。我自己一個人也可以很好的，千萬不可以先低頭！

十二月二十二日

第三天了，你怎麼氣這麼久啊，到底什麼時候要來跟我說話嘛，只要你來找我，我就會跟你和好了呀。其實我自己也有反省過，我是有先跟你約定好沒錯，我應該要先跟你討論一下，再回覆朋友的邀約的。聽阿亮說你這幾天都不太講話，每天臉都很沉，不知道你有沒有好好吃飯，好好地睡覺，其實我這幾天過的不是很好。

十二月二十三日

我知道錯了啦～原來你已經請好假，安排好節目，聖誕節要帶我去玩，我還以為你那天一樣要上班，才想和朋友去臺北耶誕城，隔天再去花蓮找你，沒想到你已經這麼精心準備了……難怪你這麼生氣，氣到這幾天都不理我，這是第一次你這樣跟我冷戰。這幾天我無時無刻都握著手機，害怕錯過任何一通來電，漏掉你的訊息，可是等了四天，那支手機向沉沉睡去一樣，一聲不響。

一開始的第一天我還可以故作正常，可是沒有你的早安晚安，中午沒有你陪我一起午餐視訊，那天的午餐也食之無味了。第二天的夜晚，寫完手帳後我就上床去睡了，可整晚翻來覆去的，腦子裡都是你，我偷偷看了你的社群網站，卻一樣無消無息。第三天的早上，量了體重發現我瘦了一公斤呢，這算是因禍得福嗎？可生活中的小確幸都不能與你分享，那微小的幸福感也如快壞掉的燈泡，漸漸黯淡。第四天，我真的覺得我快窒息了，盡管你平常不在身邊，不過你總是用視訊、用語音讓我的日常都有你的影子，突然之間的，卻被狠狠抽離。我就掉進了黑漆漆的深淵中，周圍的空氣越來越凝固，我就快要無法呼吸了。

彼狡童兮，不與我言兮。維子之故，使我不能餐兮！

彼狡童兮，不與我食兮。維子之故，使我不能息兮！

「我們和好吧」手機震了一下，是你傳來的訊息。我抬起頭時，發現校園因聖誕節而裝飾的霓虹燈，也亮了起來。

作者小傳

黃宇岑，二十歲。

生活總是忙碌填滿著，卻還是會擠出一絲空隙，看本書。喜歡文字，喜歡讀故事，所以用文字寫故事。遠距離戀愛中。

狡童

陳姿佑

飯廳裡的氣氛降至冰點，只剩下碗筷擦撞時發出的清脆聲響——

曉芬偷偷瞟了阿慶一眼，見他面無表情吃著飯，絲毫沒有想打破僵局的想法，只得繼續低著頭吃著這無味的一餐。

這樣的情形已經持續好幾天了，自兩天前在街上與阿慶爭執後，阿慶對曉芬變得越來越冷淡。曉芬就算開口想跟阿慶溝通，阿慶卻也只是把頭一撇，不願和她講些什麼。

今天曉芬特別為阿慶準備了一桌菜餚，想要好好和阿慶談一談並重新讓愛情回到溫暖，但從踏進家門來，阿慶都不正眼看著她。

曉芬想要試著搭話，但一想到前幾次搭話阿慶都對她不理不睬，本來欲說出口的話卻又硬深深地吞了回去……

「我吃不下了。今天身體不太舒服，我先回房休息，你吃完後就把碗筷放著就好，我來收拾。」

曉芬站了起來，匆匆忙忙離開了飯廳，回到自己的房間。

她根本就不想和阿慶處在這樣的僵局，但阿慶卻都一直保持沉默。對曉芬來說，這樣的冷漠實在讓她食不下嚥。

她顫顫地拿起手機，傳了訊息給閨蜜：

「很討厭欸！阿慶還是不跟我說話！」

傳出訊息後，曉芬把手機丟到床上開始掩面哭泣，內心的焦躁不安一點一滴侵蝕了她的心，她害怕阿慶就這樣離她而去，留下她一人。

「啊……不小心就這樣睡著了。」

早上九點四十分，曉芬揉了揉腫脹的眼睛，抬頭望向時鐘。

她打開門出了房間，緩緩走到飯廳，打算要先收拾一下餐桌。

只見餐桌早已收拾乾淨，碗筷都已經洗好歸位，打開冰箱，剩下的飯菜也都用保鮮膜包好了。

「阿慶……」

混亂的思緒襲上曉芬心頭，阿慶不是都對她不理睬嗎？但現在這樣的情況又是……？

還有機會跟阿慶談談吧？

這樣的想法在曉芬腦海裡一閃而過。

她忽然有了勇氣，匆匆忙忙回到房間打開電腦，上網查起當初他們第一次約會的那間小餐廳的營業時間。

接著她拿起放在床腳的手機，撥了電話給阿慶。曉芬緊張地握緊了手機，等待阿慶接起電話。她下定決心要再試試看和阿慶談話，修補這段關係。

可惜的是，阿慶並未接起電話。曉芬輕嘆了口氣，沮喪地放下手機。

然而在這時，手機訊息提示聲響了起來，曉芬像是看到希望般又拿起了手機，看向螢幕。

「什麼……」

曉芬的臉霎時慘白，手也跟著微微顫抖。

「那個討人厭的傢伙！為什麼……」

她從衣架上拉了一件外套後，便急急忙忙地狂奔出家門。只留下手機靜靜地躺在桌上，螢幕上顯示了幾句話：

「芬芬，謝謝妳昨晚的招待，但這陣子別再約我吃飯了，好嗎？」

儘管路人皆用疑惑地眼光看著曉芬，但她根本管不了別人的眼光，只是不斷哭泣奔跑，也不知道跑了多久、多遠。

不知不覺，一棟熟悉的房子映入了曉芬的眼中。

她按了門鈴，等待房子的主人開門。

「誰呀？咦！曉芬你今天不用上班嗎……」

「嗚嗚嗚……孟晴我該怎麼辦？阿慶他、他說他不要跟我吃飯了。」曉芬一看到房子的主人開門，便撲了上去，在對方的懷裡放聲大哭。

「來，先進屋裡去，跟我說說阿慶到底怎麼了？」

「這樣呀……阿慶也真是的，幹嘛要這樣鬧彆扭啊？」

孟晴拍了拍曉芬的背，輕聲說道。

經過了孟晴再三安慰以後，曉芬終於停止哭泣了，但不滿的情緒卻接著而來。

「好煩，阿慶那傢伙為什麼要做到這種地步，都不知道我有多難受……」

「有多難受？」

「像你看到的這樣啊！」曉芬道。

「難受到快不能呼吸？」

「剛剛是有哭到快喘不過氣啦……邊跑邊哭很累欸！」

「哈哈哈——」

一聽到曉芬這麼說，孟晴忍不住笑了出來。

「有什麼好笑的啦，沒良心欸你，虧你是我的好閨蜜，還這樣取笑我嗚嗚。」

「沒有啦，不是取笑你，只是突然想到了一首詩，覺得很符合你現在的狀況而已。」

「什麼詩？古人也會像我這樣？」

「為什麼不會，同樣都是人呀，同樣都會為愛所苦。」

孟晴笑了一笑，緩緩念道：

彼狡童兮，不與我言兮。維子之故，使我不能餐兮。

彼狡童兮，不與我食兮。維子之故，使我不能息兮。

「這就是你說的那首詩？」

「對啊。」

「還真的挺像的……那個小滑頭阿慶，害得我這幾天哭得有夠悽慘。」

「妳嘴上這麼說，但還是很想和他和好吧。」

孟晴若有所思地笑著。

「唉想和好是沒錯啦，但是他都不跟我說話啊，我找他談過很多次了，也都不理我。」曉芬忿忿說道：「這樣連和好的機會也沒了。」

「曉芬啊，妳知道剛剛那首詩的題目是什麼嗎？」

「什麼？」

「是『狡童』。」

「好……那這個跟我剛說的有什麼關係嗎？」

曉芬疑惑地看著孟晴，問道。

「有啊」孟晴笑著回答：「阿慶是『狡童』。」

「這我知道，妳不是剛就說這首詩的情況跟我遇到情況的很像？那狡童就一定是指阿慶啦！不然還會有誰？」

「也是也是，那現在就請『狡童』來親自跟你解釋吧。」

語畢，一位高碩的人便從客廳裡大櫃子的旁邊走了出來，他笑笑地看著曉芬，眼裡閃過一絲狡黠的光芒。

「阿慶！」

曉芬不敢置信地望著眼前的男子，就算有很多問題想開口詢問，卻也突然不知從何開始問起。

好久，沒有看到阿慶的笑容了。

曉芬眼眶的淚水止不住地打轉，她惡狠狠地盯著阿慶，開心、委屈、生氣全交雜在一起。為了不讓眼淚掉下來，她瞪地可奮力呢。

「別生氣別生氣，想給你一個驚喜嘛，但好像做的有點過火，讓妳難過真是對不起……」阿慶向曉芬道歉：「今天是妳的生日，我和孟晴一起討論要怎麼給妳一個難忘的生日。後來決定要以這樣子的方式給妳驚喜，這幾天我也是忍得很苦啊！」

「……你真的很幼稚欸，沒見過這麼幼稚的人。」

「別這樣啦，啊啊！我的手好痛啊，可是孟晴也是共犯啊、啊啊！」

阿慶邊哀號邊求饒，但曉芬卻捏阿慶捏得很高興的樣子。

「真是場美麗的誤會，『狡童』還真是名不虛傳。」孟晴心想：「看來曉芬以後得受苦了。」

就這樣，這場由狡童所精心策畫的計畫，就在打鬧與嘻笑之中順利落幕了。

作者小傳

陳姿佑，愛鳥成痴的中文系學生。

喜愛寫作，但文筆還不夠成熟。盼以不同的方式收藏生活上的點滴，讓手寫和手作的溫度留存於心，一步一步地向自己的目標前進。

狂童之狂也且

吳雅倩

六月是畢業的季節，枝頭上怒放的鳳凰花灑滿了一地，將鮮豔的紅色映在瞳孔上，彷彿也刻劃在了心中，久久不能退去。

「那就祝大家畢業快樂了！」年輕的老師笑容燦爛的送走了他的第一批學生，倉促接下高三班導與國文老師的職責，對於剛實習完迎接第一年教職生涯的他而言，是個不小的挑戰，萬幸的是這都是一群乖巧善良的孩子。

在人群散去後，剩下零星幾個同學還在收拾書包與互相拍照，「老師，可以幫我寫畢業紀念冊嗎？」一名少女拿著厚厚的本子遞在他面前。

他順手接過說「好啊，你想要老師寫些什麼呢？」

「大概是一些勉勵的話什麼的吧，老師不是中文系畢業的嗎？應該有很多什麼金玉良言可以寫吧！」少女搔搔頭靦腆地說到。

「嗳……你看，就跟你說讀中文系沒什麼好的吧，什麼字怎麼寫，怎麼讀，要寫什麼句子之類的苦差事都歸你，結果你還是選了中文系呢，算是步了老師的『後塵』嗎？哈哈哈！」年輕的男人爽朗的笑著，打趣著這名原本很討厭上國文課的女同學。

這樣的情景彷彿讓她回想起初次與老師閒聊的午後。

「老師，這首詩裡什麼『狂童之狂也且』也太好笑了吧，是在講很狂的意思嗎？哈哈哈哈。」我拿著寫滿文言文的讀本靠在桌上對著這個新來的教師發問。

「嗯……會這樣誤解也是滿有道理的，不過這句話比較像是在說『你這個大傻瓜』或是『你踐什麼踐啊』，你們不要笑的那麼開心啊！這是一首失戀傷心的詩欸，雖然表現的不在意，但是其實還是很難過的！」老師搔著頭努力的講解給我們聽。

他是臨時接任的新任老師，性格十分開朗，大約是因為年齡較為相近的緣故與大家都能打成一片。與原本的班導師同為國文老師，性格上卻是大相逕庭，不知道是因為孕婦的脾氣比較大，還是原本就神經質，我們的上一任國文老師實在是與親切貼不上邊，使我們總是戰戰兢兢地度過國文課，與這個開朗大方，常常講笑話，還會幫同學寫情詩追女生的新任教師實在是天差地別。

「欸欸老師，山有木兮木有枝是什麼意思啊！我寫這個真的有用嗎？」一個男同學拿著他剛謄好的情書揮舞著。

「山有木兮木有枝，心悅君兮君不知。多麼浪漫的一首詩啊！你不是說人家是資優生嗎，肯定可以的。」老師正在用心的教男同學追求隔壁班女生如何寫情書。

他明亮的眼睛照映在我眼裡，非常，非常的迷人。

終於最後還是迎來了畢業的時節，很多同學跑去老師的辦公室，情感豐富的還會眼角帶淚，你很溫柔的安慰她們，笑著拍她們的肩膀說，以後還是可以回去找你，有空都可以回學校問你問題或是閒聊，你永遠都是我們的老師，這讓她們放心地笑了，我也笑了，但卻一點都沒有感到愉快或是釋懷。最後由鳳凰花的艷紅紀念與終結了我短暫的單戀，如同你教的那首詩，

子不我思，豈無他人？狂童之狂也且！

我心想著你不喜歡我，難道就沒有別人喜歡我了嗎？追我的人多得是呢，你踐什麼踐！卻怎麼也控制不了墜落的眼淚與刺痛的心臟。

最後我選擇了與老師相同的科系，不知道是不是潛意識裡想要他對我多留點記憶，抑或是喜歡上他的同時，也愛上了他所喜愛的中文，在大學畢業的那年，舉辦

了一場同學會，在四年間也有過被追求，卻都沒有像當初那樣的悸動，抱著僥倖的心態，我在班級的社群群組中按下了那個畢業後再也沒有接觸的名字，打下了「老師，下個星期六會舉辦同學會，你有空來參加嗎？」訊息馬上跳為已讀，讓我的心臟急速地跳了一下。

「下星期六嗎？好可惜，老師也很想參加，可是那天剛好要去選婚紗。」語畢還傳了一個垂頭喪氣的貼圖，十分的有他的風格，最後我們又隨意寒暄了幾句，便結束了話題。

在閒聊中他問我「你過得好嗎？」我回答他還行不錯，對話中彷彿又回到了那個夏日晴空的午後，倚在書桌旁看著《詩經》：

子惠思我，褰裳涉溱。子不我思，豈無他人？狂童之狂也且！

子惠思我，褰裳涉洧。子不我思，豈無他士？狂童之狂也且！

是啊，你不喜歡我，難道就沒有別人喜歡我了嗎？你跩個什麼跩啊！也許真正的大傻瓜，是我吧，我想我也該從那個永遠蔚藍晴空的夏日夢中醒來了。

歡快的氣氛彷彿讓大家都回到了高中時代，眾人七嘴八舌地寒暄著，有人已經當了爹媽，有人學術有成出國深造，也有像我這般，剛出社會載浮載沉尋找著方向的，「欸欸，這個是A君給你的。」某位女生遞給了我一張紙，我將它收進口袋並對她道謝。

聚會結束於午後，外面下起了夏日的午後雷陣雨，在等待叫車的時候，翻出了口袋中的紙條，「山有木兮木有枝」。

前方撐起了一把大傘，那個男孩靦腆的說：「痾……我不會是那個大傻瓜的。」

作者小傳

吳雅倩，東海中文系三年級，二十歲的網隱少女。有著開朗又憂鬱的矛盾心理，在頹廢懶散的日常中觀察身邊溫暖的人事物，喜歡溫柔帶有溫度的文字，期望自己的書寫也能有著感動他人的能力。

再見子衿

王苹儒

「叮～叮～叮」不用工作的假日手機訊息卻異常的多，溫菱逼不得已爬起來看手機。大多都是大學班群的訊息，不知為何今天大家特別熱絡，其中夾雜了她大學室友兼最好朋友的訊息，溫菱先打開了好朋友蘇苡蕎的訊息，內容很短，只有短短一行字「菱菱，他回來了……」看完這句話溫菱也大概清楚班群熱到的原因了。他回來了，五年前那個一聲不響離開的人，唐聿琛，他回來了。

溫菱大學讀醫學系，主修兒童治療方向。她面貌清秀，有種屬於自己的特殊氣質，不免有許多追求者，但是身邊卻一直都沒有固定的男性朋友，一直到後來的唐聿琛出現，但是大家只知道兩人常常走在一起，卻不確定他們到底有沒有在一起，因為實在看不出他們和普通朋友有什麼不一樣。忘了是什麼時候，溫菱開始習慣身邊有唐聿琛的陪伴，是那年夏天嗎？還是那個雨天？忘了，也不重要了。

大學時溫菱都和蘇苡蕎走在一起，每天從宿舍到教室，再從教室到宿舍，每天都一起出入，比親姊妹還親，簡直就像個連體嬰一樣。蘇苡蕎和溫菱不一樣，個性活潑，到哪都吵吵鬧鬧的，但溫菱這樣安靜的人卻可以適應蘇苡蕎的熱鬧，同樣的蘇苡蕎也能夠習慣溫菱的文靜，他們有著大家都羨慕的友情。

那一天晚上溫菱從學校對面的甜點店下班，突如其來的大雨，讓沒帶傘的溫菱被困在店裡，打電話給蘇苡蕎卻都沒回應，溫菱只好在門口等，正思索著是不是等待會雨小一點跑回去，突然旁邊一個人影走近，和她並肩在屋簷下躲雨，來人很高，身上的黑色外套上充滿雨水，頭髮也濕了，但他卻無所謂的雙手插口袋裡站著。定睛一看，原來是同個班級的同學，好像叫唐聿琛吧？溫菱不太清楚，他平常不太常和男生交流，就算有也只是課業上的討論，僅此而已。但是她知道身邊這個人好像在年級裡滿有名的，因為長得帥，功課好，是很多女生談論的對象。溫菱收回打量的目光，並沒有要打招呼的意思，繼續望著天空等待雨變小，但是旁邊的人卻開口了「你打算在這等到雨停嗎？」是一道低沉的聲音，沒有招呼，沒有問候，只有一個簡單的問句，彷彿他們是認識多年的老朋友。「呃……沒有，我等人。」緊張之下隨便扯了個謊。唐聿琛沒有看她，對著黑暗處若有所思的點了點頭，問答結束就沒有其他話可以說了，空氣中瀰漫著尷尬，耳邊只有大雨下來的聲音。溫菱只好順著問「你呢？等雨停嗎？」「我也等人」這下真沒話好說了，溫菱心急地一直盯著手機，希望蘇苡蕎可以快點來找她。等了好一陣子，蘇苡蕎終於回撥了，說馬上帶傘過來接她，溫菱覺得奇怪，等了這麼久唐聿琛居然也是，並沒有看到有人來接他。看到遠處蘇苡蕎小跑過來，溫菱跟唐聿琛告別「我先走了唷！」唐聿琛只是點了點頭沒有說話，溫菱和蘇苡蕎挽著手走了，唐聿琛目送他們離開，等到他們的背影消失在盡頭，才扯起嘴角，雙手插口袋的大步離去。

那場雨像一個開始，溫菱發現自從那晚過後唐聿琛常常出現在她生活周遭，吃飯見、上課見，就連圖書館也看見，明明之前都不會看見他的啊。偶爾唐聿琛會跟她打招呼，這是平常不過的事，但溫菱卻說不出哪裡怪怪的。一直到蘇苡蕎交了一個男朋友，是大一屆的學長，溫菱獨處的時間就多了起來，常常獨自吃飯獨自看書。漸漸的，唐聿琛會開始過來跟她搭話，溫菱發現他和自己滿合得來的，有很多共同話題，他們都喜歡狗，他們都喜歡日式料理，他們都喜歡看翻譯小說。後來溫菱生活中很多原本屬於蘇苡蕎的時光逐漸變成唐聿琛，但是溫菱並沒有多想什麼，只是覺得多一個好朋友，挺好的。不管蘇苡蕎是如何在她耳邊問她是不是喜歡唐聿琛？唐聿琛是不是喜歡你？溫菱都沒有多想，就當蘇苡蕎在鬧。

五年前，剛升上大四，突然從老師那聽說唐聿琛休學，到國外去了。溫菱剛得知的那段時間過得很不好，對於唐聿琛的突然離開非常不習慣也非常不諒解，她不能明白為什麼不通知她一聲。後來的日子裡，溫菱才漸漸明白自己對唐聿琛的感情，但也已經來不及了。

現在，他回來了。溫菱說不清心中是什麼感覺，想見他嗎？但是不敢。見面了要說什麼，他還像以前一樣嗎。

距離得知他回來的消息已經過了五天，溫菱照常到醫院上班，每天一樣過著忙碌的日子，她知道大學同學正在組織同學會，為了歡迎唐聿琛回來，時間好像定在下個月的第一個星期六，那天溫菱剛好休假。要去嗎？不知道。

剛從公車下來，撐著傘沿著小路走回家，鞋子踩在大大小小的水窪中，前面路燈下好像有一個穿著黑西裝的高大男人，溫菱經過時看了一眼，發現那正是剛回來的唐聿琛，他還是那麼好看，而此時他也正看著她。「你怎麼在這？」唐聿琛沒回答她。「溫菱，我回來了，我很想你。」溫菱聽見後驚訝地睜大了雙眼。這幾年的時間溫菱不是沒有想過找一個人陪，但是卻都遇不上適合的，如今事隔五年，他回來了，還說想她，這是什麼意思。「你當初一聲不響就離開，那時有想過我嗎？」說著就紅了眼。「不！不是我自願這樣的，我那時根本沒有選擇。我家裡一直反對我從醫，他們希望我學商繼承家中的事業，那年，他們不顧我的意願執意把我送出國，還讓我斷了所有和國內有關的聯繫，我毫無辦法，不然我當初就會跟你說我喜歡你，和我在一起吧！我現在來找你，你願意嗎？」後面那句唐聿琛是用吼的吼出來的，溫菱聽完覺得需要時間平復心情「讓我想想吧。」畢竟現在的他們已經不是當年的他們了，溫菱覺得有必要想清楚再做決定。「同學會那天，給我答案，好嗎？」唐聿琛問，溫菱點頭。

溫菱回到家快速的洗了個熱水澡，躺到床上望著天花板，不知在想什麼。突然，她翻身下床打開抽屜，從抽屜深處拿出一本日記本，那是她大學時期的日記，翻開最後一頁，有一首詩：

青青子衿。悠悠我心。縱我不往，子寧不嗣音？

青青子佩。悠悠我思。縱我不往，子寧不來？

佻兮達兮，在城闕兮。一日不見，如三月兮。

自從唐聿琛離開後她就不用這本日記本了，撫摸著文字，上面彷彿還有熱度，眼眶也開始熱熱的了。是啊……他都回來了，她還猶豫什麼呢？

終於等到同學會當天，唐聿琛來了訊息「等等一起去好嗎？我來接你？」問得小心翼翼，溫菱早就在看見那首詩的當下想了答案，但卻等到同學會這天才要告訴他。「可以呀！」溫菱馬上回復。同學看見他們兩個一起走近會場，有人馬上好奇的「你們在一起了呀？」溫菱和唐聿琛相視而笑，大家看這樣子早就有了答案，紛紛給予祝福。

是啊，你都回來了我還等什麼呢？晚一點的幸福，也是幸福呀！

作者小傳

王芊儒，就讀東海大學中文系三年級。平時喜歡閱讀散文，現在還在努力成為自己心目中最好的樣子。想當一個不平凡的平凡人。

〈子衿〉故事新編

龔雨喬

齊溪，二十二歲，大四學生，如假包換的中文系才女。不同於其他女孩子愛打扮自己，齊溪向來「不拘小節」，雖說今天是她去新公司面試的日子，她也只是難得的化了淡妝，讓自己看起來清爽一些。這次齊溪要應聘的職位是公司的文案，初來乍到的她也只是當成一次嘗試的機會，並未真正上心。畢竟機會很多，故而面試結果不是非常重要。

背著雙肩背包，衣飾簡約、大方，打扮的像個學生的齊溪來到面試現場顯得有些格格不入。齊溪滑開手機，暗暗舒了一口氣：「還好，只差一分鐘便要遲到了。」

「你是誰？在這裡做什麼？」

聽到有人在叫她，齊溪趕忙關上手機道：「我叫齊溪，來面試的。」

「齊溪」，那人想了想，轉身給另一個人打了電話，而後對齊溪道：「這樣，你拿著你的個人簡歷去二十樓，那裡會有人帶你參加面試的。」

「可是給我發e-mail的工作人員讓我來這裡面試的。齊溪反問道：您看，這些應聘者不是也是在這裡面試嗎？」

「好了，別耽誤時間了，趕緊去吧。」

齊溪見那個人說得篤定，便立即乘著電梯去了二十樓。果不其然，剛下電梯就已經有人在等她。那個男人一身灰色西裝，頭髮是很柔和的巧克力色，卷卷的，看起來很親切的樣子好似鄰家哥哥，說起話來也並非尋常上司對下屬一般高傲疏離：「你好，我是Teddy，今天的面試官，也是boss的助手。現在請跟我去面試現場吧。」

齊溪覺得這場面試神秘的超乎自己想像，不由得心內有些躊躇，一時沒有答話，緊緊跟在Teddy身後。

Teddy看著這個初來乍到的女孩兒不淡定的樣子不禁覺得有些好笑：「小姑娘，別那麼緊張。」

「我哪兒有很緊張。」

Teddy徑直將齊溪帶入了一間屋子裡。這個屋子的構造很奇特，除了幾株綠植和櫃子中擺放的香水瓶之外，屋內的墻壁、家具擺設全是白色的，整個屋子顯得冷清、沒有一絲溫度。

眾所周知，我們公司以製作香水而聞名，每推出一款新產品的時候都需要撰寫產品介紹和廣告詞。所以你今天的任務就是給這瓶還未正式發售的香水起個名字，並寫下它給你的感覺。」Teddy一面將香水瓶遞給齊溪，一面抬起手看了看腕表道：「好了，現在你還有三十分鐘的時間，good luck。」說完，轉身出了房間。

這次面試對於齊溪來說糟透了。她沒有寫那份答卷，她不知道該在紙上寫些什麼。那瓶香水的味道她竟很熟悉，那種熟悉感讓她害怕，因為她並不知道這種熟悉感來自是哪裡。如同Teddy所說，這瓶香水是新品，從未面市過，那她又是在哪裡嗅到過這種氣息呢？回家之後，齊溪感覺疲憊極了，一向喜歡熬夜的她很早便睡下了。

那晚她做了一個夢，一個悠長而真實的夢。夢中的齊溪仿佛一個旁觀者，一個如同空氣般的存在，一幕幕好似電影般從眼前掠過。

她見到了兩個男子，一個是一國之君；另一個是那個國家的上將軍。這個國度國力漸衰，走向沒落，而將軍也要受命出征守衛邊城。臨行之時，在殿中的暖閣中，國君親自為將軍換上了銀色的戰袍。暖閣中燃著幽幽的熏香，與此情此景格格不入。而這香氣正是齊溪今日在面試時聞到的香水的味道。

「君上。」將軍率先打破了仿若凝固的空氣，「常言道『文死諫，武死戰』臣此去怕是凶多吉少了，還望……」

「小齊，莫要如此說。你我年少相識，傾心相知。本王不准你說這些死死生生的話！」

「君上，請聽臣把話講完。此戰凶險，吉凶難料，誰也不知最終結局如何。若是臣三日未歸，便是以身殉國了。到那時還望君上珍重自身，臣縱使粉身碎骨便也安心了。」

「小齊，若你不在了，你覺得本王還守得住這國麼？」身著白衣的國君走到窗口，看著天上的圓月，嘆道：「亡國之君，怎樣都是難堪的。」他轉身，望著眼前身著戰甲的少年將軍問道：「小齊，你說本王是不是很沒用？」

「君上。」將軍一臉正氣，望著他的王：「您是君王，不該在意未將一個臣子的得失。」

二人四目相對，空氣漸漸沉寂於幽深的香氣中。白衣君王看著眼前的人，不知該說什麼，眼中卻流露出來一種不同的情愫，終於他緩緩開口：「小齊，本王從未把你當作一個臣子。」

「君上。」將軍抱劍跪倒，似是做著最後的請求。

「小齊，若有來世，我只願作個平民，隱於山野之地，你可願……可願……？」

將軍望著國君，雙目透著果決與堅毅：「臣，縱使肝腦塗地亦難報君恩。若有來世，臣惟願誓死追隨君上，心意如初。」

將軍走了，國君也未言其他，只是走到桌案前，細細研磨，在紙上寫道：

青青子衿。悠悠我心。縱我不往，子寧不嗣音？

青青子佩。悠悠我思。縱我不往，子寧不來？

佻兮達兮，在城闕兮。一日不見，如三月兮。

就這樣，一遍一遍，一篇又一篇，三日三夜，水米不進，不曾停歇。還差一遍就寫滿一千遍了，縱使這千篇〈子衿〉也寫不出他心中的悔與恨，自己是一國之君卻護不住一人。一撇一捺寫不盡他的哀痛，一字一句道不完他的思念，因為急火攻心，君王的嘴角一點一點溢出鮮血，滴在他潔白的衣袍上如雪中紅梅。白雪紅梅，凌霜傲雪，這不服輸的樣子多像他的小齊將軍。想到這兒，他笑了，笑得像個天真的孩子。

第三日了，將軍終究未能回來，來的是鄰國源源不斷的將士。他收拾起自己寫好的詩篇，拿起佩劍，走上城樓。一步一步，不再留戀。他知道他的將軍，他的小齊再也回不來了，心中呼喊了無數聲「小齊，你回來！」卻也無濟於事。國君拂袖一揮，那寫了三日的詩篇如同雪花從城樓上翩然而下。他拔出手中的劍，利劍出鞘，散發著泠泠寒光，這道寒光輕輕劃過他的脖子，只頃刻間血便噴湧而出，染紅了他的白衣，仿若被北風吹落的紅梅，飛入白雪之中……

「齊小姐，我是昨天負責面試的Teddy，請問今天您可否來一下公司？我有事想向您瞭解一下。」Teddy的電話將齊溪從半虛半實的夢境中拽出來。她有些懵懂，加之Teddy的話簡短而且堅定，根本沒有回旋的餘地。

齊溪在去公司的路上便一直想著昨晚的夢。那個夢很真切卻又疏離，夢中的白衣君王是誰？那個少年將軍又是誰？還有那暖閣中源源不斷的香氣，都讓人覺得匪夷所思。

Teddy在公司樓下等候多時了。他見齊溪走過來未言其他，只領著她上了樓，來到昨日面試的小屋子。

「去吧，他等你很久了。」Teddy的語氣很平靜，與昨日陽光活潑的大男孩判若兩人。

「他？「齊溪問：「是誰？」

「簡嘉。」

「簡嘉。」齊溪口中輕聲念著這個名字，努力回想著，但腦中却沒有對這個人一絲一毫的記憶。她推開門，慢慢走了進去。Teddy望著她的背影嘆了口氣。他知道簡嘉成功的機率太小了，自己從小和他一同長大，聽他講過很多次那個荒謬的故事。簡嘉總說是自己的執念太深，以至於忘不了前世的記憶，更忘不了那個人。剛開始Teddy以為是他杜撰的笑話，可他每次講故事時的口氣都十分篤定，隨著時間的流逝以及簡嘉毋庸置疑的態度，他也漸漸相信了這個事情是真實存在的。

屋中，如同昨日一般乾淨、潔白，不帶一絲溫度。幽幽的香氣不知從何處傳來，讓齊溪心頭一緊，也讓她想起昨日的夢。

「一日不見，如三月兮。小齊，我們已經無數個日日夜夜不曾相見了，你可曾安好？」

簡嘉突如其來的問候讓齊溪一頭霧水。「一日不見，如三月兮。」這明明是《詩經》中的句子，可那分明是一首情詩嘛。自己與眼前這人第一次見，這樣的問候難道不會顯得非常無禮麼？他剛剛叫自己什麼？小齊，雖然有朋友也這樣叫過自己，可這個稱呼從這個人口中叫出來為何會有一種不同尋常的感覺？「小齊」，齊溪思忖著，昨晚的夢中，那個少年將軍彷彿也是叫小齊的。

愣住半晌，齊溪終於回過神，神色有些慌張：「簡先生，我們並未見過，也不認識，你今日何故對我說出這些話？」

簡嘉心知自己有些唐突了，按下心中的疑惑說道：「小齊。不，齊溪，你可願聽我講個故事？」

「願聞其詳。」

簡嘉講這個故事的時候很平靜，只有他自己知道為了找這個可能不存在的人付出了什麼。他從有記憶開始心中便知道自己前世有這樣一個讓他魂牽夢縈的人，可是茫茫人海，這個人又在何方？他沒有任何綫索，惟一能記起來的便是當日那熏香的味道了，那個氣息很獨特，甜而不膩，是他親手調製的，他與小齊都很喜歡。所以他很小的時候就開始學著如何調香，都說人群中十個調香高手九個都來自於西方，那又何妨？既如此他便遠赴重洋，討教調香之法。回國後簡嘉開了這間公司，調出了無數人夢寐以求的味道，終於也在他二十三歲那年調出了自己想要的味道，可自己想與之分享心中喜悅的人却不在。他曾發誓自己只找一千個人，若是還是找不到，他便放棄。就在希望之火即將熄滅的時候，齊溪出現了，她是第九百九十九個來應試的人，也是自己最後的希望。那天，當Teddy告訴他齊溪的反應時，他知道他可能成功了。

齊溪坐在簡嘉的對面，聽他講著這個故事。每當這故事與她的夢境靠近一分，自己心中隱隱作痛的感覺便強烈一分。她終於明白為什麼昨日聞到那個香氣心底會驚慌、會不安，在夢中的感覺又會如此真實，因為她本就是夢中之人，她便是與白衣君王傾心相知的小齊將軍。只是自己身在其中不自知而已。可她心內又有些游移了，她從不信什麼轉世輪回，或許這一切都是眼前的簡嘉在一本正經的胡說八道罷了，若是如此，心底那奇妙而微弱的感覺又要如何解釋？

簡嘉的故事說完了，一時間屋中陷入沉寂。

「簡先生。」齊溪率先打破了屋中的寧靜：「你的故事我很感動，可是我真的不知道自己是不是你要找的人，畢竟……」

「畢竟我的故事太荒謬，對麼？」簡嘉自嘲一笑，臉上露出些許尷尬之色：「齊小姐願意聽我講完這個故事我已經十分感激了，換作常人必會覺得我是個瘋子。」

簡嘉轉過身，從櫃子中取出一瓶香水，親手交給齊溪：「留個紀念吧。它是屬於你的。」

齊溪接過香水，那種熟悉的味道透過她的鼻息，縈繞在心間。偶然間，她看到桌子上有一支筆，一方硯，一張宣紙，心中一動，在紙上寫下：

青青子衿，悠悠我心。縱我不往，子寧不嗣音。

青青子佩，悠悠我思。縱我不往，子寧不來。

佻兮達兮，在城闕兮。一日不見，如三月兮。

她邊寫，簡嘉邊念。齊溪記得自己上學時最不愛讀《詩經》，每逢《詩經》課，自己的心思便要去「桃花源」神游一番。說來也是巧，那次翻書時偶然看到了這篇〈子衿〉倍感熟悉，只讀一次便絲毫不錯的記了下來。

詩很快就寫成了，齊溪擱筆，打開了簡嘉贈與她的香水，噴向空中。水滴化為霧氣渙散在空氣中，又緩緩下落，輕輕覆在宣紙上，漸漸沁入那一筆一劃之中。齊溪背起背包，走到門口，彷彿想到了什麼，轉身看著簡嘉，這眼神像極了那晚將軍走時轉身時的回眸。

「簡嘉。」她頓了一下：「你好，我叫齊溪。你也可以叫我小齊。」

「齊溪。」簡嘉喃喃道：「小齊」。言罷，一滴淚劃過面頰，滴在「兮」字之上。墨跡如同一朵蓮花，瞬間溢開、變淡，如同齊溪的身影漸漸淡出簡嘉的視線。

「她是你要找的人麼？」Teddy不知何時出現在簡嘉的眼前，一臉期待的看著他。

「或許是，又或許不是。」簡嘉長嘆一口氣：「一面之緣，我心願已了。」

「相見爭如不見，有情何似無情？」Teddy瞪了簡嘉一眼：「我也給你講個故事。傳說天界有位清嘉仙子，一心思慕司樂神君。後來天帝知道了這件事，便罰二人十世愛而不得。豈知司命神君憐憫二人，便偷偷將劫數減了一劫，改為九世。」

「你都是從哪兒看到這些亂七八糟的東西？」

Teddy狡黠一笑：「當然是和你學的，咱倆兄弟朋友這麼多年，耳濡目染的，不會都難。」

簡嘉瞥了Teddy一眼，只聞Teddy道：「齊溪是不是你要尋的人，想必你自己心中也有數。你等了這麼久，念了這麼久，又怨了自己那麼久，現在既遇見了她，便把她找回來，難不成也要學司樂和清嘉仙子情深緣淺？」

Teddy拍了拍簡嘉的肩膀，笑道：「你就是想得太多，執念太重。像我單身一個人無憂無慮多好？」言罷，轉身離開。

簡嘉看著齊溪留下的字，撫著自己眼淚暈開的墨跡，用只有自己能聽得到的聲音說：「齊溪，小齊。一日不見，如三秋兮，好久不見，你終於回來了。」

作者小傳

龔雨喬，來自北京，東海大學中文系二年級交換生，最愛寫一些天馬行空，不切實際的文章。文筆實在不算好，但是已經在努力提高了。

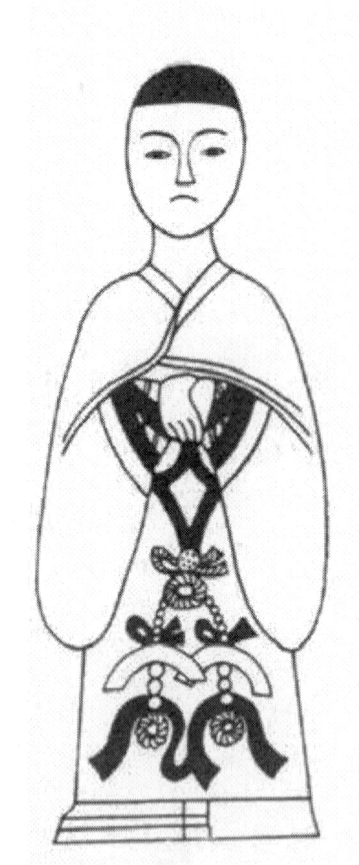

中國古代服飾大觀

多事之「秋」

耿鏡渝

尖銳而纖細的女聲穿過腦門：

「張媛荃，一日——不見我，如隔三秋是不呀？」

話畢，竟引起天地聳動，世界震盪！

張媛荃驚醒過來，嘴巴大開倒抽涼氣，從頭頂飄落的白色漆沫，不巧就這麼被吞下，喉裡嗆出一嘴白沫，難受地眼淚直飆。

張媛荃注意到自個腦袋上頭——天花板不正常龜裂的地方，陰暗狹縫越張越大，聳掉旁邊的漆塊，落了七八分砸在腿上。她喊不出痛，於是心更驚慌。

裂縫裡頭「咯吱咯吱」地迸出槁色枝藤，似兇物黑爪般，朝張媛荃撲來。

「……啊！」

她驚叫一聲，夢醒了。

十隻手指正掐著自己咽喉，頸部隱隱有著指甲嵌進膚肉的疼痛。

「妳還好嗎？」

正熬夜的林秋頭也不抬，玻璃鏡面折射著螢幕的光，林秋的關心從夜裡悠悠飄來，令張媛荃不禁由腳趾發涼。噩夢一場，張媛荃失了力勁愣坐在床，唇色泛白：「做了怪夢。」

夢境與人的潛意識相關。

林秋看也不看，隨便抬手點劃她周邊的結界，它亮了一下金光，夜裡分外明爍，林秋卻下意識地蹙眉，感到餘光刺眼。

近來東海真是多事，先是學生離奇死亡，再來聽聞怨靈附身血書，接著相關教職遇襲……林秋暗忖，也許是執手調查的媛荃肩負的壓力太大，導致心神不寧，便安慰道：「她的死跟妳沒有關係，妳不用太過於自責。好好睡覺吧。」

張媛荃沒有答話，面色難看地躺回床上。

「怎麼可能沒有關係？」她心道，案發當時少女的屍體吊在床邊又慘遭藤蔓糾葛分裂、早已面目全非，數隻肥大的蒼蠅在腐臭外露的臟器邊吮咬，整個房內有如潮濕陰暗的叢林，小組間氣氛更是低迷，眾人不語，一齊看到用明光咒燒過藤蔓的痕跡，上面寫著連老師也看不懂的古語。

「明光咒」肯定是顏柏芳親自所為，畢竟這是只有火門的術師才能操縱的絕技。

正當寂靜吞噬了所有生人氣息，張媛荃卻聽見一個聲音為她朗誦，音色幽厲沉頓，挾著深重的怨恨，令她背脊發寒：

彼采葛兮，……一日不見，……如三月兮。

彼采蕭兮，……一日不見，……如三秋兮。

彼采艾兮，……一日不見，……如三歲兮。

宿舍老師對古咒語涉獵不深，但知曉事態不妙，見張媛荃面色暗沉便問道：

「妳聽見什麼了？」

張媛荃澀聲道：「……一日不見，如隔三秋。」

「啥？情詩啊？那麼這件事情是為情所困咯？」眾人恍然。

「大錯特錯。」張媛荃說，眾人又陷入迷惘，等待她的解釋，而她在視線集中之下開始翻譯古咒：「這『一日不見，如隔三秋』是從《詩經》裡〈子衿〉一脈下來的情詩，但自古而來也未見其他解法。而這個女同學含冤自縊，怨氣甚重，這『一日不見』怕是與仇人道好。」

說到此，陳雲臉色一變，杏眸中蓄著委屈的淚水，看著昔日好友香消玉殞、死無全屍，心裡既難受又心疼，褐色的雙馬尾隨著哭聲一顫一抖：

「不可能……！柏芳是不可能使用暗咒輕生的……她那麼熱愛這個世界，為喜歡的事物付出……才不會……。」突然，她凄聲一頓，銜著淚光看向張媛荃：「就連秋夕那天的事，肯定是被人陷害！之後才會過得如此委屈！」

這畫面看得張媛荃心神一驚，熱血沸涌，別人以為是她定要追查到底究竟是誰在作祟！不料，實際上是她氣得沒一巴掌摑下那楚楚可憐的顏柏芳。而這波節奏帶得極好，不知情者也因她的情緒而渲染幾分。

任誰也很難想像這哭得梨花帶淚的女同學，倒戈得快，極不要臉，是秋夕那日的共謀！若是陳雲抖出秋夕之事是她暗自做樁，那她將來顏面何在？

說起秋夕之事，當時秋夕來了一陣怪風，怪風在降臨前早已吸食了不少小物妖氣，怨力大增，轉而覬覦住在宿舍裡的人魄，妄圖一步登天，而身為安全部門的幹部之一，他們必須協力抵抗這陣怪風，直至它法力用盡，顏柏芳便是她的同事，小她一年歲，恰恰在支援後勤糧食的單位幫忙，當時張媛荃心情欠佳，隨意針對了一名小輩公眾發難，辱罵不堪，她的地位早已是前輩，任誰也不敢冒犯。沒想到顏柏芳倒有膽量，直說：

「人必自侮而後人侮之，人必自重而後人重之，學姊，當初我看您性子直率豪爽也是性情中人，但請您記著：人與人之間仍要尊重，否則我為何要以禮相待？」

張媛荃這小人，永遠記著顏柏芳當時給她的難堪，反正她做的官大，在老師面前三言兩語就把顏柏芳弄下去了，甚至集結了一個勢力，當眾擠兌她，卻沒想到收攏所有人為手下之後，還有這個麻煩。

這時陳雲又發話了：「彼采葛兮……一日不見，如三月兮？」

眾人的目光轉向她，張媛荃大驚，莫非她也聽到了死者的低喃？結果陳雲腦袋低低，看不清楚表情，說道：「這也是一首……小人讒言的詩。前些時我翻書翻到的，本來以為將藤葛視為讒言的解法是偏門，沒想到……嗚嗚！可能是柏芳這段日子真的受盡了委屈，肯定又是那人要除之為後快，才會先下手為強。」

見上陳雲對顏柏芳的真情，聞者涕之，莫不為她們心酸。

「真小人！」張媛荃心道，當初要擠兌顏柏芳，她不是最辭嚴義正的嗎？

唉，心煩意亂，張媛荃在床上翻了個身。要是老師追討起緣由，肯定會算到她頭上。她得想想再如何找個替罪羊，不如，就利用陳雲吧……。

已然四更，連林秋也熄燈了，她卻毫無睡意。

據說施下此術者，會與靈神周桓王行諫，以剷除現世作亂的奸佞小臣，待周桓王實查之後則奪魂索命。然其方法、布陣、真實效果等等記載皆有所缺，非常人所及。故張媛荃推測顏柏芳在施術之後反遭吞噬，才不得好死。

張媛荃意識開始睏糊，打了一個呵欠。

「媛荃，妳睏了嗎？」

不知打哪的聲音穿來，又驚醒了張媛荃。金色結界倏忽一閃，竟看見陳雲的身影坐在床頭，沖她微笑。張媛荃驚得起身，發現動彈不能！

此時一道鮮紅的血液從牆壁緩緩滲出，張媛荃看見被藤蔓肢解的軀體懸在空中，而「顏柏芳」的頭顱七竅生血，腦袋顛倒，空洞的眼窟窿直視著她。

……你怎麼會！張媛荃話語尚未脫口，陳雲笑彎了眸子道：「妳這結界防死人，不防活人。」話音一頓，湊近又言：「就像我防君子，不防小人。」

是來索命了！張媛荃一想，脊骨滲寒，奈何桎梏在床，也無處瑟縮，沒法反擊，冷笑道：「顏柏芳！原來是你竊陳雲的身體演那場戲，究竟想做什麼？」

對方未答，面上笑容越趨違和詭異，此刻有一個聲音道：野草除不盡，春風吹又生，萬藤奮唯恐天下不亂……作用於遭降術者意識鬆懈的時候，掃進心靈，判定世間的不公孰是孰非，生死立判。

「陳雲」一笑，兩個馬尾顫顫，火光上面隱約晃出顏柏芳的元神：「等著你挫骨揚灰，我揚眉吐氣，你守百年，我借屍還魂，咒你千年不進輪迴！」語畢，陳雲的象一破，幻成百縷細煙，而在顏柏芳的指尖化出千星微光，又捏成了萬縷針，直直朝張媛荃的舌上一穿。

隔日，

一縷晨曦安詳地照在陰悚的萬藤窟上。

作者小傳

耿鏡渝，不願透露姓名的作者，且稱：逍遙未知。目前就讀東海大學中文系三年級。心中住著一位男孩，身份和中文系其他神仙不同，是一凡人。

出其東門的繫念

鄭晶雅

你心中，是否也有這樣一個人？

他離開後，生活還在繼續，他留下的痕跡，被平淡的日子逐漸抹去。那些遙遠而明媚的青春年華，也已在泛黃褪色的記憶裡慢慢枯萎，當時光流逝，兜兜轉轉，那個人是否還會在原來的地方等你？

在這樣一所學生幾乎都是出生於有錢人家庭的高中裡，像我這種突然從學期中轉學過來的平民高中生得學會做兩件事：一是把嘴巴閉上，另一件就是「忍」。二〇一四這一年，我帶著父母對我的期望踏入了這所貴族學校，他們傾注了所有積蓄，為的也就是我能替他們爭口氣，希望自己唯一的女兒能夠考上一所好大學，讓兩老下半輩子不必擔憂安心度日，於是，我告訴自己，無論接下來要面對的事情有多艱苦，咬牙撐過這三年就好，可萬萬沒想到，這轉學的開始竟也是一段緣分的開端。

阿良，高中一年級，是這個班的小霸王，平時不愛上課，總是利用上課的時間睡覺，下課時就和班上的其他男生一起到走廊上騷擾女同學，掀裙子、絆腳、扯鞋帶、搶零食的戲碼幾乎天天上演，不僅如此，每當升旗時訓導主任在司令臺上大聲勸導鬥毆事件時，阿良也總是被點名出列訓斥的那一個，阿良這般的惡行惡狀顯然讓學生老師們都非常頭痛，但實際上老師們卻也拿他沒轍，雖然阿良惡名昭彰，但在課業方面卻也總是在前十名，更重要的是，阿良的父親是這所高中的金主，每當新學期一開始，阿良家總是會贊助許多金錢及物資給校方，就算老師們再想要修理這名不良學生，但看在這點份上還是得讓他三分，阿良不僅是我們班的小霸王，甚至可以說是整間學校的小霸王了，而他的這些所作所為都是一個好心的同學透露給我，要我自己小心別被他欺負而跟我說的。

高一下學期剛轉學進去的我，跟班上同學都不熟悉的情況下，自然地也不願和其他人主動攀談些什麼，或許是心裡有些自卑吧，覺得自己和這裡的每一個人都不是同一路的，除了平時發考卷會和把我的考卷遞給我的同學說聲謝謝之外，其餘的，我總是點點頭或是給個微笑，僅止於此，而對於坐在我位子後面的阿良，也是如此，一直要到後來那件事情的發生，我和他之間才開始有了微妙的轉變。

那次，生理期痛得受不了，我急忙地想要到洗手間，小心翼翼地從書包將女性用品拿出，夾到課本裡想一口氣衝往洗手間時，擋在我面前的人卻將我抱在懷裡的課本拿去，「我看妳平時沒這麼認真啊，拿著課本要去哪？」阿良把課本高舉著調侃我，我只是低語著要他將課本還給我，不料，在我也試著高舉著手要將課本要回來時，一個不小心，裡頭的東西卻從中掉落，我心裡是明白阿良遲早有一天會來找我麻煩的，沒想到真碰上時，心裡還是會覺得很委屈，分貝過大的爭執上引來班上其他同儕的目光，那一瞬間，我只知道自己得忍住委屈，看了不發一語的阿良一眼後，我撿起地上的課本甩在了他的身上，頭也不回地跑出教室。

那次之後，每當見到阿良時，連最基本的微笑及點頭也不給了，我的思緒告訴我：「就把這個人當作空氣吧！」。

從那次的事件開始，我明顯感受到好像有某些事情改變了。原本會在路上打招呼的同學變得不再親切，發放試卷的同學對於我給的微笑也不再理會，種種些微的改變，我除了忍受別無選擇，而這一切的開端，都是因為那次我把東西摔在阿良身上開始的，雖然這一天的到來我是明白的，但是這樣的冷漠快要令我窒息。然而，還有一些其他的改變，自從那次的爭執後，每當最後一節下課時，阿良總是會跟在我的身後一直到我家門口，剛開始，以為他是想要報我拿課本摔他的仇，莫名感到懼怕的我，在某一次回家的路上決定要甩掉跟在身後的阿良，於是我拼命奔跑準備要在前方一個十字路口拉遠我和他的距離，不料，一臺闖紅燈的汽車正朝我這個方向迎面而來，一個閃神，在意識恢復後才驚覺阿良將我從死亡邊緣拉了回來，我的身體不停地顫抖著，眼淚莫名地從眼眶奪出，狀況稍微好點了之後，阿良攙扶著我到附近的醫院治療膝蓋上的傷口。

「你為什麼要跑？」他問。

「因為你啊。」我回答。

「我？」他疑惑著。

「我很害怕……怕你想要在我回家的路上修理我。」我說。

「我才沒有那麼無聊，而且你為什麼會覺得我要修理你？」他再度疑惑著。

「我上次不是用課本摔你嗎，你應該很生氣吧……」我說。

「白癡喔！被妳摔課本那是我活該，而且，我該跟妳說聲對不起，那天我不是故意要那樣做的，只是因為看妳沒什麼精神，原本想逗妳開心的，沒想到會變成那樣，真的很抱歉。」阿良鄭重地向我道歉著，他那真誠的神情到現在我依然無法忘記，大家眼中的小霸王，似乎也沒那麼討人厭了。

和阿良解釋清楚以後，我在學校的人際關係似乎也開始變好了，因為阿良的原因，我認識到許多同學，不論是資優生或是和阿良一樣的小霸王，漸漸地，我不再是從前那個沉默，認為凡事只要不吭聲忍一忍就過了的我，我變得比從前還要開心，不再覺得自己在這所學校是孤單一人，是阿良改變了我。時光飛逝，一轉眼已是高三，大家愛過也恨過的這段日子，悄然而至也悄然而逝，在畢業典禮這一天，阿良在我的畢業卡片上寫下：

〈鄭風・出其東門〉

出其東門，有女如雲。雖則如雲，匪我思存。縞衣綦巾，聊樂我員。

出其闉闍，有女如荼。雖則如荼，匪我思且。縞衣茹藘，聊可與娛。

妳願意和我在一起嗎？

當時，我以為阿良是在和我鬧著玩的，假裝未看到卡片上所寫的字，我匆忙地離開現場，那也是最後一次，我看著如陽光般溫煦的他。二〇二〇年的平安夜再見到他時，早已是一副冷冰冰的身軀躺在太平間裡，過了三年的再次碰面，已是天人永隔。在與他的家人一同整理阿良的遺物時，我不小心將一個放置桌上的箱子打翻，滿滿一地的信紙灑落在我眼前，聽他的姊姊說阿良小學開始，便有一個很喜歡的女生，上國中時那個女生和自己念不同間學校，直到高一下學期才又跟那個女生同班，這些年以來，阿良一直把對那個女生的喜歡寫下來，收在這個箱子裡，就是想在這個平安夜好好地跟這個女生告白，可天不從人願，在路上發生車禍的阿良因此離開了人世。話至此處，我的眼淚不停翻滾著，緩緩蹲下拾起一張信將其打開，一字一句，令我心慌，闔上微微泛黃的信紙，面無表情的我不知道是怎麼走回家的，我感覺到自己所犯下的罪，內心正在淌血，翻箱倒櫃尋著我和阿良最後一絲的繫念，「出其東門，有女如雲。雖則如雲，匪我思存。縞衣綦巾，聊樂我員。出其闉闍，有女如荼。雖則如荼，匪我思且。縞衣茹藘，聊可與娛。」

妳願意和我在一起嗎？

我願意……。

兜兜轉轉，原來你一直都在這等我。

假如當初我坦承回應你這樣專一的愛，或許就不遺憾了吧⋯

作者小傳

鄭晶雅，往返臺南和臺中的忙碌大學生，喜歡文學、藝術。平時習慣以第三人稱書寫，這次改以第一人稱視角寫較不擅長的愛情故事挑戰自己，希望還能更好！

出其東門

尹諾

怎麼說也是秋天了。抬頭望天，天光不免有些陰沉。雲也散不開似的，連給太陽露條縫兒都不肯。低頭看地，地上則到處都散著些凋黃的葉子，氣息奄奄似地躺著；只在涼風經過時，微微翻一翻身，倒更令人覺著寂寥了。

小城裡，惟有街上還剩著些往來的行人，才總算是給這蕭條的秋天增添了幾分生意。而在這些行人裡頭，最多的便是出戶遊玩的年輕人們。正好，年輕人的愛情是熱烈火燙的，恰可以同秋風秋雨的冷清抗衡。「溱與洧，方渙渙兮。士與女，方秉蕑兮。」這說的可不就是年輕男女戀愛時的熱鬧樣子嗎？就是不上溯古人，只看周遭那一個個依偎在男友身旁的女孩兒，也足以明白了；她們滿足的笑臉便是，秋風中的一只只小太陽。

對於愛時髦的人而言，秋是個再好不過的季節。夏日非得少穿不可，冬日非得多穿不可，所以夏日全以肉體之美取勝，冬日則全不給肉體之美以機會，只有秋日兩頭兼顧。「青青子衿，悠悠我心。」這傳誦了千百載的「青衿」，雖然不曉得到底什麼樣，但只憑它那美麗動人的字面，也總該是秋天的服飾吧?謙的一腔愛美之心，在平常的冬夏兩季中被稍稍地捆縛住了，現在卻得以解放。想穿短裙呢，也可以，畢竟天還不是那麼的冷，忍耐一下便行了。街上穿裙子的女孩還有那麼多，還犯不著被罵心機深。想穿牛仔褲呢，更是十二分之合適，既保暖，又修身，哪裡像夏天時，一穿上便是一腿汗，濕噠噠地悶死個人。至於上衣，休閒的衛衣，酷酷的夾克，寬鬆的男款格子襯衫，還是公主似的加絨蕾絲連衣裙，樣樣都行。

「哎，你覺得我今天穿得好看嗎?」謙一邊走，一邊用手肘捅了捅身邊的伊，笑嘻嘻地問道。

伊一聽謙這樣說了，便停下步子，側過頭，眯起眼，細細打量起了謙。正在謙被看得羞得低下頭時，伊又冷不丁地在謙臉上親了一口，說：

「好看呀!我的小寶天天都好看!」

「哼!你騙人的吧。」謙紅著臉反駁道。

「沒有呀!我的小寶人長得好看，所以穿啥都好看。我要覺得醜，那才有鬼呢。」伊的申辯無懈可擊。

「好吧，算你嘴甜!」謙傻笑著說。

「我的嘴是甜呀！我的甜嘴剛剛還親了你一口呢！你也得親我一口作為報答才行。《詩經》裡面說，『投我以木瓜，報之以瓊瑤』，這你總不可能沒聽說過吧？」

「什麼呀，色狼，你就是想占我便宜，已經占了還想占！」

「哈哈，對呀！」

伊和謙就這樣，挽著手，講著話，在小城的秋色中慢慢走著。他們倆是在教會認識的。兩人從小到大，都沒有談過戀愛，這是初戀。伊第一次看見謙，就被她美麗的大眼睛吸引了。回家之後，伊還傻裡傻氣地為謙寫了一首詩，稱讚她的大眼睛像一塊黑瑪瑙；儘管那時，伊連謙的名字都還不知道。追求謙的日子裡，伊滿腦子都是謙的影像。「窈窕淑女，寤寐求之。求之不得，寤寐思服。悠哉悠哉，輾轉反側。」這幾句平日裡倒背如流的詩，伊在那個時候才真正體會到其中的感情。好在這段羞怯又熱烈、苦澀又甘甜的時光，總算是沒有虛擲。現在謙已成了自己的身邊人。想到這兒，伊不由得感到欣慰。他長長地舒了一口氣。

「怎麼了？為什麼歎氣？」謙看到伊在沉默中忽然歎出一口氣來，以為是伊想起了什麼不愉快的事，「又想起你和爸媽吵架的事了？」

「哈哈，沒呢。我是想到以前，我沒有兄弟姐妹，也沒有女朋友，在大部分時間裡都是一個人過日子。現在忽然有了你，一下子適應不過來，有些恍如隔世的感覺呢。」

「啊！是這樣嗎？」聽了伊的話，謙原先的緊張也都消散了，「我還以為你又想起前幾天的事了。」

前幾天，伊剛剛和他的父母大吵了一架，原因是伊的父母不喜愛謙，勒令他與謙分手。《聖經》上有話說，愛情如火焰，大水也無法熄滅。伊剛剛墜入愛河，怎麼可能答應？但面對父親的語重心長和母親一連幾天的哭鬧，伊也感到心力憔悴。最後，伊假裝同意分手，私下裡仍和謙在一起，以求息事寧人。

在最傷心的日子裡，伊也曾想過要放棄。因為他不想只和謙談談花前月下的戀愛就好了，他還希望能與謙結婚生子，白頭偕老。可若是要結婚，父母這一關就是必過的。伊是個喜愛規劃未來的人，但面對父母這一斬釘截鐵的態度，伊不由得覺得前途暗淡。好在他回想起了《詩經．柏舟》中的句子：「汎彼柏舟，在彼中河。髧彼兩髦，實維我儀。之死矢靡它。母也天只！不諒人只！」所以最後，伊依然下了決心，要繼續和謙在一起。哪怕未來的道路沒有被擺放著，而是被藏起來了。

「那件事，先隨它去吧。我們向上帝禱告，總會有路的。當初你也是我向上帝禱告祈求來的呀，所以不用擔心啦！」伊笑著說。

「真的嗎？那好吧。」謙也歎了口氣。

兩人忽然陷入了沉默。

「哎！你這個人，總想些消極的東西。我後天就要去韓國讀書啦，你就不想和我說些什麼嗎？」伊一邊說著，假裝生氣地拍了拍謙的帽子。

「哈！你還敢說。」謙一邊扶正自己的帽子，一邊撅著嘴說，—你這一去，我們就要開始異地戀了，你這個懶漢，每天會不會給我打電話還說不准呢。韓國這麼多漂亮小姑娘，你可別給她們拐跑了。」

「不會的，我只喜歡我的謙寶！」伊說完，給了謙一個大大的笑臉。

「哼，又騙人。你上次不是給我讀過一首詩，裡面寫著什麼『有女懷春，吉士誘之』嗎？我看你這油嘴滑舌的樣子，到時候不定做出些什麼壞事來呢！」謙生氣地說。

「什麼油嘴滑舌，我在老師同學面前可是溫良恭儉讓老實敦厚的三好學生呢！你就放心吧，小寶！」伊又笑著說。

「哼，這要到時候才知道！」

「是啊，是要到時候才知道。老實說，我也還是白紙一張，自己不知道自己在感情上到底是一個怎麼樣的人。但是，我會努力堅持的。因為我很喜歡你，你的容貌，你的心，我都很喜歡。」

謙聽完，朝伊吐了吐舌頭。老實說，她的那些擔心都是真的，她也怕自己這段慎重考慮過的戀情，因為千山萬水的異地戀而夭折了。但事已至此，又能怎麼樣呢？人心殊易變，誓言未可珍。惟求天定意，命中不可分。就這樣吧！就這樣吧！謙相信，愛她的上帝，一定會為她準備好一切的。而且，伊確實對她很好，也是個忠厚的人。想到這兒，謙的心裡又感到甜甜的。

「好吧，那就信你一次。不過你說你喜歡我，那你有多喜歡我呢？說不好，我可不開心哦！」

「哈哈！你有聽過一首詩嗎？」

「什麼詩？」

「笨蛋，我給你背下來吧！這首詩叫做『出其東門』。」

出其東門，有女如雲。
雖則如雲。匪我思存。
縞衣綦巾，聊樂我員。
出其闉闍，有女如荼。

雖則如荼，匪我思且。
縞衣茹藘，聊可與娛。

「我就是這樣的喜歡你。」

作者小傳

尹諾，男，浙江寧波人。喜愛古典文學，希望它能夠在新的時代裡煥發出新的生命力。

獵人傳奇

王仁劭

子之還兮，遭我乎狃之間兮。並驅從兩肩兮，揖我謂我儇兮。
子之茂兮，遭我乎狃之道兮。並驅從兩牡兮，揖我謂我好兮。
子之昌兮，遭我乎狃之陽兮。並驅從兩狼兮，揖我謂我臧兮。

我嗅到人的氣味，這裡不該有其他人的。

我從枝幹樹叢間窺視著他，他小心翼翼在走在山腰上，左手拿著一把銳利的弓，右手掏出一支箭，腰間則插著一把雖略有鏽斑，但已足以殺死這座山中任何猛獸的大刀。

咻地一聲！一頭正在啃食野草的健壯雄鹿便在距離他約一百公尺處倒下。我見他露出一抹微笑後便往屍體走了過去，我決定起身與他交談，腳下的枯葉發出沙沙聲，那個人立刻警覺地持弓面向聲音的來源。「嘿，兄弟。」我說，臉上保持微笑，一方面也亮出自己的弓箭。他斜視打量著我，手臂上的青筋可以看得出他隨時準備要攻擊我這個不速之客，好像我同樣也身為一個獵人，卻想偷走他的獵物似的，真是讓人不喜歡。

「別緊張，我只是剛好經過而已。你的箭射得很準，不過更厲害的是你完全沒有驚動到那隻鹿，雄鹿的警戒心是數一數二的，非常地不簡單哪！」這可是真心話，平時要獵到一頭成年的雄鹿，可是要在牠們棲息地的附近先完完全全的隱藏起來，才有可能讓牠們進到弓箭的射程內。

「謝謝，今天的第二隻。」他雖面無表情，但是從他拍了一下肩上鼓鼓的囊袋的舉動，我就知道這是一隻對於開屏會感到沾沾自喜的孔雀。

他蹲在雄鹿的屍體旁，掏出腰間的刀開始割下可食用的肉的部分，當然眼角餘光還是持續瞄著我。「兄弟，收穫不錯啊今天。」我緩緩地走向他，在距離他尚有幾大步的距離停下。

「還是不夠……除了我家，村裡的耆老跟孩童們都需要食物，年輕人要不是在服役，有些便是離開這小村子往大城裡找工作了。」他喃喃自語著，左手順勢挖出了雄鹿的眼球便張口吞下，據說有強身、得到雄鹿般矯健力量的效果。他又回頭看了我一眼，接著將另一只眼球丟給了我。

我享受著滿口的腥味，突然想到了一個提議，於是開口說道：「兄弟，不如這樣吧，你看咱倆一起合作如何？我相信你的村落應該離這座山也有段距離，如果我們能在天黑前多打一些獵物，就可以休息幾天後再跋山涉水的到這來了。」我從我的囊袋中掏出一隻野豬的後腿丟給他。「一點意思，我也很久沒有嚐過雄鹿的新鮮眼球的好滋味了。」

我想，他應該明白這隻豬後腿的用意，其實是代表我對於打獵的技巧也算箇中翹楚，兩人合作他不會吃虧的。

天黑前，我們又一共打到了兩隻龐大的野豬、兩隻野生的大獐獸，最後更是一人殺了一頭兇猛的野狼。我們兩人默契十足，見到獵物倒下後每每稱讚著彼此。「哇！你的身手真是敏捷啊，這樣都能毫髮無傷。」「你的獵技才是一流呢，而且體格又壯，我看野豬跟野狼的獠牙都咬不穿你那結實的皮膚才是。」

當太陽終於西沉，我倆肩膀上的囊袋從來沒有這麼鼓，重到幾乎要用盡全力才有辦法扛下山，喜悅露在臉上，並在分手離去前約定下一次繼續合作打獵。

作者小傳

王仁劭，如果未來有筆名的話會叫姜人。二十三歲的三年級生，平常喜歡寫，而所寫的一切皆為了有朝一日能正當的混口飯吃。故事是一片海，而浮生終將沉。

毛詩品物圖考

陟岵・家書

鄧朗希

父親大人，母親大人，櫻子：

良久沒寫信給你們了，最近過得可好嗎？父親大人的腰患有沒有好了一點？母親大人晚上還有一直咳嗽嗎？但願您們一切安康。上次您們的信中提到櫻子訂下了婚約，作為兄長，我很是高興。我與信雄曾有一面之緣，他為人有禮，作為將官對下屬體貼備至，能得此夫郎，實在是櫻子的福氣。聽聞他的部隊早前調往了澳大利亞戰線，希望他能早日旗開得勝，為大東亞共榮圈出一分力！

中國這裡的戰事還是僵持不下，聽說其他戰線我軍也有一點狀況，當日和我一起從軍的十幾人，現在只剩下太郎和吾郎還在前線，其他人要不已經捐軀，要不就已經回國。我很是擔憂，希望天皇閣下會保佑我們凱旋而歸。

軍部幾天前決定對湖南的芷江基地進攻，我的部隊也會參戰，只要一舉奪下芷江基地，戰事可能還有一點轉機。

掐指一算，我離家從軍已有五年餘了，我開始懷念起幼時在廣島老家剝牡蠣的日子，不知道老家一切是否依舊？還記得好幾星期前，我偶然在戰俘營中聽到一個中國士兵在吟一首時，當下憑印象記了下來，再問了軍中的傳譯，原來是中國古代一首關於戰爭的詩：

陟彼岵兮，瞻望父兮。父曰：「嗟予子，行役夙夜無已，上慎旃哉！猶來無止！」

陟彼屺兮，瞻望母兮。母曰：「嗟予季，行役夙夜無寐，上慎旃哉！猶來無棄！」

陟彼岡兮，瞻望兄兮。兄曰：「嗟予弟，行役夙夜必偕，上慎旃哉！猶來無死！」

傳譯跟我說，這首詩是在說一個士兵想念家人，但戰爭遲遲不停止，使得他不能回鄉，於是登上山岡眺望家人，腦海裡浮現他的父母兄長影像，非常憂心他的安危，不斷叮嚀他，從軍餐風露宿，早晚不得休息，一定要照顧好自己，處處要小心，和其他人一起行動，千萬別落單發生意外，不能死在外頭，一定要活著回來啊！我當時就想起五年前的那一天，您們在碼頭不停的揮著手，臉上掛著笑容，卻又流著淚。那時候人多，可是我還是可以看得見，櫻子口中說出的那句話：「要回來啊」。這些年來，我都隨身帶著父親大人您送我的劍，不敢忘記出發前那一夜，您把劍交在我手中時的那番教誨；我每天都貼身穿著母親大人為我縫補的內衣，那溫度常常提醒著我母親的養育之恩；我的腰袋中一直都放著櫻子為我求的平安簽，時刻保佑著我，使我至今仍安好。但願這場戰爭早點結束，讓我和其他眾兄弟早日回國，期望平安回到家中。

戰事在即，不便多敘，就此輟筆，還望父母親大人珍重。

兒　四郎

昭和二十年春

作者小傳

從香港飄洋過海來的平凡男子，一手生疏的文字，力圖把花花世界化於字裡行間。寫作好以諷時喻事為旨，不足高攀《詩》史經典，猶能權充一時一事之零散敘錄。

碩鼠

林呈哲

好囉，好囉！哈姆你今天吃的可夠多了呢，H一臉憐愛的望著他昨天才從寵物店買回來的天竺鼠。而這隻叫做哈姆的天竺鼠，滿臉渴望的看著H手上的葵花子，顯然還沒吃飽。

大學畢業之後，H馬上著手準備國考，並順利的在隔年就考上了公務員，在T國，公務員算是一個人人稱羨的工作，雖然薪水非常微薄，但至少工作穩定又能準時下班，在這個失業率極高的時代，已經算是很不錯了，H自己也很喜歡他的工作環境，除了有一點，他們工作的單位中午都會一起訂餐，而通常組長都自願為大家做訂餐的這項服務，一開始大家也都欣然接受，而且大家心裡也都默默的感謝他，直到有人漸漸地發現為什麼每次訂餐多付的錢組長都沒有找給大家，雖然知道這項事實，但礙於頂頭上司的權威，大家也是敢怒不敢言，只能付錢的時候盡量去換錢拿剛好，或是藉故出外用餐，盡可能的避免讓組長能有為大家代訂的機會，組長眼看大家都學乖了，心裡很不是滋味，就開始常常在工作上為了一些雞毛蒜皮的小事刁難下屬，H和同事們有天終於按耐不住了，跑去向課長告發這件事，誰想到課長居然回應他們：「大家都是好同事，別為了一些小錢傷了和氣，你們好好去向組長道個歉相信就會沒事了」，H和眾同事都不敢相信自己所聽到的，但課長都這麼說了，又能有什麼辦法呢，大家只好憤憤不平的各自散去。

時間過得飛快，轉眼間又到了年末，公司一如往常的辦起了尾牙，而在尾牙的酒席上，H在公司最好的同事K悄悄跟他報好康，「哎哎，看在平常跟你交情不錯的份上，偷偷把這個小道消息告訴你，公司年後會為一些職員進行升遷，但是這個升遷名單主要是由課長決定的，所以啊！放聰明點，年後記得提籃水果禮盒去送課長拜新年啊！」，「啊！這麼好的事，送籃水果給課長就有升遷的機會？」H興奮的看著K問，K卻不屑的回應他說：「哎！你小子就是太老實了，才會不討上級喜歡，沒人教過你規矩嗎？最少籃子底下也要放個兩萬，不然你以為你有什麼特別的！」H參加完酒席後滿臉沮喪的回到家，第一件事就是把他心愛的天竺鼠哈姆從籠子裡抱出來，哈姆看來在家是餓了很久了，露出那種滿臉渴望的表情看著H，「好，爸爸滿足你」，H從飼料包裡抓了一大把瓜子餵著手裡的哈姆，哈姆一轉眼就吃完了。

現在的哈姆，身材已經是剛買回來時的兩倍大，他擠著臃腫的身軀，眼神貪婪地望著H身旁的飼料包，H這時突然想起了那天課長在臺上致詞的神情，也似是這種眼神，迷濛而不知節制，帶著無窮的渴望，而他那略顯肥胖的身軀，從臺下遠遠望去，猶如現在自己手中的碩鼠。

作者小傳

現就讀於東海大學中文系四年級，從小就喜歡閱讀各類古今中外，稀奇古怪的文章，從文學歷史到古典武俠都是涉足的範圍，也對各類社會現象非常留意，有著自己一套獨特的見解，碩鼠就是就著臺灣的社會問題去譜寫成篇的，希望讀者會喜歡。

百歲之後，化爲雙蝶

林素素

戰爭，就這麼結束了。

是勝是敗，沒法說清。唯一知道的是，賭上性命的兩方都輸了。

天灰茫茫，細雨濛濛，士兵們一直從東邊的戰場走來，要往在西方的家鄉回去。他們沉重的腳步一步一步踩着泥濘上，輾壓過的水窪來不及留住他們的記憶，便不斷被覆上新的印記。他們慢慢地脫去身上滿是傷痕的盔甲，然後一件又一件掉到泥地，任由雨水沖刷或是大地緩緩地吞噬這些廢鐵。滑過臉孔的到底是雨水還是淚，他們並不清楚。他們只知道，身上麻衣悶出來的汗從沒停過，像是現在春天的細雨怎也斷不了。

蒼天啊，你到底是在降福甘霖還是在憐憫我們這些殘兵啊？

與行屍走肉的士兵伙伴同行的信河心裡默默發悶地想。

他放眼望去，天地只有黑白灰，世界的色彩彷彿就在戰場砍殺人的時候消失得無影無蹤，只餘下無情的黑與白。

要問如何分辨白晝，信河對這問題並不茫然。盡管心盲了，他眼睛也是有感光能力：天亮白到極致時便是中午；同樣，天黑至沒法看見五指時就是夜深。

日與白，夜與玄。

日出，從殘破得快要四分五裂的木造車馬下爬出，然後趕緊跟隨着日夜不休趕路的伙伴。即使身上沾滿了泥巴和昆蟲的屍體，他也不多加理會，只為了跟上夜裡不斷行走的同伴。夜裡，他又躲回馬車下休息。

信河並不是不趕着回到西邊的故鄉，而是他一天沒法行走二十四小時，他的氣力，應該說他能活動的時間很少，只能在白天才有力氣，晚上就像被咒詛一樣，全身沒法動彈，只能蜷縮身軀睡在車輛下，躲過夜深的陰間判刑者。

沙沙細雨無絕聲，走向西方的路上，偶然會看到長得白白胖胖的山蠶爬滿了野外的桑葉不留半點春天的生氣，信河總是想着這些蠶蟲就像戰場上不斷啃食屍體的蛆蟲。

要說蛆蟲可惡不留情，倒不說是命運的可悲。戰地沙場上，倒臥着誰也不願意碰、散發噁心臭味的死屍、殘缺不全的四肢散落在每個角落，而蛆蟲彷如天上的神明不分敵我輕柔地撫過沾染血腥的身軀，它們的白就像散發着聖光般，讓人尊崇而生畏。

綠蠶是一景，歸途的風景一直流動，起着漣漪般的變化。

有時，士兵們和信河會經過早已荒廢的村落。村民去了哪，是為了什麼事而離開，沒人能知。每間房子的主人曾經生活過的痕跡早就被老鼠的巢穴和蜘蛛的白網所掩蓋。房屋上瓦片早已掉了一半、有些甚或塌下來的屋頂上，蔓延着無數的翠綠的藤蔓，蔓上還結着肥大的瓜果，彷彿它們是屋頂的新主人。房子的庭園裡則是有着不知從何跑來的梅鹿群，牠們愉悅地啃咬着園裡長滿的荒草，不用多說也知道廢棄的村落就是牠們家的後花園。而當太陽下山沒多少，村子裡便飛着一隻又一隻的螢火蟲，數量之多猶如天上的繁星，彷彿是曾經住在村落村民們的亡魂追憶般飄回來村子。黃金色的微光，一閃一閃的，鬼魅似的尋找曾經的家。

信河曾經想過自己的村莊會不會也像如此光景，可是縱使變得如此可怕，他還是很想回去，回到名為家的地方。

村落荒廢這種可怕的念頭很快會被另一種想法取代。信河更願相信家裡的菜田一次又一次長滿果栗，妻子用心地打掃家裡，偶爾她會在閨房的窗邊看着秋天歸去的鳥鳴、夏天的螞蟻在勤勞準備冬天的糧食，每天每夜盼望他的回來，不停的嘆息又不停地期待着新一天的到來。

每當幻想到這裡，信河又會想起自己已經離家三年了，兵役戰爭從沒有一刻停過，四季的更替，春去秋來，見不到心愛的妻子三個寒暑，她的形象亦漸漸的模糊起來，就像掉進河水睜開眼睛看着前方，明明看得見，卻又沒法看得更清楚，越是掙扎，影像越漸消失。縱使如此，信河腦海裡還是依舊記得和妻子新婚那天，天空裡飛過一隻光鮮亮麗的黃鶯，彷彿祝福一般在他們頭上盤旋了一圈。那時，他的妻子穿着紅色的嫁衣，臉上遮掩着紅巾，坐在毛色光澤美好的馬兒上，等着她母親為她結縭。結婚那天的禮儀雖然繁重，可是信河還是永遠記得在那之後洞房花燭夜前，與妻子一起共舞的畫面。那一頻一躍、一柔一剛的動作，使他們的心揉合在一起，彼此結連從此難分。

新婚甚好，其舊如何？

不知是太過哀傷，還是夜裡夢太長，信河每當想到這裡時，他的記憶就彷如不受控制般，逐漸倒回到與妻子第一次相見時的場景：衛公宮殿前的舞蹈表演。

炎熱盛夏的正午，反射着日光而發出耀眼光芒的宮殿前，負責表演供給皇帝觀看的舞師，不怕陽光炙熱猛烈地躍動，縱然大汗淋漓，他們亦未停止律動，而是有規律地按着音樂節奏跳動，時而輕快時而緩慢，演跳着萬舞。

舞師所跳的萬舞文武相兼，剛柔並濟，不會偏向一方，皆因受上天的眷念，不怕日曬夜寒，亦不畏汗流浹背，生命彷彿只為天與帝而演。

站在舞隊前的領舞者，身材高大且勇武，即使手拉着馬轡，也能輕鬆地跳躍，沒有絲毫的累態。急速激昂的節奏到達高潮後，隨即緊接着徐緩的旋律，柔和而不徐不疾，領舞者亦從袖子裡拿出笛子和羽毛，配合着伴奏，他右手拿着六孔笛，左手輕快地揮動雉尾毛，躍動着優雅的節拍，施施前行又冉冉往右踩，左手的雉尾毛於半空中畫出圓形，再跳躍。

在絲竹停在最後一音時，領舞者的腳步也隨即停下，並且輕輕地喘着氣，他兩頰如染上丹霞色般紅通通的，雙眼被滑落的汗水矇著顯得有些許迷茫，可是很快他用黑黝強壯手臂抹去汗水，並且帶領身後的舞師們向衛公鞠躬。

坐在宮殿正中央的衛公，頭頂有着繡滿龍鳳的黃簾遮擋着烈日，兩旁亦有僕人為他搧風。他身穿華衣頭帶冠帽，坐在象徵權力的龍椅上，坐前擺好豐富的食物。衛公高興地拿起酒杯賞賜他一杯美酒。

領舞者拱手感謝衞公的賞賜，然後轉身面向他的同伴，還有在他們身後受皇帝賞賜一同來臨到行宮的官員和百姓。他手高舉酒杯晃一晃，接着猛然大口把酒喝光，又擦過唇邊滑下的酒水，並展開燦爛的笑容。官員和百姓紛紛給他熱烈的掌聲喝采。

就在這時，領舞者眼角餘光看到一個楚楚動人的女子，她雖身穿粗布麻衣、頭上的髮髻只有白花裝點，可是她的眼裡盡是欣賞，盡是傾慕，有一股說不出的熱情。

女子瞳孔裡映着他的身影，身穿着藍色花衣、頭上綁着黃帶，雙眼澄明有神，還有英武的身姿，且她腦海裡一直烙印着他跳舞剛猛的神態。

這一瞬間裡，他眼裡只有她，她眼裡亦只有他。世界彷彿靜止了，只餘下兩人不能言盡的對望相慕。

如果說世上真的有所謂的一見鍾情，那，他們兩人的感情就是如此而生。只可惜，牛郎織女之情，天庭王母難容忍。兩人的相遇從一開始就是錯誤的。

領舞者，身為宮師，受宗廟神之眷顧與繫連，神明之聖潔，不可受凡俗情所沾染，故不能輕易與女子相望，傷及心神平靜，損其神，亦不可對女生產生情愫，並且婚娶，耗其命。若全犯，命運將墮而不可收拾，死亦無屍，魂魄盡散。

世界情難捨下，誰能道盡空即是色？

「即使，要我背叛秀坊舞師、至尊的衞公，甚或是上天，我也要和你永遠在一起，慕沙。」

榛樹連綿不絕生長在崇高且相隔東與西的山上，沒人相識的苦苓則長在低暗潮濕的土地裡，樹木裡的葛藤無情地攀爬在苦吟的楚木上，蘞草蔓延在野外，像是能一直連繫到那思念的東方美人那裡。由東往西，沿着蘞蔓的綠藤，可追尋其原生根是長滿野草，一片荒地一個小小的石牌旁。

這個小石牌到底是什麼時候立的，沒人能說清，有人說是很久以前，有人說是從女媧補天時遺漏的，而經過這片無止境荒地的商人則說是從三年前的戰爭發生後才有的。人們唯一能知道的就是小石牌前，經常有個婦人孤伶伶地哭泣，不論是嚴寒的冬天還是酷熱的夏日，她都一直在那裡，彷彿不用織布，也不用料理家務一樣。

途人若是第一次從西往東邊，路經這荒地時，起初會聽到細細碎碎的抽泣，越接近小石牌時，則會看到穿着破布衣、頭上帶着早已凋零花朵的婦人跪着或是伏貼在地上，嘴裡還不時說着：「予美亡此，誰與？獨處！」情況怪異。若是走近詢問，婦人也不理會，細看石牌上只有歪歪斜斜的字體寫着：舞者，信河。沒生卒年，也沒有生平事蹟，石牌後也沒有土堆，不知道他是否果真長眠於此？石牌旁則是一條又一條的粗藤蔓，如蛇行般伸延。

路經這地久了，途人也都早已習慣，沒有人去理會她，並不約而同給它一個「哭婦荒地」的地名。

一直一直到東方戰爭結束後的三月初春某一天三更之時。

從東邊歸來的士兵隊伍冗長而擁擠，他們步伐踉蹌不穩，臉上無光而佈滿灰塵，手腳都是殘缺不全，比較幸運的身上亦有無數刀傷，如一群從冥府回來的活死人，沒半點人的氣息。

當他們走到哭婦荒地時，他們腳步像是被什麼抓緊一樣停住了，一陣陣悲怨的哭聲從荒地傳來，於是他們紛紛看荒地上的小石牌。恰巧，這時厚重的雲霧被不知從何而來的強風吹散，月亮的寒光緩緩地照到石牌前的婦人身上。士兵們像是看到鬼魅般不寒而慄，他們本想加快腳步而行，卻全身不能動彈。

此時，本對什麼也不在意的婦人卻轉頭看着這群傷殘不全的士兵，看得士兵們心裡都發毛。而有位士兵不知道中了什麼魔咒般，東歪西斜蹣跚地走近婦人。他摸了摸了殘破的褲裙，從中掏出一塊黑紅斑斑的木簡。婦人看了看那長滿蘚灰黑色的手上的木簡，再睜大滿佈血絲的雙眼，瞄了瞄士兵高大的身影，拿起那塊木簡，用着沙啞的聲音緩緩吐出：「謝……謝。」

那士兵聽到婦人的聲音像是如夢初醒，先是不解，後是驚慌失措，抖着聲音說道：「令……令君英勇戰死沙場，請……請節哀！」說完他便迅速跑回隊伍，便悲痛地嚎叫了聲：「走！」

上千人的軍隊，受那一聲的呼嘯，手腳不再僵硬，猶如受驚的獅子快速前進，一下子捲起蔽空的沙塵。

殘兵離去，塵埃滾滾散落，婦人手上的木簡發出不尋常的藍光，一個身穿藍衣的白影從一輛木車的車底飄出。

他緩緩地往婦人的方向飄浮着，一路上的蘞蔓慢慢地粉碎，化成無數的小白光，然後再消失。

「是……你嗎?信……河。」婦人聲音抖顫而激昂。

「慕沙，三年來，辛苦你了。」信河緊抱着血肉之身的婦人，溫柔道。

「你真的是……」婦人輕碰着散發着白光的信河，撫摸着那虛弱不實的臉孔。

「噓，別說，使者會找到我的。」信河哀傷地笑着：「你為了能再見我，就在這蔓草荒地哭喪三年，這樣不值……你應該去找戶好人家再嫁。」

「不，我不。我一生只愛你！」婦人激動地說着，緊緊地湊近信河的懷裡：「都怪那該死的戰爭……」

「那不是戰爭的錯……而是……嗚……」信河手捂着正在慢慢消失的雙腳。

「信河，怎麼會這樣的！我們才剛相見……」

「看來是太陽要升起了。」信河痛得緊閉着一隻眼睛、雙眉皺成一團，「別這樣，不……不要哭，來笑一笑……吧……」

信河輕摸婦人的青白夾雜的髮絲，然後吃力地飄到日光悄然冒出的地方，柔柔地揮動雙手跳起舞來：「慕沙，再見了。」

「信河……」婦人急速地站起來，跑到信河身前緊緊抱着他，可惜，這時太陽已逐漸上升，信河最後強展笑容化成無數的白光，即使如此婦人也想去觸碰那像悲傷一樣的溫暖，她撲倒在地上，手上緊緊握住木簡，痛哭留淚。

日出白光，柔風撫慰着婦人。荒地上的野草、小石牌亦受風的欣慰，慢慢演化成小白光，然後靜靜地變成了一朵又一朵的小白花。

春天來了，荒地上開滿了無名的白花，再也沒有哭婦，只有一雙素蝶隨風而舞。

夏之日，冬之夜。百歲之後，化為雙蝶。

（改寫自詩經《豳風．東山》、《邶風．簡兮》、《唐風．葛生》）

作者小傳

林素素，每次創作都祈求初心不負。腦海總是有很多創作的念頭，但總是被小事所拘，而疏於寫作。心中的小宇宙總是熾熱，願有天能為創作而燃燒，走在路上不致迷茫。

毛詩品物圖考

《詩經》人物故事

陳茵茵

1.〈百歲無憂〉——葛生

葛生蒙楚，蘞蔓于野。予美亡此，誰與？獨處？
葛生蒙棘，蘞蔓于域。予美亡此，誰與？獨息？
角枕粲兮，錦衾爛兮。予美亡此，誰與？獨旦？
夏之日，冬之夜。百歲之後，歸于其居。
冬之夜，夏之日。百歲之後，歸于其室。

妳記不清究竟過了多少時日。事實上，時間在此已成為了無意義的事物，倘若生活遺失了生活的人。

又想起那天，丟失了重要的人，從此丟失自己。儘管能在最後一刻看見他，觸摸他，安頓他如安頓此生，即使是冰冷的，這都算得上是莫大的恩惠，相較於其他生死未卜的遠行人。

若說還有心願未了，待妳時日無多，便化鶴歸於其室，至此百歲無憂。可惜歲月如此漫長。

2.〈人間世〉——蜉蝣、蜉蝣（陳綺貞）

蜉蝣之羽，衣裳楚楚。心之憂矣，於我歸處。
蜉蝣之翼，采采衣服。心之憂矣，於我歸息。
蜉蝣掘閱，麻衣如雪。心之憂矣，於我歸說。

「每一天睜開眼，我們都是蜉蝣。」

感於一日之內光線的變換，風抽走卷雲，時空倒流一般，你回到過去。小學裡的池塘邊，你第一次見到這種水中小蟲，薄而透明的翅翼折射各種光影，孤懸水上，縹緲虛幻。只一眨眼，它便消失於視線之中，僅存於掌管記憶的海馬迴內。

孕育至消亡，它的生命僅有一年，若從成蟲算起則七天，與人類平均七十九年的生命相較，顯得無足輕重。然而存於世間的價值，又豈能以時間衡量？

人的一世，就如同進入風箱，空氣似的鼓動與膨脹，一一通過輸風管被加壓、扭轉卻從不坍塌。

從那時你便懂得，在此世間，除了快樂，別無所求。

3.〈日常〉——蘀兮

蘀兮蘀兮，風其吹女。叔兮伯兮，倡予和女。

蘀兮蘀兮，風其漂女。叔兮伯兮，倡予要女。

秋天的尾巴，蹭得視線餘光裡的那個老人打了個噴嚏，棋盤攤展在石桌，坐落著黑白子兒。夕照是溫涼的，茶杯也是，妳在一旁與小孩猜拳。

不成曲調的哼唱，起始於一隻貓，魚骨被啃的嘩啦啦響，笑語叮鈴著，風毫無預警地落下爪印，妳的歌唱愈來愈快，愈來愈快——

紅色的秋就這樣閑漫散落了。

4.〈乘物游心〉——考槃、山鬼（屈原）

考槃在澗，碩人之寬。獨寐寤言，永矢弗諼。

考槃在阿，碩人之薖。獨寐寤歌，永矢弗過。
考槃在陸，碩人之軸。獨寐寤宿，永矢弗告。

他不知自己姓誰名誰，來自何處，又將去向何方。

他就住在這片深山老林裡，渴了飲山澗泉水，餓了採樹叢野果，與天地同寢，與百獸共眠，無數個朝暮便這樣一晃而過了。

前些日子，有個小孩兒在山中迷失了，誤打誤撞地闖進深林裡，他便收留了小孩一宿。就寢前，小孩睜著圓溜溜的眼睛問他，是不是村民口中的山鬼。

村民口中的山神是怎麼樣的呢？他問。

「可厲害啦！能呼風喚雨又掌百獸，只是不喜歡和人接觸，所以沒人見過他。」

聽聞此語，他只一笑，「我不是不喜歡接觸人，只是一個人更快活。」

復又促狹地說，「可千萬別告訴別人你見過我啦。」

他早已忘卻了自己姓誰名誰，來自何處，又將去向何方。這些本就是無意義的事情，何必知曉？

倒不如就這樣，一頭栽進山裡。

作者小傳

陳茵茵，一九九六年生，高雄人，就讀於東海大學中文系。旁觀式的寫散文，天馬行空式的寫詩。

毛詩品物圖考

或許，我越來越接近「　」吧……

趙詠寬

蒹葭蒼蒼，白露為霜。

「志晞，你長大後想要做什麼？」

「我想要帶大家環遊世界！」

「是嗎？那我們說好，長大後要記得帶我一起環遊世界喔！」

「好喔！」

★《詩經》〈蒹葭〉：「所謂伊人，在水一方」，「伊人」可以象徵下列何者？

（A）戀人（B）賢人（C）人生目標（D）美好理想（E）以上皆是。

★《爾雅》：「小渚曰沚，小沚曰坻。」試問坻與沚何者為大？

「小何，（註）小何，趕快起來，等一下要帶團了，趕快起來。」

「嗯……坻……沚……」

「小何！不要說夢話了！你不是要我早一點叫你起來？趕快起來！」

「喔！對！小秦謝謝，我馬上準備！」

今天做了既懷念又奇怪的夢，夢到好像重要的人，非常掛念的人。可是想不起來他是誰。然後又夢到國文考題還有訓詁，好像有一題是問面積的。嗯……想不起來。還是好好準備今天的行程，善盡領隊的職責吧！或許等一下就會想起來也說不定。

遡洄從之，道阻且長。遡游從之，宛在水中央。

「各位貴賓好，我是導遊小秦，歡迎參加『探索《詩經》秦風』旅行團。大家睡得好嗎？沒有被昨天的秦公一號墓嚇到吧！今天的行程比較輕鬆愜意，是「空靈縹緲」的〈蒹葭〉之旅。我們大概會用一天的時間，帶領大家沿著渭河，走訪重現《詩經》〈蒹葭〉的相關景點。距離第一站景點還有一個多鐘頭的車程，沿路我會

註　在中國，導遊領隊間習慣用「小＋姓」的方式自稱或稱呼對方。

為各位作簡單的介紹，如果有想要繼續補眠的貴賓也可以小睡一下，目的地到了之後我再喚醒大家，謝謝。」

嗨！你是誰？你知道嗎？現在中國各地為了發展觀光，正如火如荼地將古典詩歌中的美景一一「定位」、「復刻」。以「所謂伊人，在水一方」聞名的〈蒹葭〉詩，陝西省自然也不會放過。陸陸續續規劃了渭河百里畫廊、楊凌渭河濕地生態公園、灞渭橋車游濕地公園等景點。

「我們現在走的是金台大道，等一下會上匝道進入我國最長的高速公路，連霍高速公路，連是你們臺灣連爺爺的連，霍是漢代大將霍去病的霍。」

小秦真是有趣，居然知道連爺爺的梗。團員們滿捧小秦的場，享受著小秦的天真熱情，捨不得小憩，不過我也「是」。

蒹葭萋萋，白露未晞。所謂伊人，在水之湄。

「各位貴賓，現在車子已經行駛在編號G30的連霍高速公路上。這條公路東自江蘇的連雲港，西至新疆的霍爾果斯，全長有四千三百九十五公里，是目前我國最長的高速公路！各位貴賓可以往您的右手邊看，有沒有看見一條河流？那條河就是渭河。」

車窗外的景色是如此壯闊、新鮮。微曦時分，空氣散透著一道道細柔光華，灑落在一望無垠的田地，若隱若現的渭河，還有遠方連綿不斷的山脈……

你一定覺得奇怪吧！一般的旅行團不是都在趕鴨子，怎麼還有閒情逸致欣賞公路美景呢？說來話長，先說我為什麼走入旅行業吧！當時因為就讀的科系和從事的工作被親朋好友視如敝屣，而且也真的很難在社會生存。我想，旅行業也許是條路吧！就毅然決然轉行，投入旅行業這看似美好的行業。

溯洄從之，道阻且躋。溯游從之，宛在水中坻。

在我受訓完畢，拿到華語導遊、領隊職業證的時候，（註一）我擔憂的問題出現了。我沒有旅行社可去，也沒有人脈可以介紹團客……跟一堆證照一樣，證照不一定保證未來，收入只能看得見卻吃不到。

註一　華語導遊、華語領隊有不同的受訓課程及單位。華語導遊職前受訓日間班為十四天，單位是導遊協會；華語領隊職前受訓日間班為八天，單位是領隊協會。

還好，畢竟這門工作證照是必備門票。要生存就不能臉皮薄！我一改過去的溫良恭儉讓，開始用通訊APP詢問大家有沒有想去的地方，（註二）並且主動尋找合作的旅行社。（註三）不久，慢慢有了自己的客戶群，我也以為這條路開始比較順了⋯⋯

以中國旅遊為例，一般來說，出團人數最低為十六人。為了成團，有時客戶會好心介紹一些不熟的「朋友」，然而這些不熟的「朋友」是雷的比例往往很高。（註四）例如要整團車的人到他家親自接送，（註五）或是質疑個人票與團體票價差太多，（註六）或是質問為什麼從飯店到景點要開二至三小時的車？（註七）或是投訴道路建設、交通工具不佳，（註八）甚至下個景點都已經發生土石流還硬要去等鳥事。（註九）這些臺灣鯛的豐功偉業罄竹難書！（註十）

因為上述經驗，我學乖了。對於「客製化行程」或是「親友團」，如果客戶想找不熟的「朋友」加入，我會委婉且誠懇地請客戶再三確認其人品！畢竟花錢出門旅行，求的是身心放鬆，而不是「修身養性」！如此提議後，旅遊品質逐漸好轉，也減輕旅行社的困擾。或許是口碑打出來了吧！團員的素質越來越高，也越來越可以安排有深度的行程，例如這次的「探索《詩經》秦風」旅行團。

蒹葭采采，白露未已。所謂伊人，在水之涘。

「各位貴賓，現在車子已經下匝道行駛在孔明大道上，我們即將抵達欣賞蒹葭

註二　通訊APP是智慧型手機普及後的產物。透漏一下年紀，智慧型手機普及時魯叔已三十多歲。

註三　根據交通部觀光局的說明，導遊、領隊不得自行組團從事旅行業務，應受旅行業（魯叔按：旅行社）之僱用或指派，始得執行業務。

註四　雷，一種網路用語。形容讓人感到不舒服甚至是噁爛的貶抑詞。

註五　那位顧客認為旅行社應提供從自家至機場的接送服務，若有不從，投訴！

註六　有時候團體票會比個人票貴一些，並不是領隊或旅行社坑錢。

註七　中國大陸地幅遼闊，常有飯店與景點間的車程需二至三小時的情形。

註八　其實在比較熱門的景點，道路或是交通工具已有不錯的等級，甚至比臺灣還舒適。然而在比較冷門的景點，路況就比較沒那麼好，車子也比較沒那麼高級。然而這些情形都已在旅客跟團前清楚明白提醒，如果無法接受建議不要參加。在開行前說明會時也有再告知一遍，希望能幫旅客做一些心理建設。不過那三個人回臺後，一樣，投訴！

註九　每次出團不可能都能遇上好天氣。有一次某行程的景點豪大雨，發生嚴重土石流，我們徵詢團員意見，是否更換景點？大部分團員表示同意。就那一家人，說什麼錢已經花下去，非去不可！如果我們不去，就是詐欺！要投訴消基會、投訴媒體balabala。最後為了安全考量，就讓他們投訴吧！

註十　臺灣鯛，諧音轉化修辭。專指臺灣人中無事找碴、無理取鬧者。該詞彙有其指涉對象，不可擴大解讀為全體臺灣人。

美景的第一站，渭河百里畫廊岐山段。外面的氣溫可能有點低，等一下下車的時候記得加件外套，以免著涼！」

車子停好後，我與小秦招呼團員下車。小秦在前頭帶隊，我在後頭押隊。看著紛紛穿上羽絨衣的團員們，嗯！外面的氣溫對臺灣人來說，不是有點低，而是非常低！小秦不愧是寶雞人，沒把這「低溫」放在眼裡，依舊笑容可掬地帶領我們走入棧道，然後！

「哇！超美！」

「真的！我快哭了！」

「沒想到現場這麼壯觀！」

「如夢似幻！」

眾人的讚嘆聲此起彼落，無一不被眼前的蒼蒼、萋萋、采采震懾！而我也是。涼涼的風兀自吹著，淡淡的霧逕自飄著，蒹葭上的白露散透著銀藍色的光芒……我們不再說話，靜靜地沉浸於無涯的時空……

「志晞，志晞，趕快起來，等一下我要走了，趕快起來。」

「嗯……再……見……」

「志晞！不要說夢話了！爸媽在催了！趕快起來！」

「好……」

遡洄從之，道阻且右。遡游從之，宛在水中沚。

我想起來了！想起來了……

「沚」的面積比「坻」還要大。

因為就讀的科系讓我認識這首詩，因為上一份工作讓我深入這首詩。這首詩給了我撐下去的力量，尤其是轉行後。雖然未來的挑戰會一次比一次嚴峻，但所追尋的卻會一次比一次明確。

我知道自己什麼行業不轉，偏轉到旅行業了……

嗨！兄弟！你好嗎？今年三月，我已經通過外語領隊考試，只是五月在網路搶受訓課程時搶輸了。沒關係，明年一定可以搶課成功！拿到外語領隊執業證的時候，我就可以帶大家環遊世界，不知道那時候會不會再遇見你？

所謂伊人，在水一方。

作者小傳

趙詠寬，既念舊又學著看淡離別的人。小時候曾經睡過頭，錯過一個人的歡送會，還好有趕在他上車前說再見。

詩經圖譜慧解

「蒹葭」——宿命的在水伊人

吳健瑀

「昨晚，我似乎做了一場夢，夢見了一個她，好熟悉，但，對不起！」

鐘響了，我在教室門口徘徊著，猶豫著該不該踏進去，我只覺得昨晚做一個夢讓我覺得好累、好累……。

老師在講臺溫柔地唸著：

蒹葭蒼蒼，白露為霜。所謂伊人，在水一方。
遡洄從之，道阻且長；遡游從之，宛在水中央。
蒹葭萋萋，白露未晞。所謂伊人，在水之湄。
遡洄從之，道阻且躋；遡游從之，宛在水中坻。
蒹葭采采，白露未已。所謂伊人，在水之涘。
遡洄從之，道阻且右；遡游從之，宛在水中沚。

那般寧靜的溫柔，臺下的學生彷彿若有所思地想著些什麼，佇立在門外的我依然想著些什麼，只覺得現在的自己有種莫名的悵然，好像在等著什麼事發生一樣，期待著它能發生，但好像又知道了某些結局……。

耳邊依舊迴盪著「兼葭蒼蒼，白露為霜。所謂伊人，在水一方。」不知道為什麼，這句話特別溫柔，但又有種說不出的憂愁與悔恨，久久迴盪在我的心頭，像一個緊箍咒般箝住我的腦袋，綁架我的心。我像個槁木死灰的喪志狂，總有個衝動，想要找個方法，讓這個溫柔又可怕的夢魘逃離我的心。此時，我像個瘋子般在文理大道奔馳著，冬天的冷風呼嘯而過，敵不過我想擺脫的一個噩夢，倏忽間，我感受到一股強烈的撞擊，眼前閃過一個影子，好熟悉，好熟悉，彷彿在哪裡相遇過……。

眾裡尋他千百度，驀然回首，那人卻在，燈火闌珊處。

在這次強烈的撞擊後，我的意識脫離了我自己，我的靈魂穿梭在一個時光的迴廊，我看見了、我聽見了，那前世的我，及被我傷害過的她，她恨我入骨般地說著：

風塵數年，私有所積，本為終身之計。自遇郎君，山盟海誓，白首不渝。前出都之際，假托眾姊妹相贈，箱中韞藏百寶，不下萬金。將潤色郎君之裝，歸見父母，或憐妾有心，收佐中饋，得終委托，生死無憾。誰知郎君相信不深，惑於浮議，中道見棄，負妾一片真心。

妾不負郎君，郎君自負妾耳！
妾不負郎君，郎君自負妾耳！
妾不負郎君，郎君自負妾耳！

我看見了，我就是那個傷了十娘的心的李甲，眼看著十娘將箱篋中的寶物一一丟進江裡，最後投江自盡……。我不禁潸然淚下，我後悔著跪著痛哭，我覺得我是全天下最沒有用的男人，竟然為了眼前的利益，傷害了深愛著我的女人，失去了十娘，我才發現，她比任何的利益還來得珍貴，失去了她，我的生命像個不完整的拼圖，總是缺了一塊。失去了十娘之後，我每天都活在悔恨之中，鬱鬱寡歡，我不再為任何女性動情，我知道，這是我欠十娘的，或許，我跟十娘在生與死兩個不一樣的世界，但同樣是孤獨的，我只能用這樣孤獨的我來陪伴我帶給十娘的孤獨，直到終老……。

當我死後，我始終帶著虧欠的心，我只期冀能讓我再見十娘一面，讓我能夠親口跟他說聲「對不起」。我在黑暗的冥府中走著走著，走到一個殿堂，好肅穆，看見一個與我四目相視的人，走近一看，原來是冥府的閻羅王，我向閻羅王坦承我生前的罪狀，我懇求著閻羅王能否讓我再見十娘一面，閻王允諾，遂喚十娘之魂來。

當我再見到十娘的當下，我不禁跪下痛哭，我釋下多年積鬱於心的悔恨，向十娘深深道個「對不起」。我抬頭望著十娘的神情，她依舊不肯原諒我對她的負心，她一句話都不肯回應我。我彷彿再度被重重的一擊，這一擊使我萬念俱灰。此時，閻王嚴肅的說：「人生在世，情怨恩仇，自化造之。郎君負妾，妾傷投江，一水之隔，生死之遙。今之愧矣，不若來世以報之。汝等來世，將以一水隔之，命之所定，待情緣解，以化前怨。」我終不解閻王之意，何為一水隔之？難道下輩子，我們又要在江邊面臨生離死別……。

當我思考著來生的命運時，閻王下令鬼差將我跟十娘押送至奈何橋，至奈何橋，我看見相傳的孟婆給往生者喝下孟婆湯，一旦喝下了孟婆湯，將會忘卻生前的一切恩怨情仇，眼看孟婆在前，孟婆拿著孟婆湯給我，我猶豫著，我不想忘記十娘，我還虧欠著她。此時，我看著十娘，她毫不猶豫喝盡孟婆湯，似乎想跟我切斷任何的情愫，分道揚鑣，喝完孟婆湯很快地跳進了所謂的輪迴裡⋯⋯。

我仍遲疑著，我想帶著記憶，在來世找到她，彌補我曾經帶給她的一切傷害。我不願喝下孟婆湯，但孟婆似乎看穿我的意圖，用手往我嘴裡倒，硬是逼我喝下，我不情願地推開了孟婆，但我也喝下了一些，然後趁著孟婆不注意，跳入了輪迴，即使帶著一點記憶也好，當我慢慢墜落人間時⋯⋯。

【二十年後】

我在東海大學求學著，一日清晨，我在東海湖附近打掃，湖邊長滿了蘆葦和一些植物，偏冷的清晨，葉子上凝結著點點露珠，心想著秋意已濃，在如此美好的時刻，打掃讓我心生鬱悶，掃著掃著，抬起頭凝望遠方，就在湖的彼端，忽然出現一個好熟悉的身影，但就是想不起來在哪裡見過⋯⋯。此時，我的心裡出現一股本能的衝動，不知道為什麼，只想接近她，然後跟她說些什麼，剛好湖邊有艘竹筏，我把竹掃把一丟，划著竹筏，逆流而上去找她，不料颳起一陣風，掀起水波盪漾，竹筏隨波而流，水路變得漫長且險阻；我又順著水流，水路仍是如此難行，但依稀她仍在水一方⋯⋯。

當我慢慢划向對岸，她漸漸消失在我眼前，等我上岸，早已不見她的蹤跡，我悵然若失地望著，期冀還有一絲希望可以再見到她。我心如此想著，忽然背後有人溫柔地喚著我的名字，我期待地回頭望了一下，原來是早掃的小組長，她溫柔地對我說：「可以簽退囉！」從這個時刻開始，我總覺得我的人生像個破碎的拼圖，總是少了一塊，我的心不斷地告訴我一定要找到它。

我總是鬱鬱寡歡，感覺靈魂失去了重量，我帶著沉重的體魄，走著走著到課室外，原來這堂課是《詩經》課……。我在教室外躊躇不前，若有所思，昨天做了一個夢，見到一個熟悉的她，早上早掃時，我遇見的是不是我夢中的她，我好像有什麼話要告訴她，我一直想著這個問題，也沒心情上課，只想到處走走……。

我看見老師拿著課本走進課室裡，我從窗外望著課室裡的場景，老師在講臺溫柔地念著：

兼葭蒼蒼，白露為霜。所謂伊人，在水一方。
遡洄從之，道阻且長；遡游從之，宛在水中央。
兼葭萋萋，白露未晞。所謂伊人，在水之湄。
遡洄從之，道阻且躋；遡游從之，宛在水中坻。

蒹葭采采，白露未已。所謂伊人，在水之涘。
遡洄從之，道阻且右；遡游從之，宛在水中沚。

我似乎對這首詩有種說不出的悵然情緒，我不忍續聽，離開了此地，慢慢地走向文理大道，忽然一種衝動驅使我狂奔，不久，我失去了意識，後來發生了什麼我也不知道……。

我慢慢張開我的眼睛，我不知道昏迷了多久，我醒了過來，在醫護室裡，熟悉的她出現在我的眼前，她跟我說：「你醒了就好！我現在有課，我必須離開了。」等我意識過來，想喚住她，她已經離開了，或許，緣分讓我遇到她，但我好像又來不及跟她說一聲「對不起！」我的心裡迴盪的一股聲音：

所謂伊人，在水一方。
所謂伊人，在水一方。
所謂伊人，在水一方。

醒來之後，我在校園裡走著，想著，或許這就是人生吧，人生總好像帶著一些目的，我一直在想，上帝讓我們每個人帶著不同的任務進到人間，我們生命中好像有種必然實現某些事情的慾望，無論是與前世今生的她/他相遇，或是要追求某一種人生境界和理想，途中或許會出現一些偶然，讓自己有了些動力去實現它，但又迫於現實使然，不得不向某些事情屈服，那個伊人，是我們一心所要追求的，不論是一個人，還是一個理想，不論成功與否，等待時間流逝後，慢慢品味過往，才會發現，最美的追求，在於那快得到，又得不到的辛酸過程中，因為人生啊，就是細細品味一切的酸甜苦辣，缺一味就不像人生，也許在過程的痛楚及得不到，也是使我們人生成長與昇華的轉機。即使一水之隔，遙望著，學習放下與成長，也是一種人生體會，學著祝福人生，帶著樂觀，那個真正屬於自己的伊人，驀然回首，或許就在燈火闌珊處！

作者小傳

吳健瑀，現為東海大學中國文學系三年級學生。

是一個喜歡文學及品味人生的書生，也是一個喜歡改造文學及創新文學的孩子，更是期望擁有哆啦A夢的時光機，穿越古今，望盡古今溫情與感動的文學夢想家。

最遠的距離

施如珊

「俊凱，你選真心話還是大冒險？」當寶特瓶指著俊凱的時候，大家看起來都很興奮，彷彿這一刻等了很久。

「真心話。」俊凱簡單得吐出了這幾個字。

「你是不是喜歡芷晴？」政民挑起了眼眉，好像問了世紀好問題似的。

「才！不！是！你們真的很不會問問題了欸。錯過了世紀的機會。」俊凱沒有回答，反而是芷晴搶在俊凱前頭。

「那他當初為什麼送你十三朵玫瑰？」政民氣得跺腳，臉紅了起來。

「那麼久以前的事情你們還在說喔？拜託，那十三朵玫瑰都有瑕疵好嗎？他摺的失敗品給我，把最美那朵送給了隔壁班的班花。」芷晴是俊凱的代言人，俊凱一句話都沒說，表情也令人捉摸不定這傢伙在想什麼。

「一點都不好玩。不玩了。」政民耍起彆扭，離座了。

親愛的日記

今天是我送給她第十三朵玫瑰的日子。玫瑰真的很難摺，像我們這種粗枝大葉的男人摺這種小女人的東西真是折磨。但男人就算多麼粗心，也不比這傢伙粗心。都已經是秋天了，她怎麼都不把外套帶在身上。

她說我當她是回收，把瑕疵的玫瑰送給了她。真是無心無肺的女人。

玫瑰花瓣上的瑕疵是我故意留下的。希望那傢伙能夠從中打開，看到我對她說的話。

「我喜歡你，可以當我的女朋友嗎？」

二〇一六年秋天

親愛的日記

我扶起對面女校那女生，那個我回家路上常常都遇見的女生。她的膝蓋流了好多血，哪有人這種天氣還穿短褲啊？我帶她到附近的便利商店幫她做簡單的消毒止血，買了OK繃，還隨手拿起架上的餅乾請她吃。

幫她止血的時候，我看到校服上的名字。

林芷晴……

希望她看到餅乾盒上的字。

「我們可以當朋友嗎？」

二〇一五年秋天

「他們真的很不了解你欸。怎麼會覺得你喜歡我啊？超～級～傻～眼～」芷晴在回家的路上，是這樣跟俊凱說的。他們倆住在同一個區，所以都會一起回家。

俊凱沈默了很久，沒說上一句話，任由芷晴在耳邊抱怨他們不會玩遊戲。

「欸，我跟你說，昨天我問敏瀚學長那圍巾是不是他送的，他沒有承認也沒有否認。這到底是什麼意思啊？他到底喜不喜歡我啊。」

「如果是他送的話，你會很開心嗎？」俊凱緩緩的說了這句話。

「嗯。」她臉上露出幸福洋溢的笑容，很甜。

親愛的日記

這一條圍巾我織了一個夏天。希望今年的秋天，她不會凍著了。

詩經蒹葭的男主角尋覓多年依然和她一水之隔，我也在第三個秋天發現她離我如此遙遠。

「所謂伊人，在水一方。」

二〇一七年秋天

作者小傳

施如珊，赤道國家來的小孩，喜歡冬天，但是不防寒的熱帶小孩。常常處於矛盾的狀況，想要流浪但卻思鄉；想要減肥但控制不了自己的好吃；想要有錢但不想工作。

難忘秋水伊人

李承運

我是在大三的上學期才第一次見到她的。

那天是〈詩經〉的第一次上課，我一如往常的坐在了最後一排。她是跟著她的兩個好朋友一起走進教室的，而在當我看見她的那一瞬間，我的世界靜止了。其他人似乎都成了霧化的背景，唯有她的存在，是那麼的鮮明，那麼的惹人注目。

她慢慢往前走，讓我只看的到她的背影，瘦極了，柳條一般的身體在衣服裡搖擺，到最後，她走到老師前面的第一排位子，向老師點了點頭，放下書包，優雅的坐了下來。

老實說我並不是特別喜歡瘦的女孩，而是她那張輪廓清晰得可以稱為精緻的臉，實在充滿了太多靈性，那雙動人的眼睛，那種飄忽的美麗，眼光帶著一種慵懶，一眼便讓我目不轉睛，不能自己。

整堂課裡，我完全無法專心，無論老師講得再生動，再有趣，無論身旁同學哄堂大笑，甚至拍手稱快，我恍若未覺，我坐在教室裡，卻和整個課堂格格不入，腦海所想盡是那優美的倩影。

就這樣，下課鈴聲打亂了我的思緒。

「這堂課老師教得真好！好有趣！下課啦！走吧！」朋友的叫喚聲將我拉回了現實。「對啊！我也覺得！」我笑笑地敷衍帶過，並起身準備離開，但此刻我的腦海裡依然是那揮之不去的倩影，頭倏忽的抬起，不管朋友奇怪的眼神，我急切的目光掃過整個教室，卻絲毫不見她的身影。而在此之後，經常翹課的我，只為一睹芳容，竟然沒有一堂課是沒來，甚至遲到的，這也讓朋友們嘖嘖稱奇。

每次上課，她總是坐在老師正前方的第一排，而我，和她相反的，總是坐在最後一排，看她盯著老師，專心上課的模樣，我只看著她的背影，竟也是看著出神了。

中間下課時候，有時我去裝水喝或上廁所，總會特地打前門走過，假裝不經意地探頭進去，看到那個坐在老師正前方的女孩，是那樣的恬淡清新，而我竟不敢多看一眼，總是一瞥即過，生怕她察覺。而這一瞥，便讓我雀躍不已，唇邊總會勾起笑容，上課之後也要發半天呆才回神。

突然間，老師的朗誦聲使我心頭一震。

蒹葭蒼蒼，白露為霜。所謂伊人，在水一方，
遡洄從之，道阻且長。遡游從之，宛在水中央。
蒹葭萋萋，白露未晞。所謂伊人，在水之湄。
遡洄從之，道阻且躋。遡游從之，宛在水中坻。
蒹葭采采，白露未已。所謂伊人，在水之涘。
遡洄從之，道阻且右。遡游從之，宛在水中沚。

「所謂伊人，在水一方」她，便是那個伊人！然而，第一排和最後一排的距離，卻是世界上最遙遠的距離。我們近在咫尺，所以我的愛慕更加濃烈；但你卻不懂我的愛戀，所以我們便是天涯一方。

課程就這樣接近了尾聲，而我也驚覺，我們之間的緣分，似乎也到了盡頭。

「我絕對不能就這樣結束！」這個想法自心底冒出，便揮之不去。「嗯……不如先往前坐試試？」

就這樣，提早到教室的我，坐在她平常的位置後面約二、三排左右。我回頭一看，她到教室了！我趕緊收回了目光。她一邊往前走，我的心臟也一邊怦怦的跳，

她越走越近，我深吸一口氣，心臟血液開始加速循環，直到她超過我的那一刻，那口氣才如釋重負，終於長吁而出。

經過時，她帶起了一陣風，而那風夾帶著她的味道，卻是向我撲來。這味道我說不出來是什麼，也不知道該用什麼詞彙來形容它，腦海中浮現的，是「我喜歡這人」。

開始上課了，而我們之間仍然沒有任何改變。頂多只是看得更近、更清楚罷了，想到這裡，無聲的淚滑過臉頰，滴落在課本上，暈開了書頁。書上的字被淚水浸濕的模糊不清，然而依稀可見的是「遡洄從之，道阻且長。遡游從之，宛在水中央。」我想，雖可見卻遙不可及，是她的身影。

下課了，我揉了揉眼睛走出教室，想呼吸一下新鮮空氣，洗個臉便要回去，而在我往門前走去的途中，正好遇見她從門後走了出來，她看著我，但我不確定她是否再看我？我因為她的出現而亂了手腳，這樣面對面的情況，我慌張的只想趕快跑走，腳卻像有千斤重似的，動彈不得。

我完全愣住了。只能就這樣看著她從我身旁一步一步的經過，直到她與我擦身而過，那股熟悉的味道撲鼻，身體上的束縛似乎全被解開了，心中的激動也迸發而出，我回頭，「那……」語音未落，我的話卻再也說不出口了。

她的雪白襯衫隨著手的擺動，上下起伏；她的碎花裙襬順著風的吹拂，輕柔飛舞。伴著再次霧化的背景，她不緊不慢，徐徐的前行。

那些說不出口的話，到期末結束仍然深埋心底。再此之後我是否還能見到她呢？

蒹葭蒼蒼，白露為霜。所謂伊人，在水一方，
遡洄從之，道阻且長。遡游從之，宛在水中央。
蒹葭萋萋，白露未晞。所謂伊人，在水之湄。
遡洄從之，道阻且躋。遡游從之，宛在水中坻。
蒹葭采采，白露未已。所謂伊人，在水之涘。
遡洄從之，道阻且右。遡游從之，宛在水中沚。

微風吹過，我似乎又感受到了那熟悉的味道，水中的倒影映照著藍天，空氣裡漫延著對妳的思念。而我笑了，僅僅是因為想起了妳。

作者小傳

李承運，二十歲，雙子座，男。出生於臺北，我沒有無數歲月累積的滄桑面孔，也沒有坎坷艱苦的生命經歷。我擁有的只是一顆習於在孤獨中思考，又如詩人那樣特別多愁善感的心。

毛詩品物圖考

那邊三隻黃色的鳥兒在談些什麼？

趙詠寬

「這條路還有多遠？」
「大人，不遠……快到了……」
「是嗎……」
那一年，一鏟又一鏟的砂石就這麼無動於衷地蓋在他們身上。最後，只剩一片無垠的原野，鴉雀無聲……
「唉！又有無辜的路人被酒駕撞死……」
「可惜這些殉葬『品』等級不夠高，死幾百個也沒用！」
「這條路還遠的很，二弟、三弟，我們走吧！」

啊門　啊前　一棵葡萄樹　啊嫩　啊嫩　綠地剛發芽
蝸牛背著那重重的殼呀一步一步地往上爬

啊樹　啊上　兩隻黃鸝鳥　啊嘻　啊嘻哈哈　在笑他
葡萄成熟還早地很呀　現在上來要幹什麼
啊黃　啊黃鸝兒　不要笑　等我爬上他就成熟了

仲良：「你看那邊有三個小朋友在唱歌，真可愛！」

維清：「是啊！」

仲良：「可是你的臉有點糾結耶！」

維清：「有嗎？你不是說有東西要給我看？」

仲良：「有啊！先上車再說！」

這一天，霸王級寒流南下，讓臺灣這座南方小島瞬間成了凍地瓜！只要海拔四五百公尺，即可見到白雪皚皚的「北國」風光，對渴望下雪的臺灣人來說是難得的事。不過也因此，全臺前往山上的道路滯塞不通。那我們仲良、維清兩位主人公的狀況如何呢？

仲良：「厚！塞車！照理說，這條路跟這個時間應該不會塞車才對啊！」

維清：「沒差，我們不是已經看見前方山頭被白雪覆蓋了。」

仲良：「沒錯啦！可是我想整個人被埋進雪堆中，享受那刺骨的快感！」

維清：「你該不會是要我幫你埋進雪堆中才叫我來的吧？」
仲良：「是啊！要不然咧？我都把水桶帶來了。」
維清：「我不幹這種事！太幼稚了！而且雪地不是沙灘，這樣會感冒。」
仲良：「唉呦！不要這麼正經嘛！」
維清：「你不是有東西要給我看？」
仲良：「對厚！欸秀，這本給你。」
維清：「這是你最近社會研究的田調資料？」
仲良：「是啊！可是好像有拍到一些奇特的現象。」
維清：「奇特的現象？我看看，這些照片大多是事故或是抗議現場……」
仲良：「是的，沒錯。這個奇特現象不太好找，單張照片來看的話沒什麼，非常普通。

可是，如果每一張照片都有的話，那就非常奇特了。」
維清：「我看看，這些照片的共通點……」
仲良：「我直接說好了。你仔細看，會發現每張照片都有黃色的物體。」
維清：「黃色的物體……我找找看……真的！真的有黃色物體！這黃色物體……看起來好像是鳥……三隻黃色的鳥！」

仲良：「沒錯！就是三隻黃色的鳥！而且我發現這三隻黃色的鳥出現的時機好像……哎呀！我也說不上來。」

維清：「仲良，你知道嗎？」

仲良：「怎麼了？」

維清：「我可能見過你照片中那三隻黃色的鳥。」

仲良：「真的？也是在事故或是抗議現場嗎？」

維清：「是不是事故現場也不好說，你等一下，我平板找找看……」

仲良：「疑？你現在滑的照片，是不是幾個月前，你為了尋找論文材料參加的什麼詩歌團拍的？」

維清：「不是詩歌團，是『探索《詩經》秦風』旅行團。」

仲良：「好喔！是旅行團，不是詩歌團。」

維清：「上車前你不是問我說臉怎麼有點糾結？因為〈黃鸝鳥〉這首歌讓我想起那天的恐懼……」

對維清來說，與其說是恐懼不如說是震撼！那一天與這一天一樣，溫度都不高。「探索《詩經》秦風」旅行團抵達鳳翔縣南指揮鎮的石連路，這條路上有座著名的遺跡，秦公一號大墓，享有東方倒金字塔之稱。

仲良：「東方倒金字塔？」
維清：「是的，東方倒金字塔。秦公一號大墓面積五千三百三十四平方公尺，深度八層樓深，看起來就像倒立的金字塔。」
仲良：「哇！這遺跡也太壯觀了吧！」
維清：「是很壯觀沒錯，可是……也可以說是駭人！」
仲良：「駭人？」
維清：「你有沒有看見中間那一個個看起來像是木箱子的東西？」
仲良：「有，不少耶！應該有上百個，箱子好像有兩種尺寸……」
維清：「的確上百個沒錯，箱子也真的有兩種尺寸。大箱子七十二個，比較小的箱子九十四個。」
仲良：「那這些箱子裝的都是殉葬品吧！應該有不少珍貴文物齁！」
維清：「你用殉葬『品』稱呼也不能算錯。可是裡面裝的不是文物，而是一條條寶貴的人命！」
仲良：「人命！所以這些都是『人殉』？」
維清：「沒錯！人殉！大箱子是箱殉，七十二具屍骨；小箱子是匣殉，九十四具屍骨。再加上直接埋在土堆中的二十具，總共一百八十六具。」

仲良：「一百八十六具？這太多了吧！就為了一個人？」

維清：「是啊！」

仲良：「可是在我的記憶中，你們不是去看詩歌描述的地方？怎麼會去這裡？」

維清：「我們的確是去看《詩經》秦風描述的地方，只是秦風十首詩歌中，有一首詩就是描述類似這樣的地方。」

仲良：「有一首詩？」

維清：「你要不要猜這首詩叫什麼？」

仲良：「該不會？這是我今天的直覺啦！該不會就叫做〈黃鳥〉！」

維清：「賓果！沒錯，就是〈黃鳥〉。」

現在路況仍是塞車中，仲良、維清已停在原地快一個鐘頭了。趁著還塞車的時候來為各位分享〈黃鳥〉這首詩吧！

交交黃鳥，止于棘。誰從穆公？子車奄息。

維此奄息，百夫之特。臨其穴，惴惴其慄。

彼蒼者天！殲我良人。如可贖兮，人百其身。

交交黃鳥，止于桑。誰從穆公？子車仲行。
維此仲行，百夫之防。臨其穴，惴惴其慄。
彼蒼者天！殲我良人。如可贖兮，人百其身。
交交黃鳥，止于楚。誰從穆公？子車鍼虎。
維此鍼虎，百夫之禦。臨其穴，惴惴其慄。
彼蒼者天！殲我良人。如可贖兮，人百其身。

這首詩是敘述千年前，號稱秦國三良的子車氏三兄弟，奄息、仲行、鍼虎……

仲良：「指車氏？所以跟我一樣都有個韓……」

維清：「不是！是兒子的『子』，汽車的『車』，姓氏的『氏』。子車氏！你的姓也是漢姓之一！而且起源可能跟他們有關。」

呃……我們拉回來。子車氏三兄弟因秦穆公過世而被殉葬，百姓為此哀悼不已。附帶一提，根據史料記載，這次人殉除三兄弟外，另有一百七十四人，故人殉總數為一百七十七人。為何尊貴賢能的秦國三良會成為秦穆公的殉葬「品」呢？據說是為了「承諾」。

仲良：「什麼！承諾？」

維清：「是的，承諾。應劭是這麼說的。」

應劭是怎麼說的呢？我先賣個關子。應劭是東漢人，他的說法主要收錄於二處，一是《漢書．匡張孔馬傳》隋末唐初顏師古的注，二是唐代張守節的《史記正義．秦本紀》中。說法是什麼呢？請見下方：

秦穆公與群臣飲，酒酣，公曰：「生共此樂，死共此哀」。於是奄息、仲行、鍼虎許諾。及公薨，皆從死。〈黃鳥〉詩所為作也。

白話翻譯一下。有一次，秦穆公與眾臣喝酒，喝到酒酣耳熱之時，秦穆公對大家說：「我活著的時候，你們與我共享快樂；那我死的時候，你們也要與我同哀！」於是奄息、仲行、鍼虎三兄弟允諾秦穆公的願望。後來秦穆公死的時候，他們也就實現諾言，真的一同殉葬了。這也是〈黃鳥〉這首詩創作的原因。

仲良：「可是〈黃鳥〉詩不是提到『惴惴其慄』嗎？根本是寫三兄弟看到那深不可測、彷彿吃人的墓坑在那邊害怕發抖吧！再怎麼看也不像是為了實現諾言，『慷慨赴義』的樣子！而且朋友也不是這麼做的！」

維清：「這三兄弟是不是『慷慨赴義』我不清楚。至於他們是不是朋友關係也有待商榷，各時代有不同看法。不過因為三兄弟的殉葬，讓大咖意識到用『人』來殉葬的不合理性，『人』與『物』似乎不能等同視之。」

仲良：「所以秦穆公之後就沒有用人殉葬了嗎？」

維清：「並沒有，我剛才給你看的秦公一號大墓是秦景公的墓，秦景公是秦穆公的四世孫。」

仲良：「什麼？四世孫！所以後來的秦景公殉葬人數比秦穆公還多？那三兄弟不是白死了？」

維清：「三兄弟有沒有白死再說，但那些一起被埋的人們可能就是了。雖然〈黃鳥〉詩中，百姓們為了三兄弟不斷說『人百其身』，願意死上百次來換回三兄弟的命，這份義氣真的感人肺腑。可是，老百姓卻沒有意識到他們的命也是命。而且，老百姓的命並不值錢，死幾百次也沒用！」

仲良：「怎麼會？人人生而平等，每個人的生命都是寶貴的！」

維清：「是這樣嗎？你看我們身上的安全帶。」

仲良：「安全帶怎麼了嗎？」

維清：「全車的人都要繫上安全帶，這規定是怎麼來的？」

仲良：「我印象中好像是某重要人物的子孫死掉，所以……」

維清：「是吧！就因為三兄弟特殊的身分，讓同階級或稍有權勢的人意識到用人來殉葬非常不合理，可是殉人這根深柢固的傳統一時要改並不容易。不過三兄弟的死至少讓『有能力改變現況』的人正視這些不合理，〈黃鳥〉詩也因『指陳不合理』而流傳千古。」

仲良：「所以社會上那些酒駕撞人、過勞致死、隨機殺人等等等的不合理現象，一定要等到那些大咖或是相關人成為受害者才有機會改善嗎？」

維清：「很有可能，不過機會不高。因為這些大咖要親身碰到這些不合理的現象有難度。」

仲良：「所以對於不合理的現象，人類仍停留在看有權有勢者要不要處理，如果他們遇不到甚至視若無睹也是沒轍？」

維清：「很悲觀的，就現實面來說，應該是如此！所以，這些被犧牲的人們，只是一件件不合理現象的殉葬『品』，而不是罹難『者』。」

仲良：「那這樣我們前往文明的道路還有多遠啊？」

維清：「就算再遠我們也還是要盡一份力。」

仲良：「怎麼盡力？」

維清：「避免成為不合理現象的加害者、幫兇，甚至是受害者。」

仲良：「也是啦！」

維清：「找到了，你看！」

仲良：「哇！照片上真的有那三隻黃色的鳥！而且還拍到不少張耶！」

維清：「是吧！印象中，那一天的行程這三隻黃色的鳥好像一直跟著我們。」

仲良：「所以這三隻黃色的鳥出現的時機是……」

維清：「一樣是直覺，或許是見證一次次不合理的現象，或是尋找一個個可能的希望吧！」

仲良：「或許吧！對了！既然秦公一號大墓是秦景公的墓，那〈黃鳥〉詩提到的秦穆公墓在哪裡？」

仲良這問題問得好，秦穆公的墓在哪裡？如果是指歷朝觀光景點的話，就在陝西省鳳翔縣的文化路上。這「秦穆公墓」有宋代蘇東坡題的詩，也有清朝陝西巡撫題的「秦穆公墓」四個大字。對了，附帶一提，此「秦穆公墓」是個高臺建築。

仲良：「等等！我印象中那時候秦國的陵墓不是「不封不樹」嗎？怎麼會是高臺建築呢？」

維清：「喔！有Sense！沒錯，那時秦人埋葬亡者後，不堆土石、不種樹木，不為墳墓做明顯的標記。所以文化路上的「秦穆公墓」純粹是秦國雍城的高臺建築，不是墳墓。真正的秦穆公墓至今尚未出土。」

仲良：「所以說號稱春秋五霸的秦穆公與秦國三良至今仍『下落不明』……」

維清：「可以這麼說。」

仲良：「不知道為什麼，有一種不勝唏噓的感覺……」

維清：「不過秦穆公死後兩百多年，後來的秦獻公下令廢止人殉，所以秦國三良的死與〈黃鳥〉詩還是有起一定的作用。」

仲良：「可是，兩百多年……」

維清：「仲良！開車囉！」

仲良：「喔！好，動了，動了。」

車陣終於移動，車道恢復暢通。兩旁樹木積著越來越多的雪花，路面也越來越白裡透亮，仲良、維清終於登上山頂，一睹「北國」風光。

仲良：「哇！一望無際的雪地耶！」

維清：「你太誇張了。可是，沒有什麼人……塞車解除後，前面的車子不知道開去哪裡，而且剛剛一路上也沒什麼車……」

仲良：「所以我才說這條路不會塞車啊！」

維清：「那之前塞車的原因是？」

仲良：「只有老天才知道吧！看招！」

原因不提也罷，還是回到年輕人身上吧！他倆正忘情地在鬆軟綿密的雪地上打雪仗、堆雪人。不久，玩得太瘋的仲良，氣力耗盡，累癱在雪地上，任由一桶又一桶的白雪活蹦亂跳地蓋在身上，最後，只剩一顆頭在那「大呼過癮」！疑？是誰的傑作？是維清！你不是嫌這遊戲太幼稚？怎麼……

維清：「欸！車仲良！」

仲良：「幹嘛！突然這麼正經？」

維清：「我一直都很正經啊！賞完雪後，我們去永康街吃限量的草莓冰吧！」

仲良：「周維清！今天霸王級寒流耶！不過好吧！Who怕Who！」

「這兩個人真中二！」

「朋友不就是這樣？」

「這條路還是有希望的，二弟、三弟，我們走吧！」

維清：「仲良！你看！天上飛的是……」

仲良：「是那三隻黃色的鳥！哇嗚！」

好啦！這一天的故事即將到達尾聲，各位還有什麼想要詢問的嗎？什麼？你問我是誰？我是。

毛詩序：「《黃鳥》，哀三良也。國人刺穆公以人從死，而作是詩也。」

作者小傳

趙詠寬，未親睹雪景之人。小時候，父親曾載我們去陽明山賞雪。然仰德大道塞車嚴重，只好半路折返。不過塞車時，看著對向迎來一位位小雪人，我心足矣。

毛詩品物圖考

天地之遙

楊舒淇

寒氣漸濃，只要踏出門外，便能感受到刺骨的冷，衣服則是越穿越多，穿的外套一件比一件厚，他緩慢地將門開啟，露出很狹小的縫隙，才剛轉開門把，就感受到風強大的威力，嚇得他立刻關上門，爬回溫暖的床上。

棉被還有些餘溫，他很滿意地蓋上被子，滿足地吁了口氣。

「啊……這種天氣，就該待在家裡好，上什麼課呢？真是折磨人！」他絕對不會承認自己只是利用天冷合理化他懶惰的行為，這星期他已經因為同樣的理由翹課了兩次。他閉上眼，決定繼續徜徉美妙的夢海，只有虛幻的夢境得以使他暫時忘卻現實的煩擾。

「鈴——鈴——」沒有多久，手機便傳出一聲巨響，伴隨著激烈的震動。

「吼，誰啦！這種時間打來！」他有些憤慨地自言自語著，極其不甘願地接起電話，替自己忘記關機的行為感到怨嘆。

「張文謙！再翹課啊，老師點名啦！」手機另一端傳來戲謔的言詞。

「點名？上星期不是點過了？」文謙揉著惺忪的雙眼，疑惑道。

「你看看你，就是有你這種人，老師就是想說上星期點過，今天一定很多人不會來，所以又點了一次，還不快感謝我？」對方維持一貫地戲謔語氣。

「是是是，謝啦，掰。」手機忘了關機反倒救了文謙一命，道過謝後，他勉強整頓好自己，心不甘情不願地背起書包，一路狂奔到學校，強勁的風吹得他不由得顫抖著，以一個極為狼狽的姿態出現在教室中。

「老、老師……我要補點名……」文謙氣喘吁吁地衝進教室。

「唉唷，同學，瞧你頭髮飛蓬似的，是不是剛睡醒啊？好啦，看在你天氣這麼冷還願意過來上課，讓你補點名，名字？」

「張文謙。」聽見老師的話語，他羞赧地無地自容，低著頭，臉漲紅著。

「張文謙同學是嗎？」老師望著手上的點名單，眉頭一皺，繼續道：「你已經缺席三次了，缺席滿五次期末考就會被扣考喔！注意一下。」

「是，了解，謝謝老師。」這時候，他當然只能畢恭畢敬、順從地點頭。

文謙隨意找了教室的空桌椅坐了下來，發現自己太過匆忙地出門，竟連課本都忘了帶，嘆了口氣，只得尷尬地待在座位上等待著下課鐘響。

「噹、噹、噹、噹——」悅耳的鐘聲終於響起，文謙飛快地背起書包，馬上就想往教室外面衝，不料竟被人拉住了衣角。

「張、文、謙——」那人刻意將他的名字念得一頓一頓，並且拉長音。

「陳郡然？」文謙回頭，繼續道：「啊，對了！感謝你今天打給我讓我逃過一劫啦！」文謙道謝。

「要不是沒叫住你，你才不會當面和我道謝，你這忘恩負義的傢伙。」郡然開玩笑道。

「好啦、好啦！」文謙搔頭，不好意思地笑道，「你找我有什麼事？」

「聖誕節快到了，你有沒有興趣參加學校辦的聖誕晚會？不用錢喔！」郡然問道。

啊，差點忘了呢，今天已經十二月十三了，怪不得街上的聖誕佈景愈來愈多，裝飾愈來愈華美，他都覺得自己快要變成聖誕樹了。不過，這也意味著，天氣會越來越冷、一天比一天低溫。思及此，文謙不由得打了個寒顫，他才懶得出門呢！而且，「聖誕晚會」四個字對他而言毫無吸引力，身為一個邊緣人，參加聖誕晚會只會更凸顯自己的孤單寂寞。

「聖誕晚會？這麼無聊，浪費生命，有什麼好玩的？我才沒那種閒情逸致。」

文謙撇了撇嘴，翻了個白眼，「嗤」了一聲，有些輕視地答覆。

「又來了，你真的很宅耶！一天到晚待在家，都不出門的。」郡然調侃。

「我是真的沒有興趣啦，晚會不就是一大坨人集中在一個大平臺裡面？擠都擠死了。」

「什麼大平臺？你王大陸喔？拜託！那裡提供免費buffet，還可以欣賞表演，多棒啊！你最近不是缺錢？免費晚餐喔！」

聽到「免費晚餐」，文謙的眼神立刻閃爍了起來，郡然見他似乎開始動搖，繼續說服道：「搞不好還有機會來個美妙邂逅喔！單身二十年，考慮一下？」語畢，一陣狂笑。

「神經病……好啦，勉強陪你去。」文謙瞪了他一眼，想到可以省餐錢，就決定參加聖誕晚會。

郡然歡呼了一聲，比了一個勝利的手勢，邁著輕快的步伐，拉著他走出了教室。

短短十幾日如流星般倏忽即逝，轉瞬間，街上已充滿濃厚地聖誕氣息，不僅掛滿了燈，聖誕樹也擺了好幾個，裝飾地極為豔麗。聖誕晚會就在今天，聽說參加晚會的人都會稍微整裝，穿著看起來稍微正式些的服飾，而無心參加活動，只打算享用免費晚餐的文謙，自然無心打扮，隨意套上了T恤及牛仔褲便出門了。

「你怎麼穿這樣？」望見文謙的穿著，郡然驚訝地瞪大了眼睛。

「拜託，你才誇張吧！穿這麼正式幹嘛？不就是個晚會嗎？搞得好像要結婚一樣。」文謙瞪了他一眼，反識道。

「這叫禮儀，懂嗎？算了不重要，快進場吧！」語畢，推著文謙進入晚會會場。

華麗的排場、琳琅滿目的美食、精心佈置的舞臺、穿著正式的學生……沒見識過什麼大場面的文謙頓時目瞪口呆，望了郡然一眼，發現郡然正在一旁偷笑，文謙頓時覺得尷尬，認為自己像群花中的雜草，很想鑽個地洞躲在裡頭，快速地裝了幾樣菜，埋頭開始吃。

「各位同學大家好，感謝大家參加今天的聖誕晚會，自助餐無限量供應，請盡情享用，而我們的表演即將開始，請同學儘早入座，表演結束後，我們會進行活動……」主持人在臺上介紹著晚會流程，文謙看也不看一眼，繼續吃著盤中的食物。

表演內容十分多樣化，無論是歌唱、舞蹈、戲劇、樂團演奏……等無一不缺，為了展演品質，臺上的表演者都是經過一番篩選的同學。

「喂，張文謙，剛才那位唱得超好，很有感情，對吧！」郡然拍拍文謙的肩膀，問道。

「我覺得還好。」他淡淡答覆，嘴巴不停止地持續咀嚼著。

「那現在這個熱舞社的表演呢？」

臺上五、六人，使勁跳著高難度的舞步，動感的音樂搭配地板動作，全場尖叫聲不斷，掌聲如雷。

「還可以啦。」文謙回覆了不知是褒還是貶的語句，偶爾向臺上瞥個一眼，但仍專心著享用著美食。

「接下來歡迎舞蹈系二年級的路雨同學，為我們表演民俗舞蹈。」主持人的聲音再度響起，又到了下個節目的時間了。

不等主持人講完話，臺下掌聲先是大大地響起，伴隨著歡呼聲。

「這是怎麼回事？都還沒開始表演耶！」文謙頭也不抬地疑問道。

「啊？你不知道嗎？路雨她可不只是學校的風雲人物，也早已揚名全臺了，之前參加過民俗舞蹈比賽，獲得全臺第一，還準備到海外比賽呢！」

「是喔，可我一點也沒聽說過，連她的名字也沒聽過。」

「不意外，你就是太宅，所以什麼都不知道。唉呀，不重要了，表演要開始了。」

民俗舞蹈？聽起來真無聊。文謙暗自想著，自己一直以來都對傳統文化沒什麼太大興趣，還曾經被父母喝斥過，他實在不懂，自己也不是刻意不喜歡這些傳統的事物，但就是沒有興趣，能怎麼辦呢？

「咚、咚、咚——」臺上先是響起了三聲響亮的鼓聲，而後是一連串漸快漸急的節奏。

突然的敲擊聲，使文謙好奇地抬了頭，嗯，長得倒還清秀。

鼓聲戛止，路雨身著一襲緋色絲綢舞衣，臉部罩著半透明的面紗，增添幾許神秘的氣息，頭上插著雀翎，微捲的秀髮隨著變幻不定的舞步飛揚著，那如緞帶般輕盈的水袖甩將開來，手持著一片潔白的羽毛，上下揮動，輕輕旋轉著嬝娜之姿，翩若翾風迴雪。

原先只是望個幾眼，沒想到雙眸恍若受了磁石吸引一般，定格在流動的娉婷美畫，再也移不開視線。文謙簡直不敢相信，這樣空靈的舞姿竟存在於這個時空，這般空靈、這般輕盈，她彷彿是秘境中蹁躚起舞的仙女、彷若根本不屬於這熙攘的紅塵。全場靜默，似乎全著了魔似的被這舞姿深深震懾，沒有人發出任何一點兒聲響，全神貫注在臺上輕巧若蝶的舞步上。

正當文謙陶醉於路雨如風般的輕步曼舞，路雨突然停下動作，旋即擊著鼓，搭配著強而有力的節奏舞動身姿，接著由剛健漸轉為輕柔，衣袂輕舒，柔軟的纖纖玉手在空中揮動，手中的羽毛也隨之晃漾，時而笑靨燦然，時而蹙額顰眉，細緻的神情在舞姿快速變化中隨之轉換，最終以迴旋之姿定格。

「張文謙！」

全場掌聲如雷，拍手聲不斷，有的人甚至從座位上站起，激烈地鼓掌。

「張文謙！」

另一名表演者已站上臺。

「張、文、謙——」

文謙此時才意識到有人在叫自己的名字，趕緊轉向郡然，「什麼？」他的聲音有些迷濛，眼神呆滯空洞，失了焦距。

郡然用力拍了下文謙的肩膀，「回神囉！剛才的表演已經結束了。」

文謙沒有答話，彷彿失了魂一般。

「看你前幾個表演都沒什麼反應，怎麼，原來你喜歡這款表演？唉呀，真看不出來咱們謙謙竟然喜歡傳統技藝呀！」郡然笑道，不忘調侃。

「我愛上她了。」朦朧中，文謙緩緩啟齒。

「什麼？」郡然一愣，疑問道。

「我說，我深深愛上她了。」文謙終於回過神來，定睛望向郡然，神情嚴肅。

「哈哈哈哈……」郡然聞言，止不住地大笑出聲。

「笑什麼？我是認真的！」文謙有些憤慨，瞪了郡然一眼。

「笑死人了，什麼愛上她？你又不認識她，她也不認識你，何來愛上她之說？莫非是一見鍾情？」郡然仍是笑個不停，笑得誇張。

「你懂什麼？」文謙又瞪了郡然一眼，繼續道「我已深陷狂烈的愛戀，無法自拔……」這句話講得很小聲，似乎是講給自己聽的。

「不、不是啊，雖然說是有機會邂逅他人，可這也太——她可是路雨耶！」

「我知道，不用你說，我也明白……我們的……差別。」文謙的眼神瞬間黯淡下來，嘆了口氣，繼續道：「是呀，她是路雨，聞名全校甚至全臺的路雨，她的舞藝是如此精湛，她的氣質是如此與眾不同、如此美妙……我算什麼呢？只是個一天到晚翹課的大學生、一個沒什麼專長的平凡人……」文謙開始數落自己，神情間流露著哀傷與無奈。

「你也別這樣說自己的不是嘛……」聽見文謙的言詞、看見他失望的表情，郡然也拋開一貫戲謔的說話模式，開始嚴肅起來。

「唉，她是如此高遠的存在呀！彷彿不存在這現實世界，遙不可及，只可遠觀而不可褻玩焉……」

臺上的表演對於文謙而言只是幾個一閃一閃的片段、毫無聲響的畫面，他完全無法專注，也深覺索然無味，彷彿中了魔咒似的，腦中縈繞的盡是路雨若仙輕盈的姿態，以及對她發了瘋似的熾烈癡狂及思念，他覺得自己好像瘋了，但卻又好像清醒著，他的行徑或許瘋狂，但他卻深深清楚自己對她的那份痴戀，如黃河奔騰般源源不絕、永不止息、無法抑遏……

「我先回去了。」文謙拍了拍郡然的肩膀。

「你要回去了？活動還沒開始耶！應該會是個重頭戲喔！」

「我本來就不是要來看表演、參加活動的。」文謙又恢復以往的淡然。方才那難得一見的激動彷彿不存在過。他向郡然揮手道別後，轉身離開晚會現場。喧鬧的場面，沒有人發現在這偌大的空間中，悄悄離去了一個人。

回到家，文謙立即跑向電腦桌，不如以往點開線上遊戲的頁面，而是在搜尋引擎上打上「路雨」二字。

網頁上顯示了不少關於她的報導以及看起來十分誇飾聳動的標題，像是「臺灣之光——氣質女大生路雨晉級民俗舞蹈全國賽」、「三歲開始學舞，大學生路雨打進全國賽」、「傳統舞蹈奇才！女大生路雨脫穎而出」……等。其實每個標題落差都不會太大，內容也不會相差太多，文謙把每一個關於路雨的報導全都看過了一遍，還發現她有個粉絲專頁，於是開始慢慢瀏覽、欣賞著相片及影片中氣質脫俗的她。

簡直是仙女下凡呀……文謙在心中深深讚嘆著。

他的眼睛未曾移開過有她的影像中，然後，他得知了幾個月後她將舉辦明年唯一一場的民俗舞蹈公演，而不同於學校晚會演出，明年的公演竟是在露天環境下舉辦，內文說明寫著希望能產生不同的效果。

六月三日。文謙掏出手機，將這日期記錄下來。

六月三日呀……是孟夏呢。是夏季的開始，可是現在是寒冷的冬天，距離夏季還有好長一段距離，怎麼還這麼久呢？真期待她再度演出呢……文謙默默想著。

痴迷如他，自從看了路雨的表演後，每天都在倒數距離六月三日還有多少日子，一天過去，便在日曆上劃掉一天，隨著劃掉的日期愈來愈多，他也愈來愈興奮，每日都在期盼當日的來臨。他不是沒試過在學校尋找路雨的足跡，但不知為何，他就是打聽不到路雨的任何消息，十分神秘，彷若人間蒸發一般。他甚至嘗試過跑到舞蹈系館四處盤桓，期盼能望上一眼，然而卻連個影子也尋不得。

而在欣賞過路雨的表演後，文謙彷彿脫胎換骨，徹底變了一個人，每一堂課都出席，再也沒翹過課，連老師點名時唸到「張文謙」三字時，聽到答覆都開玩笑地說：「咦？今天有來上課喔？」好像聽見他的回應是很意外的一件事。郡然發現他的改變，很是訝異：「哇塞，張文謙！沒想到你現在都不翹課了。」

「想改頭換面不行嗎？」文謙淡然道，雙頰卻不禁浮上了淡淡紅暈。

「不會吧，你——」郡然有些驚訝，愣了數秒，繼續道：「你、你該不會還……」他沒有再說下去。

「我說過我是認真的嘛……」文謙感到羞赧，小小聲地答道。

「不是啊，你們壓根不認識……而且距離聖誕晚會已經四個多月了，這實在……太——太猛了！愛情的力量還真是偉大！」郡然聞言，不再嘲笑他，反倒開始欽佩起來。文謙對路雨癡狂、迷戀的程度，實非常人所及。

「其實我也不知道為什麼，我只覺得，當初看她一跳起舞，那畫面就深深烙印在我靈魂深處，再也無法抹滅。」

「少噁心了你！平常多厭世啊？現在竟然給我搬出什麼『靈魂深處』，會不會太浮誇？」

「我只是實話實說好嗎？對了，她六月三日還有個公演，我會去看，你要一起來嗎？」

「原來你真的一直在關注她啊？六月三號嗎？不好意思，那天我媽生日，必須回家一趟，看完再和我說心得吧！」

當文謙準備答話，卻又聽見郡然道：「噢不！嘿嘿嘿……」他邪笑幾聲，繼續道：「還有將近兩個月的時間，你如果真的有去看再和我說吧，哈哈！」戲謔習慣的郡然，不免又調侃了一番。

「絕對會的！我說過，我早已深深愛上她。」講到「深深愛上她」五字，文謙臉上立即刷上淺淺的緋紅，平時淡漠的語氣也飽含深情。

「……」郡然先是沈默了幾秒鐘，拍了拍文謙的肩膀：「加油吧，兄弟。」語畢，逕自離開。

這天，文謙欣喜地發現，他不再需要劃掉任何一個日期，他所日日期盼的日子，終於來臨。他滿心愉悅、滿懷期待地前往表演會場，擔心搶不到視野好的觀看位置，還特地提早一小時抵達。

到了現場，發現不少人與他有相同的想法，不過，幸好人數還不算太多，他尋得一個視野還不錯，也算前排的位置，慢慢地等待表演開始。對文謙而言，等待的每分每秒都是煎熬，那一小時簡直度日如年。

不同於上回的朱紅，路雨身穿一襲翠綠衣袍，看起來格外脫俗清新。

鼓聲咚咚地響，路雨開始舞動身姿，身輕如燕，隨風起舞，樣態嫵婉柔靡，每一踩出的步伐都如柳絮般輕盈，清冷而深邃的目光宛若清澈瀲灩的流水，時而輕眨著翦水雙瞳，時而秋波流盼，這些細微的神情流轉都被文謙悄悄記了下來。

路雨依舊跳著相似的舞蹈，揮動寬大飄逸的衣袂漫舞著，如墨般的青絲隨之飄颻，手中執著鷺羽，在空中劃出一條條不規則卻曼妙的曲線。她的舞步自然流暢，毫不做作，彷彿一生下來便熟悉這些舞步一般，氣質則似出水白蓮高潔而清妙，恍若仙境下凡。

文謙目不轉睛地欣賞著，腦中浮現自行拼湊的語句。

「一襲縹碧風拂袖」，似是適合拿來形容她的姿態，表面上看來，她飄逸的衣袖像是因風而起，事實上，是她那婀娜娉婷的舞姿生成了風。文謙這麼想著。噢不，路雨翩然的舞姿，是無法以言語形容的，它是超脫世俗的存在。文謙輕輕搖了搖頭，否定了方才的想法。

咚咚鼓聲震醒了文謙的思考，將他拉回了現實，那鼓聲越敲越快，文謙有種預感，這是即將結束的前兆。不出他所料，當鼓聲停止，路雨旋轉著婀娜身姿，從舞臺的一端到另一端，最後輕輕停了下來，恰似輕巧的花瓣落地。

像是被深深震撼般，莫約隔了三秒鐘，臺下才開始瘋狂地鼓掌，聲響大如雷，伴隨著尖叫聲與喝采，好久好久才止息。文謙已無法思考，腦中只有路雨舞動身姿的輕盈畫面，他覺得自己又重新戀愛了一次，更深、更狂烈的愛戀。

回到家，文謙更是陷入連自己也難解的瘋狂想念，他對她的癡迷像燒不盡的烈火，越是燃燒越是熱烈，那愛戀的程度讓他懷疑自己是否生了病，然而當他越嘗試抽離，卻越更沈淪，剪不斷，理還亂，他那狂烈而綿長的思念像氾濫的激流，難以平息。但是，只要一想到自己與對方那遙遠的落差，他便會立即感到深深的失落，短短一秒鐘，就能從天堂墜入地獄。

「喂！陳郡然！我沒騙你，我真的沒騙你喔！」下課鐘聲響起，文謙拍了拍了座位旁郡然的桌子。

「嗯？騙我什麼？」郡然一臉迷茫，完全不知道文謙究竟在說什麼。

「我真的去看了，我是說，路雨的表演，我真的有去看。」

「喔？真的假的？唉呀，沒想到你真癡狂如此，那你覺得怎麼樣啊？」

「喔！我告訴你！真的精彩到爆！舞步基本上沒什麼改變，不過氣質更加突出，而且她那輕盈的身姿，就像嫦娥即將升天一般，飄然若仙，十分唯美！」

「聽起來你很滿意，我很喜歡你的描述，不過，那樣彷彿仙界下凡的『仙女』，用『精彩到爆』這個形容似乎是有些扼殺了她的美了。」

「怎麼？你又要搬出中文系的專業來了是嗎？」

「你不也是中文系？身為中文系，形容這美妙的畫面，多少應該修飾一下吧？」

「誰說中文系一定要用詞華美了？」文謙反駁道，「好啦，這不是重點，那表演真的非常精彩，毫不冷場，我覺得，我對她的愛更加濃烈了。」

「呃，文謙。」郡然微蹙眉，正色道：「其實我覺得，你對她不叫愛，叫『癡迷』。」

「什麼話呢？我是真的覺得自己對她產生了深深的愛戀，從第一次看她的表演到前幾天看完第二次表演，對她的愛沒有減少過，反而還升溫了，我都覺得自己發燒得快要沸騰。」

「噗……」郡然忍不住笑了一聲，繼續道，「噢抱歉，我不是故意要笑你，不過這就是為什麼我覺得你對她不是愛的原因。你只是因為受她的舞蹈深深吸引，覺得自己好像戀愛了，但並不是真的喜歡她這個『人』。而且，你的所有言談和行為，給我的感覺是一種『迷戀』，而非『愛情』，就像一個瘋狂追星的粉絲。」

「我的天，郡然，你竟然給我搬出大道理來了，瞧你平常一副遊戲人間的浪子模樣，還以為你都把愛情當兒戲，沒想到竟然這麼認真，真看不出來哪！可是啊，可是，你知道我有多苦嗎？」文謙沒有再繼續講下去，最後那句疑問句，飽含著深深的哀傷。

郡然望著他，等待他繼續說下去。

「唉……」文謙長嘆了一口氣，繼續道：「你說我癡迷也好，我自己覺得是愛戀也好，我都陷入了一個極為痛苦深淵之中。路雨，她的氣質，根本不屬於這世界，我也根本高攀不起，唉，我與她簡直是天壤之別，雖然我現在不翹課了，努力想拉近我和她的距離，可她還是離我好遙遠、好遙遠……」

「文謙，你知道嗎？你現在這樣的狀態，讓我聯想到了一首詩。」郡然沒有正面回覆。

「嗯？什麼詩？」

「〈宛丘〉。」

「什麼？」文謙一臉寫著大大的問號。

「《詩經》的〈宛丘〉篇啊！不要跟我說你忘記了喔！」

子之湯兮，宛丘之上兮。洵有情兮，而無望兮。

坎其擊鼓，宛丘之下。無冬無夏，值其鷺羽。
坎其擊缶，宛丘之道。無冬無夏，值其鷺翿。

怕文謙真的忘記，郡然還特地把原文找了出來，唸給他聽。

「喔！原來是《詩經》，拜託，雖然我以前常翹課，但好歹考過的東西我還是有點印象的好嗎？你是說，寫女巫的那篇？還是『刺巫俗』、『崇尚歌舞事巫』什麼的？」

「嗯，是啊，沒錯。」

「那這和我有什麼關係？」

「你不覺得，路雨和那女巫有一點點相似嗎？不同於凡人的氣質，而且她又剛好學民俗舞蹈，光是這點，相似度就更高了。」

「聽你這麼一說，倒還真的有一點點相似，但這和我的狀態又有什麼關聯？」

「古代學者對於〈宛丘〉的解釋，確實都是以諷刺為基調，有的認為在刺幽公的淫荒昏亂，有的認為是在諷刺陳國太過崇尚巫俗文化，不過，屏除這些經學化的解釋，若單看文字描述，以現代文學化的角度來詮釋的話，讀起來倒像一位男子對於該女巫的單相思。『洵有情兮，而無望兮』可以解釋為男子愛上了那跳舞的女子，但覺得自己高攀不上。」

「所以你的意思是……」文謙沒有把話說完，轉過頭望向郡然。

「不覺得跟你的狀態很像嗎？哈哈。」郡然笑了一聲。

「好像……有那麼一點，可是，這詩可以這樣解嗎？」

「嗯……拋棄傳統的現代解法囉！我是覺得，閱讀是一種很美好的享受，若每首詩都解得這麼嚴肅，就失去閱讀的樂趣了。」

「唉！我就是詩中……苦苦相思的男子呀……」文謙垂下眼，深深嘆了口氣，路雨，她是那樣超越、那樣高妙的存在，可望而不可及呀！

「你也別這樣垂頭喪氣啦，其實有時候，這樣的距離也是一種美。」郡然嘗試安慰他。

「一種美嗎？可是我好痛苦呢……」

空氣霎時凝滯，雙方陷入一股壓抑的沈默，感受著那震耳欲聾的寧靜，一種莫名的壓迫感自雙方內心深處萌芽，然後以超乎常理的生長速度無限伸展、擴張著，壓得雙方都快要喘不過氣來。

「呃，謝謝你。」良久，文謙終於打破沈默，向郡然道謝了一聲，雖然他也搞不清楚自己為何要向他道謝，說是開導他也不是，使他完完全全的認清現實，倒也不至於，算是感謝他一直以來的理解吧。

「那個，我晚點有事，所以先走啦！」文謙向郡然道別。

他轉身離去，步履沈重而緩慢，影子被斜陽照射著，拉得很長很長，然後消失在走廊的盡頭。

他並不是真的有事要辦，這只是一個讓自己暫時靜下心來、暫時遠離現實的藉口而已。

「啊，好久沒騎，都長滿灰塵了呢。」被稱為「宅男」的文謙，很難得地騎上機車，自個兒跑到海邊散心去了。不知道〈宛丘〉中那苦戀的男子，是怎麼想的呢？不甘、無奈，抑或傷感呢？

果然聽說人在煩憂時，出外看看海，所有煩惱都會暫時一掃而空，這果真是有點根據的。文謙望著蔚藍無垠的大海，覺得自己的心胸頓時開闊許多，橙紅的落日西下，夕曛映照在波光粼粼的海面上，交織成一幅美豔動人的動態幅畫，海風輕輕吹拂，也吹走了他部分糾結的愁緒。

路雨，妳知道嗎？我多想以光速飛奔到妳面前，無奈我們之間存在著億萬光年的距離，妳就像高高在上、與塵世隔閡的天，我就像與現實世界糾葛不清的地，地啊，尊敬地仰望著天空；而天呢，卻是不問俗世，不會與地產生任何連結，我們的距離，是如此遙遠、如此遙不可及……文謙望著彷彿望不見邊際的海面，心中默默吶喊著，我多麼愛妳，可妳卻永遠也聽不見。

感受著海風拂來舒適的觸感，文謙淺淺一笑。那又怎麼樣呢？或許，就像郡然所言，這樣的距離，也是一種美，或許他說的也沒有錯，對於路雨，我也許只是深深的迷戀，像現在這樣，遠遠的望著她，似乎也不算太壞，就讓她那最美麗、最動人的姿態，以及對於她美好的想像，永存在我心中深處吧！望著海面上偶爾湧起的浪潮，文謙默默地想，頓時覺得釋然不少，隨後拿起手機，捕捉夕陽落下前，那最後一瞬霞光。

作者小傳

楊舒淇，現為東海大學中文系三年級學生。理想是顛覆寫作傳統，把玩文字於掌心之上，創造、翻轉文字的新用法與創作結構，誰說中文系一定要詞藻華麗？然而卻仍很沒種地受傳統框架所侷限，沒有勇氣突破，於是造就了一個四不像的矛盾體，在模糊的邊界不斷來回逡巡。

宛丘情逝

鄭雯玲

陳國又要舉行望祭。身邊都是要去祭壇的熙攘人潮。

「唷！好久不見啊，怎麼傻愣在這？望祭就快開始了，聽說她這次是眾巫領舞呢，你不去看看嗎？」

「幹嘛跟我說這事，我跟她又沒關係。」遠方傳來了祭祀的鐘鼓聲，我不想待在這裡，轉身要走。

「哎、別別別！你真不看啊？你跟她架還沒吵完呢？」

這人怎麼一直戳我痛處，「失禮了，我還有事，先走一步。」我一個瀟灑地揖身，退離他兩大步。

「聽說她的父母幫她作伐了。」

我心頭一震，問道：「什麼時候的事？」

「上個月的事，我一直想告訴你啊，但是你自從和她吵架之後，我就找不到你啦，都躲哪去了你？」

他拍拍我的肩膀，說：「還是去看看吧！這樣一直拗著對誰都沒好處。前幾天她在我們常去的那個宛丘練祭舞，我剛好經過，她很關心你呢！」

原來她心裡還掛念我……但她已和別人訂親……

「哇！你別哭啊！這裡太多人了，我陪你回去吧。」

「不，我要去看她。我們走。」

「唉！好吧！我也只好捨命陪君子了。」

祭祀剛開始不久，她在壇上。身段婀娜，一如初見時。

我們會遇見彼此，是我碰巧看見她在宛丘上練祭舞。不知不覺，我逐漸走近，她一轉身，瞪大了眼，手中鷺羽落在地上。我一時間不知該如何，竟直覺地拉過她的手，這樣一拉，我倆都被嚇到了，但她卻失聲笑了出來，我趕忙鬆手。

從未見過這般女子，笑容甜美，眼眸溫婉如玉。後來，我們總是出其不意地巧遇彼此。我暗罵自己心懷不軌，明明城中這麼多條路，我就偏偏每次都走會經過宛丘的這一條。

但一切都來不及了。

她在祭壇上不停旋轉，我曾經在只離她一個手臂這麼近的距離，看過她跳這支舞，現在我們隔了好遠，從她的視角看壇下，群眾都長得毫無分別吧！但我將她看得一清二楚，她的一顰一笑，我都看得目不轉睛。她拿著鷺羽拂過空氣，搔動我的淚腺。

「走吧，她過得好就好了。」我說。

「不看完嗎？留下來說不定能和她說句話吧？」

「不了，這樣就好。」

我作揖拜別友人，但還不想直接轉回家。來到水邊，腦中都是她舞動的身影，不自覺地吟出：「子之湯兮，宛丘之上兮。洵有情兮，而無望兮。」

想來我也曾在她練舞時幫忙配過樂。那時宛丘，只我們二人。

坎其擊鼓，宛丘之下。無冬無夏，值其鷺羽。

坎其擊缶，宛丘之道。無冬無夏，值其鷺翿。

鷺羽的羽毛時常掉落，被風吹飛在半空。她說，她想成為如同羽毛那樣輕盈的舞者，說著一邊去抓浮羽。

那根羽毛我還收在衣袖裡。握住這根羽毛又能怎樣呢？鬆開掌心，羽毛隨風浮飄，落在水上盤旋，旋轉回憶。

她已被風吹得好遠……

洵有情兮，而無望兮。

作者小傳

鄭雯玲，就讀東海中文系。為人妄自菲薄，喜無病呻吟。倘若躺床做夢能被視為成就，自詡為發呆界之翹楚。今已過小時了了之年華，抖落桀敖不馴之病根，望文字作藥引，解餘生百惑。

東門之楊

許瑋芯

一月一號下午三點五十分，新年到來的午後，街上擠滿熙熙攘攘的人們，可以感受到歡愉的氛圍流竄其中，或許是嶄新一年帶來的全新氣象，似乎揮別過去一年就可以擁有希望，人們眼眸中裝滿期許的碎片，拼湊出閃亮的未來。

「一年又過了啊，時間真快。」輕啜一口咖啡，坐在咖啡廳裡靠窗的男子靜靜地注視外面流動的人群，可以看見國小年紀的男孩們環抱著球奮力奔跑，高中少女與朋友會面開心的微笑，或是等待愛人的情侶遇見彼此就先來個深情擁抱，透過玻璃模糊一層的反射，男子似乎也想把自己的身影鑲嵌在這幅景象之中。

「您好，請問是陳右宇先生嗎？」男子聽見聲音轉頭一看，綁著馬尾的女子對著自己靦腆一笑。

「對，我就是，請坐請坐。」

「不好意思，讓您等了，路上有點塞車所以來遲了。」女子雙手合掌表示抱歉。

「沒關係沒關係，反正我也不趕時間。」

「這些是林左宙先生家屬要交給你的，由於家屬不方便前來所以我代為轉交，物品紀錄了很多你們兩個的回憶，也許放在你那邊更合適。」女子從袋子裡拿出一盒木箱，緩緩推向陳右宇的面前。將盒子打開，一本經歷歲月痕跡的日記本映入眼簾，泛黃的一角輕輕啃蝕著紙張，他翻開第一頁，上頭寫著〈陳風．東門之楊〉這首詩，回憶就像滾水被煮開，裊裊升起的熱煙將思緒飄回過去。

十年前，烈陽的光芒照入青澀的國中教室，臺上的老師舉起食指要孩子們安靜點。「翻開國文課本第二十五頁，今天我們要來談談這首〈陳風．東門之楊〉，這是一首一方不至、一方久候的詩，大家一起唸一次。」

東門之楊，其葉牂牂。昏以為期，明星煌煌。

東門之楊，其葉肺肺。昏以為期，明星晢晢。

「這是一首描寫等待他人的詩，你們有沒有很熱切等待一個人的經驗？」老師的問題一丟出，臺下的學生開始互相交談了起來。「陳右宇，你不覺得這首詩簡直就超像我們的嗎？」林左宙用手肘推推右邊座位的陳右宇。「那我應該就是等待的那個人，每次都要等你，你這個遲到大王。」

「這首《詩序》和《詩集傳》把它解釋成偏向愛情類的，男方準備迎娶，女方卻避不出嫁，或是約會的情侶，一方卻失約不來。」老師補充說道。「這麼一說沒來的我不就是逃婚了嗎？」帶入《詩經》情境的林左宙對著陳右宇不懷好意一笑。「林左宙你不要說這麼讓人雞皮疙瘩的話好不好，誰要娶你。」順勢對著左手邊揮了一拳，砸在林左宙的後腦杓。

「不過這首詩終究沒有說明要等的人是誰，所以不管是等情人、等家人、等朋友都是別有一番的解釋，大家在等待的時候，也不妨體會看看詩人的心情。」陳右宇搔搔腦袋，內心想著這種放鴿子的行為，這人居然可以等待一夜之久，夜空中的星星肯定也在竊笑著這人怎麼會那麼傻，但到底有多深的思慕之情，值得讓他一直等待下去？答案肯定是一個很重要的人吧。

放學鐘聲敲醒國中少年少女的細胞，這救贖的聲響彷彿是生鏽的齒輪淋上潤油，大伙兒背起書包就往校門口衝。「我等一下要做值日生的工作，林左宙你要先走嗎？還是等我？」陳右宇邊夾地上的垃圾，邊問身旁的林左宙。

「我等你啊！反正我也……不喜歡那麼早回家。」

「這麼讓人感動喔！那我先去倒完這包垃圾，你在老地方等我喔！」老地方是學校池塘前的柳樹下，學校周圍只有那裡有一棵楊柳樹，因為好記又顯眼，常常是他們互相約定碰面之地，不只是平日，連假日也常約出來膩在一起。

林左宙、陳右宇，這兩個小男孩像失散的雙胞胎，一左一右，異極的磁場互相吸引，相似的成長環境淬鍊出最純真的渴望。「反正早點或晚點回家，也都沒有人等著我們。」林左宙的父親早逝，母親在酒店工作，好幾天不回家是家常便飯；陳右宇父母離異，父親愛酗酒，常常喝得爛醉不歸，也許互相舔拭不被愛的傷口，每次兩人見到面，笑的像寒冬融去的雪花。

「能等待一個人真好呢……至少不是一個人就好了……」躺在夏季夜空的草皮上，兩人用手指連起星星之間的軌跡。「真希望東門之楊的那個人可以等到重要的另一人。」林左宙接著說：「我們是左右宇宙！我的好兄弟，以後如果分隔兩地，也要常常約出來見面喔！不管是兩個縣，還是兩個國家，甚至是兩個島，一定要回來老地方喔！不要像東門之楊一樣把我丟下了喔！」

「左右宇宙這什麼俗氣名字，不會啦！再遠我都會飛過來的！我的好兄弟。」明星晢晢的光輝灑落，照在這兩個稚嫩男孩的臉上，吐出的誓言像一雙翅膀，輕拍著雙臂飛去遙遠的未來。

一年、三年、五年……鳳凰樹花開花落，四季的輪盤不停止轉動，嬌小的身軀已經長成大人，林左宙和陳右宇就算因為命運安排被分隔兩地，也會時常抽出時間在老地方碰面，還賭注誰會先到，誰又是等人的，遲到大王林左宙總是晚到的那個人，雖然兩人老是互相吐槽，但卻洋溢著熟悉又溫暖的「好久不見」。

然而第九年的日常卻是遭遇隕石般重砸，「林左宙又遲到了啊……這是第百次了啊……」陳右宇看著轉動的秒針抱怨著，但秒針一圈一圈的轉動，分針和時鐘也繞了一大圈，還是不見林左宙的身影。「該不會是忘記了吧？」他拿起手機準備撥打電話，電話拿起的瞬間鈴聲開始震響。

「請問是陳右宇先生嗎……」聽到陌生的聲音傳達出的冰冷消息，陳右宇之後也忘記自己的腳如何飛奔起來，心臟顫動的聲音響徹整個腦袋，他只能在口中反覆不停的念著：「不會吧……不會吧……不會吧……」

醫院的牆壁就像百合般白的讓人發抖，病床旁有一位面容枯槁的母親，默默地注視著床上的人，紅紅的雙眼像一片多年沒有甘霖的裂土。「不幸發生車禍，急救後宣告不治。」陳右宇感覺身體被抽離一半，瞪大雙眼不敢相信那個失去呼吸的人是自己的摯友、兄弟、家人一般的林左宙，豆大的淚珠滴滴答答，多少份量都淹不過撕心裂肺的事實。

這一次，是林左宙第一次爽約，也是最後一次。

「那麼東西交給您後，我就先走了喔。」女子的聲音將陳右宇的飄遠思緒拉了回來。

「好的，謝謝您特地拿來給我。」

「不會不會，這是我應該的，謝謝您特地跑這一趟。」

陳右宇揮別女子，帶著那木盒走出咖啡廳，不是用極其呵護寶藏的捧抱，而是像拎著多年來就熟悉的物品。「想去那裡看看。」他握緊方向盤行駛到那個老地方方向，也許會觸景生情地埋怨起來，但那裡乘載著數年的相遇與分別時光，但願多少可以撫平一點失去摯友的傷痕。

路途中，陳右宇回想著剛剛的日記本，裡面紀錄了好多他們之間的點滴，化成照片一張張貼上，使回憶的量變的厚重，經歷濃縮成文字，飲一口就能回味無窮。關於煩惱、關於夢想、關於工作……好多以前以及達不到的未來，尤其是重回老地方的紀載，林左宙總能洋洋灑灑地揮筆成大篇幅，不知道的人還以為日記中的主人是不是暗戀自己，但文章的最後他總是寫一句：希望我們都能幸福，等待我們下一場見面的時候。

到達目的地，人物不再，景物也不同從前，只能跟著記憶中那謹記於心的路徑行走，取而代之的是一片不熟悉的花圃與步道，連僅存的老地方也消逝了啊，陳右宇在花圃旁的木椅坐下，打開木盒想繼續翻找兩人存在的餘光。

「東門之楊，其葉牂牂。昏以為期，明星煌煌……」陳右宇口中輕聲念著這首詩篇，遺憾傾瀉而出，不管多少年以後重回這個約定之地，要等之人也早已不在，國中池塘旁的楊柳樹也因為校地重建，池水被抽乾用土填平，楊柳樹被砍，當初那個景色只能被輕埋在兒時的記憶隧道。

陳右宇心中突然感慨，〈陳風．東門之楊〉對他來說更確定是一首悲傷結局的詩，因為如果對方真的到來，那相見的喜悅肯定超過孤獨地等待，詩的結尾是一種開放式結局，但徒留等待的身影更添深了幾分惆悵，失約的那個人肯定不會再來了吧！就像你一樣，無法再相見了。寂寞的心情堵滿陳右宇胸口，他抬頭望向青空在心中思索著，感謝你出現在我生命裡，今後我也會帶著你的那份未來一起幸福的，以後我也會常常重回老地方，重回這個我們的地方。

微風輕輕一吹，將日記本的回憶吹開，溫柔地停留在第一頁之中。

〈陳風．東門之楊〉

東門之楊，其葉牂牂。昏以為期，明星煌煌。

東門之楊，其葉肺肺。昏以為期，明星晢晢。

致永遠的左右宇宙

作者小傳

許瑋芯，努力將腦中的片段剝落下來，耕耘成文字，但寫作的海盜船太搖晃，希望自己可以繼續學習找尋平衡點。

楊樹下的等待

陳思維

今天晚上很黑，還飄著朦朦朧朧的細雨，阿信獨自站在樹下，臉色蒼白。

他不停地在樹下走來走去，還時不時的停下來低頭查看手錶，像是即將爆發的火山，阿信心中積攢了不少的火氣。「幹」他生氣的喊道，用力踢了一腳身旁那顆無辜的樹。

「戀愛談了一年多了，幾乎每次都要我等半個多小時，天都黑了！」阿信皺起了眉頭，「上次和我撒嬌說晚上想吃海底撈，我放了一個客戶的鴿子去見她，結果到了晚上，她卻突然告訴我她要去幫她的一個朋友的忙，下次再吃。」阿信越想越氣，「這次她要再放我鴿子，我一定跟她分手！」

阿信抬起頭透過枝葉望向滿天繁星，腦中突然想起了在上學時曾背過的一首〈陳風，東門之楊〉：

東門之楊，其葉牂牂。昏以為期，明星煌煌。
東門之楊，其葉肺肺。昏以為期，明星晢晢。

「這首詩真是應了現在的景啊」阿信邊想邊背著手轉過身來，突然一個白色的身影出現在他的面前，距離之近讓他猝不及防的跌坐在地，他眼神中充滿了恐懼，因為在他面前的這個女人，披頭散髮，一身素色白衣，看起來十分詭異，他害怕的往後挪了挪，驚恐的望著這個女人。但是他定下神來一看，這不正是自己的女朋友嗎？「真是虛驚一場啊！」，阿信忍不住微微一笑，爬了起來，之前的怒氣在這場虛驚後也煙消雲散，取而代之的是深邃的柔情。

「你怎麼又這麼晚才來啊！真是的」，阿信儘量用一種輕鬆的語氣，儘管很想責怪她。說著，便伸手去拉阿楠的手，但是他沒有牽起她的手，他的手徑直的從她的身體穿了過去。阿信難以置信的望著這一切。

「阿信，我真不應該沒和你去晚飯，都是我害了你。」阿楠，淚流滿面的哭喊道。

這時阿信才想起來原來早在上一次，阿楠放他鴿子的那一次，他獨自回去的時候，遇到了酒駕的司機。

不知何時在他身邊多了一黑一白兩個身影，「用下一世做人的機會來換見她一面，真傻，你知道……」

「我們走吧！」阿信伸出了雙手。旁邊的身影無奈搖了搖頭，抓起了他的雙手。

彷彿眼前有東西晃過，阿楠揉了揉哭紅眼睛，卻發現什麼也沒有了。

作者小傳

陳思維，一個從北京來到東海大學的工科交換生，自知文筆不好，望體諒。

待月東門

葉品漢

擊敗了孫飛虎之後，張君瑞正要送杜確離開。

「杜大哥，謝謝你這次義氣相挺，為我趕走了孫飛虎那個無禮的惡徒。」

「說這是哪裡的話，這本就是我應該要做的，更何況，你在電話中提到這攸關你的終身大事，這不，我快馬加鞭趕過來了。話說，這是怎麼回事？跟寺中那位漂亮的姑娘有關嗎？」

「杜大哥所言正是。那女子喚作鶯鶯，是崔家的女兒。他們這幾日在這普救寺中舉辦崔相國的喪禮，而我進京趕考時，途經此寺，打算借住幾宿，誰知便碰上了孫飛虎那惡霸要強搶鶯鶯。無奈我只是一介書生，手無縛雞之力，只得請你過來幫忙。」

「那是自然。但這與你所說的終身大事何干？」

「杜大哥有所不知，那崔老夫人在事發之時，說道：誰能救得鶯鶯，便將女兒許配給誰。而我又對鶯鶯……」

「原是如此，那照理說，該是將鶯鶯許配給我才是啊？怎輪到你了？哈哈哈。」

「杜大哥，你這席話當心別讓嫂子聽到，否則可是『英雄難過美人關』。」

「玩笑話罷了。但若如此，你可還要再進京趕考？」

「若抱得美嬌娘，便不再繼續了吧，功名利祿不過雲煙。」

「你自己看著辦吧！別辜負了人家才好。」

「是，多謝杜大哥義不容辭，小弟便送您至此了。」杜確上馬，揚長而去。

天知道張君瑞有多開心能夠認識杜確這個朋友，畢竟對一個武功韜略完全沒概念的小子，既能在緊要關頭出現一位武狀元朋友挺身相助，又能幫助他順利抱得美嬌娘，是何等幸運的事情！現在張君瑞正想著等進去之後，該怎麼向崔老夫人提起這事。

月夜如魅，張君瑞想起那個初逢鶯鶯的夜晚。「月色溶溶夜，花陰寂寂春。如何臨皓魄，不見月中人？」自從那一次的見面之後，張君瑞整個人的魂魄好像都被鶯鶯給勾走了，無時無刻不想著她的一笑一嗔、一喜一怒，他從未如此迫切地渴望能得到一個女子，他甚至不惜犧牲這幾年來為求取功名所作的準備，只想帶鶯鶯遠走高飛、廝守終生。

不知不覺，張君瑞已走到崔家暫居的房門口。

「崔老夫人，你們可都還好嗎？」張君瑞敲了敲門，心想，還是先關心一下她們目前的狀況好了。良久，都未有人應聲，當他正打算再敲門時，門隨即被打開了「張公子啊，」開門的正是崔老夫人「多謝你與杜太守這次出手相助，若非你們，我們幾個孤家寡人怎堪得了那惡霸如此欺凌」崔老夫人言語中帶著一點啜泣聲。「男子漢大丈夫，本就是見到有難，拔刀相助，更何況在這佛寺之中，容不下囂張的行徑？那……敢問鶯鶯可有受驚？」張君瑞越想越得意，他相信自己今日一番作為，必能博得崔老夫人好感「無礙、無礙，只是不免因那惡霸而稍感驚懼。夜已深，我想我們都需要歇息了。老婦有意於明日舉辦酬謝席，以報答您對我崔家的救命之恩，屆時還請張公子出席。」「夫人客氣了，明日我必當與會，那……便請您早作歇息，我不打擾了。」「多謝張公子，請。」崔老夫人關上了門。

張君瑞連鶯鶯一眼都沒見著，而崔老夫人又好似避口不談及婚配之事，讓他十分失落，心想，只得等到明日再作打算了。

酬謝席上，崔老夫人準備了滿桌的素菜，不僅是感謝普救寺上上下下眾僧協助操辦亡夫喪禮，更是要答謝張君瑞救命之恩。

「幸賴諸位大師祈福之功，這幾日已圓滿地辦完了亡夫的道場，雖發生了孫飛虎一事，也幸有張公子與杜太守捍衛佛寺、捨身取義之決心，方得驅逐惡霸，還佛寺清靜。故今日特辦此席，酬謝眾人對我崔家之照顧。」崔老夫人一口飲盡杯中物「我知眾大師素日飲食清淡，故以上等好茶代酒，聊表敬意與謝意，還望合眾大師胃口。」崔老夫人目光一轉，走向坐在角落的張君瑞致謝。「張公子」「啊！是崔老夫人」「張公子請坐，這素齋可還合胃口？」「當然，多謝崔老夫人用心。」「可千萬別這樣說，是我們麻煩你太多了。此外，也有一事想與張公子說，明日我們便要啟程，離開普救寺了。」張君瑞一聽，連忙放下手中碗筷，向老夫人問道「明日便走？怎……怎如此匆忙？」張君瑞心想，不是要將鶯鶯許配給他的嗎？「是，因為鶯鶯原已與鄭相國之子鄭恆有媒妁之言，本打算道場結束便離開，誰料到因事耽擱了。今事情都已結束，合該離開。」「……但崔老夫人不是說，若誰能解救鶯鶯，便要將鶯鶯許配給那人嗎？」張君瑞正想繼續說下去，就被打斷。「我是這樣說過，但這只是一時情急所言，我想張公子應當不會放在心上，更何況張公子是要進京趕考之人，應不會為了小女而前功盡棄才是。」張君瑞的心情頓時跌落谷底，不知該說什麼。「但張公子不必氣餒，我崔家不是忘恩負義之人，稍後我會請丫鬟拿黃金百兩與幾匹絲帛予你，供你這一路起居順遂，不致挨餓受凍。」崔老夫人緊接著說「相遇便是有緣，若張公子不棄嫌小女，可願與小女結拜為兄妹？相識一場，來日若張公子功名有成，也好讓我們崔家沾個光啊！」此時此刻，張君瑞早已無心再聽，他頓時只覺萬念俱灰、萬念皆空。「都可，謝老夫人安排。」

月夜如魅，張君瑞想起那個初逢鶯鶯的夜晚，只是此刻的他卻怎樣都不敢再想下去了。春日的普救寺，景色優美，繁花茂盛，茜草開滿了整個普救寺後院的山坡，禪房林列，處處是禪意。張君瑞住在寺廟的東邊，鶯鶯就住在西邊，雖是幾步之隔，對他來說卻是如此如此遙遠。他現在只能空佇在房門前，望著月色思美人，月是近在眼前，美人是遠在天邊。

月出皎兮，佼人僚兮；舒窈糾兮，勞心悄兮。
月出皓兮，佼人懰兮；舒懮受兮，勞心慅兮。
月出照兮，佼人燎兮；舒夭紹兮，勞心慘兮。

「張公子」張君瑞正嘆氣，便聞得熟悉的聲音「紅娘，是妳啊！」「張公子，幾日未見，你消瘦了不少。」「哈，讓你見笑了。」「我是來將老夫人交代的金帛拿予你，請你收下。」張君瑞接過「代我向謝老夫人致謝」「是」「那個……鶯鶯……」紅娘本已轉頭欲走「鶯鶯，好嗎？」聽到張生問及小姐，紅娘沉思良久，再轉向張生：「張公子，不瞞你說，小姐這兩日傷心欲絕。」「可怎麼了？」「打從你們初逢那日，我便感覺得到小姐對你已有好意，前日你又幫忙驅逐了惡霸孫飛虎，她對你的仰慕更添一籌，亦期待當面向你言謝。只是……」「只是什麼？」紅娘掙扎了一會，緊接著說：「只是，這一切都被老夫人阻止。老夫人認為你這樣的書生身分，怎能與小姐匹配，便打算違背承諾，把你打發走。但老夫人又怕你會對鶯鶯糾纏，所以她只得把小姐關在房間，不讓你們有見面的機會。」張君瑞沒想到是自己害了鶯鶯「鶯鶯……唉，都怪我太沒用，是我的錯……」「張公子，老夫人沒有惡意的，那鄭恆來頭不小，老夫人也不敢隨便敷衍。如若你真對我家小姐有意思，還請你務必繼續進京趕考，求取功名，待到功成那日，再風風光光地迎娶我家小姐吧！」紅娘從口袋拿出一封信，「今晚崔老夫人有事外出，小姐特命我將此信轉交給你。」張君瑞接過信，打開來只見兩行話：

東門之墠，茹藘在阪。其室則邇，其人甚遠。
東門之栗，有踐家室。豈不爾思？子不我即。

張君瑞笑了，原來鶯鶯也知道他的情思，原來鶯鶯對他也有著這樣的意思。張君瑞謝過紅娘，他決定提起勇氣，循著心之所向，一會那令他魂牽夢縈的女子。

＊改編自王實甫《崔鶯鶯待月西廂記》

作者小傳

葉品漢，中文系四年級，是個文筆有待加強的男生。樂於觀察生活中的人事物，從中學習認識世間各種情感的樣貌與意義；告訴自己永遠要保有澄明而活潑的心靈，才能細看那千江水、千江月，看那萬里無雲和晴天。

東山夢憶

龔芊文

自我東征，三年已去。

自五年前武王滅了荒淫無道的紂王，僅僅兩年時日，這位救人民於水深火熱的英雄便撒手人寰，接著由周公輔佐年幼的成王，沒多久的光景天下又陷入一片動亂。五年多前我也是個黃毛小子，如今已是個舉得起鋤頭、劍戟的成年人了，能夠隨軍出征，想想也是一種已然扛得起責任的認可。唯一放不下的，就是才剛新婚數月的妻子。

那時如月腹中已有了我的骨血，想到分開後她得一個人擔起整個家的生計，心中就有說不出的不捨、憐惜。臨別的前幾天，她總叨叨絮絮著，說我回來的時候，孩子怕是都能走能跳的了，哪還認我這個爹？

「這妳就多心了，誰是爹，他瞧他娘的臉色還不清楚？」

如月的眉眼總算是展露一道笑意：「天底下哪有你這樣輕浮的爹……」

其實我倆都知，誰知這一去是不是還能再回來呢？

征戍三年，偏是這一日的微雨顯得分外寒峭，舉目所見一片朦朧。終於要回家了，想到這些日子，餐風露宿、日夜行軍，看不見盡頭的殺伐，使單薄的甲衣始終飄散一股散不盡的血腥味。無數個夜晚，自個兒蜷縮在車下，守著疲憊不堪的緊繃，睡意中每每思及家鄉故土，那種椎心直比硬著頭皮衝入刀光劍影難熬。如今這一切總算是到了頭了。

西向而行，想到幾年不在，如月自個兒受的苦，我心便悲苦不能自已。也不知家裡那土厝是否已經被瓜果藤蔓爬滿了屋簷，怕是鼠輩跟長腳的蜘蛛橫行滿室，庭院可能早被野鹿佔據，黑夜中滿園的螢火熠熠……可即便荒廢淒涼又如何？家終究是家，我那魂牽夢縈的歸宿。揮去滿腦子胡思亂想，我發現思念的家竟已近在眼前。

佇立房中，一切都顯得有些異樣的熟悉，唯床畔佳人，依舊是年華正茂。看那手裡正忙著縫補的像是孩童的褲子，一針一線來來回回，相較離去之時，那手藝自是望塵莫及了。

燈火搖曳中，那雙飽經風霜的手，一時間竟使我看得癡了。不知過了多久，我辛勞的妻，終於從針線上移開了目光，抬眼一望。撇下手邊細活，如月直直朝我走來，眼見就要撞進我的懷抱，我卻完全分辨不出她此刻的表情，是壓抑？激動？喜悅？感傷？……最真切的是心中難以言表的澎湃，而我妻就這樣與我穿．身．而．過。

驚愕之餘，我的腦子響起一震巨大的嗡鳴，「什麼？現在是什麼情況？」卻聽窗格在身後掩上的輕喀，然後是妻的喃喃：「這入夜的涼氣，真是越來越經受不起了……」呆呆看著如月坐回床沿，重拾手中的針線活。室內少了風，燈影也少了晃動，暗室中我重新看清她的臉，雙眼泛著些許淚光。

彷彿聽見如月說：「三年，你就算再也回不來，我也認了。我會一手拉拔良兒長大，他會長成很好很好的青年，只希望以後國家不要再有戰亂，家裡男人再也不用上戰場……」

「要記得，今天是親迎的日子。待會見了新郎要莊重，不可亂了方寸，我們雖不是什麼富貴人家，可不能失了禮數。」

「女兒不孝。謝娘親十五年來的照料。」少女一身玄衣鑲滾紅邊，盈盈拜倒。門外的車馬已恭候多時，駿馬金黃發亮的毛皮，與天的晴朗、新郎的英爽相互輝映。就連飛翔的黃鶯鳥，光亮的羽毛也顯得可喜可愛。良辰吉時、新婚燕爾，一番人間大好光景。

原來不是夢，這些日子魂牽夢縈的家……

「如月，我回家了。」

作者小傳

龔芊文，二十歲 就讀東海大學中文系三年級。大家都說演戲的是瘋子，看戲的是傻子。生活中，又有誰人沒有那麼一點瘋傻？人生二十載，對自己來這世界的目的尚不甚明瞭。便權當人生是一場遊戲、一趟旅程、一回歷練。聽聽旁人的故事，也寫作自己的人生。

你看！天上的是什麼？

趙詠寬

鴻鴈于飛，哀鳴嗸嗸。

「新聞插播！稍早臺北木○區出現小型龍捲風，目前已出現零星災情。○立動物園部分設施毀損，如有最新情形，隨時為您插播報導。」

羽宣：「哈囉！我來囉！」

哲鴻：「你來啦！」

羽宣：「你在看什麼？這麼認真？」

哲鴻：「我在看《詩經》啊！期末要口頭報告十分鐘，頭好痛！」

羽宣：「十分鐘口頭報告還好吧！有什麼好頭痛的？」

哲鴻：「我們老師希望《詩經》能與時事結合，不過這是幾千年前的東西，怎麼可能跟現代有關？不說這個了，你爸呢？還好嗎？」

羽宣：「該怎麼說呢？雖然○○○颱風過境也已經一個多月了，該清的也清了，算還好吧……」

哲鴻：「那你爸當時一定很辛苦吧？」

羽宣：「你也知道我爸的個性，每件事一定要做到最好，怎麼可能不辛苦？加上○○○颱風的災情這麼大，我爸沒一夜睡好！」

哲鴻：「你爸真是辛苦了。○○○颱風真的太誇張了，風力爆表、時雨量破千，根本是毀天滅地的等級。」

羽宣：「是啊！因為風力爆表，所以那些三合院的屋瓦都被掀翻了！又因時雨量破千，加上海水倒灌，○○大排的堤防承受不住也垮了，（註一）整個庄頭都淹在水裡。你知道嗎？那個○○大排不知整建多少次，堤防越修越高，最後整個河床比路面還要高。

還好我爸有先見之明，在颱風來臨前與警察苦勸那些阿公、阿嬤離開，要不然傷亡人數實在不敢想像！」

哲鴻：「真的是好佳哉！（註二）可是這些阿公、阿嬤沒地方住要怎麼辦？」

註一　大排：此處大排指一種水利設施，有灌溉、排洪之用。

註二　好佳哉：臺灣閩南語詞彙，有幸虧、好險、還好的意思。

羽宣：「我爸也很傷腦筋！公所、學校都泡在水裡，根本無法安頓這些長輩。只好千拜託、萬拜託，商借附近村莊的活動中心、學校體育館安置，要不然也是沒步！（註三）」

之子于垣，百堵皆作。雖則劬勞，其究安宅。

哲鴻：「唉！真的是……」

羽宣：「那時我爸還跟辦公室的人每天冒著風雨，搭著膠筏前往活動中心、學校體育館。安撫這些晚輩不在身邊的阿公、阿嬤，並且不斷跟他們說『無代誌！無代誌！（註四）阮佇遮，（註五）毋通驚！毋通驚！（註六）』」

哲鴻：「你爸他們真的揪感心！（註七）」

之子于征，劬勞於野。爰及矜人，哀此鰥寡。

羽宣：「是啊！然後我爸他們再乘著膠筏回到庄頭巡視，記錄房屋、農田、魚塭等受損情形，希望能為阿公、阿嬤申請一些補助。」

鴻鴈于飛，集於中澤。

哲鴻：「那有申請到嗎？」

羽宣：「連縣政府都是受災戶，所以你知道的……」

哲鴻：「那現在呢？都一個多月了，狀況好一點了吧？」

羽宣：「狀況該怎麼說呢？水退了，淤泥也清得差不多了。可是難處理的不是大自然所造成的破壞，而是人啊！」

哲鴻：「怎麼說？」

羽宣：「那些阿公、阿嬤的子孫在積水退後陸續回來，開始投訴我爸他們。說

註三　沒步：臺灣閩南語詞彙，指沒辦法、無計可施的意思。

註四　無代誌：臺灣閩南語詞彙，指沒事的意思。

註五　阮：臺灣閩南語，第一人稱複數代名詞，我們的意思。佇遮：臺灣閩南語詞彙，在這裡的意思。

註六　毋通驚：臺灣閩南語詞彙，指不要害怕的意思。

註七　揪感心：臺灣閩南語詞彙，指非常貼心的意思。

什麼未盡排水設施監督之責，要申請國賠BaLaBaLa之類的。」

哲鴻：「唉……」

羽宣：「連那些幫忙清淤的國軍、志工也被批得體無完膚，說什麼動作太慢啊！偷他們家東西之類的，又嫌愛心便當不夠好吃……」

哲鴻：「無言……」

羽宣：「每當我爸好聲好氣地詢問他們有什麼需要幫忙的，就會被那些搞不清楚狀況，外地回來的亂罵。例如『你們這些公家人員是做什麼吃的？』或是『我呸！米蟲！薪水肥貓！我說的對不對？』，然後一堆不知哪來的民眾就會跟著說『對！對！對！』」

哲鴻：「……」

羽宣：「要不然就是對我爸說『坐辦公室、吹冷氣、領太多、過太爽齁！』或是『準時下班、高高在上、不知民間疾苦嘛！』，那群人就會再附和著說『對！對！對！』，根本無法進行有效、理性的溝通，救災、補助的進度就因此一直被延後……」

維彼愚人，謂我宣驕！

哲鴻：「你爸辛苦了，真是『做到流汗 嫌到流涎』，（註八）拍拍！」

羽宣：「謝謝你，又不是每個公家機關的人都踢皮球、爽領退休金！」

維此哲人，謂我劬勞。

哲鴻：「等一下！剛剛的對話內容有種似曾相似的感覺……好像是《詩經》中的……」

羽宣：「你看！天上的是什麼？」

哲鴻：「哇！好大的鳥，是鵝還是……」

羽宣：「不只一隻，後面還有！」

鴻鴈于飛，肅肅其羽。

註八　做到流汗 嫌到流涎：臺灣俚語，指當事人認真盡責做事，卻被旁人嫌得一無是處。

作者小傳

趙詠寬，任時人蔑如之業，雖未即真，淪胥以鋪。但求春風化雨、作育英才，此生無憾。

毛詩品物圖考

中國隊長

——周人英雄古公亶父

林增文

孔子說詩可以「興、觀、群、怨」，《詩經》之所以使人悠然神往，正因為它的三百多篇詩歌中有許多動人的故事，不論是淒涼的閨怨、對美好愛情的嚮往，或是對世道衰微的怨憎以及對理想的追求等，每首詩都是當時人們的精彩生命歷程，在喜怒哀樂中交織著血淚。時至今日，每當閱讀這些詩篇，依然撼動著我們的心弦、仍然為這些用生命寫成的詩歌感動不已。

除了愛情的詩篇，詩三百中也有些雄偉壯麗的英雄史詩，像〈大雅．生民〉、〈大雅．公劉〉以及〈大雅．緜〉等，可說是周民族興起的三部曲，尤以古公亶父率周人遷至岐山後，經王季至文王，短短時間內便使國家粗具規模，奠立了文王時代強盛的基礎，則這篇描述太王篳路襤褸、從衰到盛的奮鬥故事便較其他兩篇更顯得重要。

〈大雅・緜〉

緜緜瓜瓞，民之初生，自土沮漆。古公亶父，陶復陶穴，未有家室。

古公亶父，來朝走馬。率西水滸，至於岐下。爰及姜女，聿來胥宇。

周原膴膴，菫荼如飴。爰始爰謀，爰契我龜。曰止曰時，築室於茲。

迺慰迺止，迺左迺右。迺疆迺理，迺宣迺畝。自西徂東，周爰執事。

乃召司空，乃召司徒。俾立室家，其繩則直。縮版以載，作廟翼翼。

捄之陾陾，度之薨薨。築之登登，削屢馮馮。百堵皆興，鼛鼓弗勝。

迺立皐門，皐門有伉。迺立應門，應門將將。迺立冢土，戎醜攸行。

肆不殄厥慍，亦不隕厥問。柞棫拔矣，行道兌矣。混夷駾矣，維其喙矣。

虞芮質厥成，文王蹶厥生。予曰有疏附，予曰有先後。予曰有奔奏，予曰有禦侮。

這首〈緜〉共九章，章六句。《毛詩序》曰：「《緜》，文王之興，本由太王也。」開宗明義道出了太王對文王大業的重要貢獻。詩篇開始以綿綿相連著的大瓜小瓜，比喻初生的周人部落宛如生命共同體般聯繫在一起，慢慢茁壯。周民原本居住在沮水漆水邊，但這所居的邠地，常遭到強大外患戎狄的侵擾，太王雖曾給予戎狄種種貴重之物，期能解除外患，卻仍無法免除夷狄的威脅。東漢．蔡邕〈琴操．岐山操〉云：

〈岐山操〉者，周太王之所作也。太王居豳，狄人攻之，仁恩惻隱，不忍流血，選練珍寶犬馬皮幣束帛與之。狄侵不止，問其所欲得土地也。太王曰：「土地者，所以養萬民也，吾將委國而去矣，二三子亦何患無君！」遂杖策而出，踰乎梁而邑乎岐山。自傷德劣，不能化夷狄，為之所侵，喟然嘆息，援琴而鼓之云：「戎狄侵兮土地移，遷邦邑兮適於岐，蒸民不憂兮誰者知，嗟嗟奈何予命遭斯。」

另孟子也曾對滕文公說：

昔者大王居邠，狄人侵之。事之以皮幣，不得免焉；事之以犬馬，不得免焉；事之以珠玉，不得免焉。乃屬其耆老而告之曰：「狄人之所欲者，吾土地也。吾聞之也：君子不以其所以養人者害人。二三子何患乎無君？我將去之。」去邠，逾梁山，邑於岐山之下居焉。邠人曰：「仁人也，不可失也。」從之者如

歸市。（《孟子・梁惠王下》）

可知太王由邠地遷至岐山，本是為躲避夷狄之侵擾，卻因周人不離不棄，紛紛追隨他到岐山下定居。

周人隨太王遷往岐山之後，因周原平坦肥沃，反而有利於民族的生存與發展。方玉潤《詩經原始》說：「故地利之美者地足以王，是則《緜》詩之旨耳。」也的確是事實。太王夫妻帶領大家胼手胝足、整理擘劃，龜甲卜筮的卦象亦顯示出此時此地是適宜長久定居的好時機，於是一方面在地上修屋造房、不必再穴居於地下，一方面劃疆治理、開渠墾荒。俗話說萬事起頭難，要在岐山下安家定邦，當然必須經過無數的辛勞與努力。太王四處奔忙、事必躬親，召來司空和司徒，商定建築大小瑣事。先拉繩丈量地基，再以夾板填土造牆，費了一番功夫後，莊嚴雄偉的宗廟落成了。

繁複忙碌的建築工事持續進行著，鏟土聲、震土聲和搗土聲此起彼落，在各種聲響交織中，豎立起百堵高牆。這樣日復一日地辛勤工作下，太王的都城總算有些規模了。在蓋好了城門與王宮的正門之後，接著構築祭祀土地神的冢社，周人終於有了祭祀祈福的地方。

在太王的建設下，周人的國勢蒸蒸日上，和外部的聯繫管道暢通，再也不懼戎狄的侵擾，反而是混夷之敵聞風而逃，與在邠之時，早已不可同日而語了。也就是在太王所奠定的札實根基之下，最終造就了文王的功業，因此詩篇的最後兩章跳轉到文王的事蹟上來，說明文王以仁義興國，不僅任用賢能的文臣武將，內政修明，更能調和鼎鼐、消弭友邦的紛爭，已是泱泱大國的風範了。

這首周代先民開國的史詩，從周人在邠地未有室家，受戎狄侵害，內外交迫的窘況，至太王率眾遷於岐山，從無到有，枵腹從公、戮力建設，乃至最後促成文王內政外交上的重大成就，這一切，正是太王的功勞。如果說美國隊長是漫威電影中帶領群眾，由弱轉強、扭轉戰局的虛幻英雄，那麼在周人的建國故事中，太王，亦即古公亶父，堪稱是周人英雄，當時的中國隊長了吧！

作者小傳

林增文，福建省林森縣人，出生於臺中市豐原區。東海大學文學博士，曾任高中教師、多家大型企業與外商公司人事主管，現任河南省鄭州大學西亞斯國際學院中文系專任助理教授。著有《概念譬喻理論在詞作上的運用：以蘇軾和柳永詞為例》、《從當代譬喻理論解讀李清照》、《詩經章法與寫作藝術》等專書及〈紅塵客夢——由總體性隱喻閱讀解析蘇軾詞中的黃州夢〉、〈概念譬喻理論的詩歌詮釋——以蘇軾〈定風波〉詞為例〉、〈分化中的統一——《詩經・巧言》的總體性隱喻〉等多篇學術論文。

詩經圖譜慧解

嬛嬛的故事

趙詠寬

△帶有感情地清唱《紅顏劫》歌詞：

斬斷情絲心猶亂，千頭萬緒仍糾纏。

哈囉！各位觀眾大家好，我是阿晞，是「東方未晞」的晞，不是熹貴妃的熹喔！又來到「悅讀《詩經》」的單元，今天要跟各位介紹的是：

△打上標題（不唸出聲音）：嬛嬛的故事

相信大家對《後宮甄嬛傳》女主角甄嬛，也就是嬛嬛相當熟悉，亦知其名源於宋代蔡伸〈一剪梅〉的典故。

△打上蔡伸〈一剪梅〉並朗讀之：

嫋嫋一裊楚宮腰。那更春來，玉減香消。

嫋嫋在〈一剪梅〉中形容女子輕柔美麗，而這也呼應甄嬛清麗之姿。不過，本集「嫋嫋」的故事不是講甄嬛，而是一位上古時期「男人」的故事。

△快速自問自答：

什麼？你說我讀錯了，要唸ㄋㄧㄠˇ ㄋㄧㄠˇ而不是ㄑㄩㄥˊ ㄑㄩㄥˊ。

我沒念錯，而且嫋嫋一裊楚宮腰應該是唸ㄒㄩㄢ ㄒㄩㄢ才對喲！

△快速自問自答：

還有什麼？你說嫋嫋這形容詞關男人啥事？

怎會跟男人無關呢？看了就知道。

好啦！其實「嫋嫋」這詞最早出現於《詩經．周頌》中的〈閔予小子〉：

△畫面中間打上：

遭家不造，嬛嬛在疚。

嬛嬛讀為ㄑㄩㄥˊㄑㄩㄥˊ。那麼這詞彙是指什麼呢？「孤獨無依」的意思。那是誰孤獨無依呢？就是我們本故事的男主角。男主角是正史中的誰呢？這是我們本集有獎徵答的題目喔！

△畫面中間打上有獎徵答題目：

本集嬛嬛的故事男主角是正史中的誰？

△接著呈現獎品剪影

△小聲OS：

為避免男主角的身分太好猜，太明顯的線索就用代號取代。

好，回到故事本身。這故事說簡單很簡單，說複雜也很複雜。不過我想，複雜地說可能說幾十集也不夠。畢竟我們這單元是「悅讀《詩經》」嘛！那我就依《詩經》的線索簡單說好了。

△小崩潰地OS：

什麼《尚書》、《史記》、《汲冢周書》、《清華簡》BaLaBaLa我才不管呢！

好久好久以前，在一片廣闊的大地上，有一場戰爭。這戰爭是巨人族與玄鳥國的對決。對決好幾個月，巨人族終於打敗玄鳥國，建立名為巨人國的國家。只是巨人國成立不久，根基未穩，玄鳥國遺民也蠢蠢欲動。因此，巨人國國王和眾臣、弟弟們克盡己職，維持國家安寧。然而好景不常，巨人國國王因積勞成疾，留下年幼的兒子撒手人寰，而這年幼的兒子就是本故事的男主角。男主角多年幼呢？根據各家考證，有七歲至十三歲不等的說法。總之，就是年紀很小的意思。試想一下，如果你在屁孩時期接掌國家，會不會感到非常不安呢？

△快速自問自答：

什麼？你說你不會？而且超級爽！

不管！我就是認定你非常不安。

爸爸已經上天堂幫不了你，你要怎麼辦？《詩經》有四首詩描述男主角從幼主即位至獨當一面的心路歷程，讓阿晞我一首一首述說這嬛嬛的故事吧！首先〈閔予小子〉這首詩這麼說：

△畫面上打上〈閔予小子〉全文，並讀誦一遍：

閔予小子，遭家不造，嬛嬛在疚。於乎皇考！永世克孝。念茲皇祖，陟降庭止。維予小子，夙夜敬止。於乎皇王，繼序思不忘。

這首詩在說什麼呢？說可憐可憐我這小子吧！年紀輕輕爸爸就過世。不過我會秉著謹慎嚴肅的心，不負我爸爸、爺爺的名聲。從這裡可以看出來，男主角不是屁孩，而是非常認真的人。

△快速自問自答：

什麼？你說男主角太正經了，不好玩，這故事不好看。怎麼會呢？我覺得要創業的、繼承家業的都該看一看。或是你正處於新的工作環境，更是非看不可！而且故事會越來越暗潮洶湧喔！

可是我們知道，用愛無法發電！所以光憑認真也無法治理國家，那男主角該怎麼辦呢？請看〈訪落〉這首詩：

△畫面上打上〈訪落〉全文，並讀誦一遍：

訪予落止，率時昭考。於乎悠哉！朕未有艾。將予就之，繼猶判渙。

維予小子，未堪家多難。紹庭上下，陟降厥家。休矣皇考，以保明其身。

這首在說什麼呢？在說男主角秉著謙卑的心告知眾臣，雖然爸爸過世了，不過我會繼續沿用爸爸建立的制度，你們不用擔心。並且再次祈求天上的爸爸，好好保佑我，讓我平安順利。由於男主角的宣告，起了不少安定臣民的效果。

△快速自問自答：

什麼？你說這宣告有什麼好安定臣民的？不懂！

試想一下，公司的業務你開始進入狀況，可是主管突然被換掉了，你是希望新主管一切照舊呢？還是來個「萬象更新」呢？相信你懂的！

好啦！既然眾臣知道一切照舊，那麼男主角的政事應該可以順利推展吧！若你這麼想也太天真了，所以〈敬之〉這麼描述男主角的行動：

△畫面上打上〈敬之〉全文，並讀誦一遍：

敬之敬之，天維顯思。命不易哉。無曰：「高高在上。」陟降厥士，日監在茲。

維予小子，不聰敬止。日就月將，學有緝熙于光明。佛時仔肩，示我顯德行。

這首詩分兩部分，上半部在說維持一個國家沒那麼容易，而且所作所為老天爺都一直在看著！下半部則是男主角告知眾臣，我會秉著謙卑謙卑再謙卑的心，聽取你們的意見，讓我的德行更加光明。

由此可知，光是制度一切照舊還不夠，對臣子而言，君王怎麼看我們才更重要。所以男主角更進一步釋出善意，拉近與眾臣的距離，讓臣子們知道，你們的意見「我會聽喔」！

相信觀眾聽到這裡，應該會覺得男主角真是值人疼的孩子吧！愛護他都來不及了怎麼捨得扯他後腿？不過，以為「我對人好，別人也會對我好」，就太小看世界的複雜性！我們來看看〈小毖〉的報導：

△畫面上打上〈小毖〉全文，並讀誦一遍：

予其懲，而毖後患。莫予荓蜂，自求辛螫。
肇允彼桃蟲。拚飛維鳥。未堪家多難，予又集于蓼。

詩中描述男主角深深地自責，因為自己誤信謠言而釀成大禍，讓國家動盪不安。他會以此事件為戒，不讓同樣的錯再度發生！

發生什麼事？兩百字內說完。之前說過，巨人國原本是前任國王與弟弟、眾臣管理國家，可是男主角年紀幼小，你覺得這些大人會放心讓一個小男孩擔此重任嗎？不會！所以男主角的四叔擔此重任，握有政權。可是此舉讓前任國王的弟弟們非常不滿，於是向姪子也就是男主角進讒言。果然，正值血氣方剛的男主角信了，男主角的四叔只好逃亡，國家又動盪起來。後來，男主角的四叔一口氣滅了這些反動勢力，國家恢復安定，男主角也學到教訓。

由〈小毖〉的記錄可以知道，男主角雖然如此謙卑謹慎，仍有人提供「錯誤」訊息，影響判斷。因此，除了有接收意見的能力外，更要有分辨資訊的功夫。從這事件後，男主角了解諂諛善道、懲前毖后之理，國家開始走向康莊大道。

雖然嬛嬛的故事主角是帝王，但帝王之軀的他都會遇到「嬛嬛困境」了，更何況是普羅大眾？「嬛嬛困境」幾乎是人人一生中會遇到的課題，所以有「不得不面對之必要」。因此，在新環境時，心定下來，認識環境。想辦法增加盟友，而不是樹敵。對於四面八方的訊息，要有分辨能力，而不是一股腦接收。當然，更重要的，內心須堅守正道，自我省察。心理素質強健了，自然趨吉避凶，走向光明。

分享一下自身經驗，上份工作性質是每滿半年或一年就要另謀他處，而我每到新的地方就想大有作為，又因不懂人情世故而遍體鱗傷。直到某處前輩在我任期屆滿時說：「我知道你很熱心，也很關心未來的國家棟樑。但是，如果你想在新環境有所發揮，必須先摸清楚新環境的眉眉角角再來行動，即使是好事也一樣！」這段忠告真是驚醒夢中人！做好事不能全憑一股熱情，必須有智慧和方法，循序漸進，要不然怎麼死的都不知道！

那麼來為各位重點整理一下，如果我們在新環境，勢單力薄時怎麼辦呢？

△畫面打上四條標語，並讀誦一遍：

一、接受現實，堅定信念

二、觀察環境，照舊為先

三、釋出善意，招集盟友

四、判讀資訊，明辨是非

各位記住了嗎？希望這四大要點能幫助你面對新環境，習得「保明其身」之道。

好啦！節目快到尾聲。節目開頭說過，本集有有獎徵答，那麼獎品是什麼呢？登！登！有金黃色啾啾的小置物盒。它可以幹嘛？嗯，可以用來放信件或是當成時空膠囊等，是不是很「可愛實用」呢？那要怎麼獲得這小置物盒？很簡單，只要在留言區回答本集的謎題，男主角是正史中的誰？前十名答對者就可獲得喔！趕快留言吧！

如果喜歡我的影片歡迎按讚、訂閱及分享喔！【悅讀《詩經》】，我們下次見，掰掰！

△片尾音樂結束後快速小聲OS：

如果早點懂這四首詩，或許就可少走些冤枉路了……

嬛嬛的故事【悅讀《詩經》】

觀看次數：311　305　0　分享

阿晞

發佈日期：2018年10月21日

本集【悅讀《詩經》】一口氣講了四首詩，因為《詩經．周頌．閔予小子之什》的〈閔予小子〉、〈訪落〉、〈敬之〉、〈小毖〉可視為組詩。男主角就是正史中的

顯示完整資訊

四則留言

JI，DAN4分鐘前

我知道金黃色緞帶小置物盒是《尚書．金縢》的梗。如果你有餘力，可再開一集補充說明男主角對四叔的糾結與和解，相信可讓嬛嬛的故事更為立體、飽滿。近來出土文獻《清華大學藏戰國竹簡》〈周武王有疾周公所自以代王之志〉可參考一下。

👍 2　👎 1　回覆

JI，XIAN3分鐘前

「未勘家多難」，你們都說是老三、老五、老八造成的，為什麼不說你老四是否有二心？說啊！

👍 0　👎 3　回覆

JI，SHI2分鐘前

男主角的故事真是不好說。男主角未得實權時，太保、太師也曾懷疑太傅的用心，但太傅寫的〈君奭〉又這麼懇切……要不是老三、老五、老八結合祿父，做得太超過，宗族間有必要這麼難看嗎？可憐了男主角，一邊處理內憂，一邊消滅外患，國家好不容易穩定了，卻積勞成疾，英年早逝，真是令人惋惜不已……

👍2　👎0　回覆

JI，SONG1分鐘前

我知道嬛嬛的故事男主角是誰，是周武王的兒子，姬誦，也就是周成王。雖然周成王一路披荊斬棘，辛苦異常，但最後也定國安邦，刑錯不用，相信姬誦本人一定覺得非常值得！《詩經》溫柔敦厚，故這四首詩著重描寫周成王心境的成長，從弱小無助到成熟堅忍，真可謂語淡而味終不薄。

👍2　👎0　回覆

作者小傳

趙詠寬，即將四十，以生理年齡來說，的確是大人，卻常脫口說出「我也不知道那些大人是怎麼想的」。

〈玄鳥〉之「甘盤說夢」

黃守正

甘盤放下手上的筆，瞇著眼睛望向朝陽，一團圓球正從山邊露出溫紅的小臉。

武丁：「師父，早。昨晚睡得好嗎？這是什麼？」

甘盤：「昭兒，你來了。正好我要找你。這是我昨夜夢中所抄寫的一首詩，我怕忘了，一早趕緊將它記下來。」

一塊灰白色的陶片上，用黑墨寫著一首詩歌。

天命玄鳥，降而生商，宅殷土芒芒。古帝命武湯，正域彼四方。
方命厥後，奄有九有。商之先後，受命不殆，在武丁孫子。
武丁孫子，武王靡不勝。龍旂十乘，大糦是承。
邦畿千里，維民所止，肇域彼四海。四海來假，來假祁祁。
景員維河。殷受命咸宜，百祿是何。

武丁：「師父，這些是字嗎？我怎麼大多看不懂？」

甘盤：「這是千年後的文字，稱為楷書。昨夜我在夢中，翻閱了未來世界的重要紀錄，有一部書稱為《詩經》，其中有三首詩篇與你有關。」

武丁：「與我有關？」

甘盤：「昭兒，你不是經常問我將來你是否能勝任「王」這個位置嗎？很想知道未來可能發生的事嗎？」

武丁：「真的嗎？師父您說這陶片上寫的就是我將來會發生的事嗎？那都寫些什麼呢？我會順利接王位嗎？我能處理好那麼多的事嗎？我看到打仗殺人還是很害怕，我能當王嗎？」

甘盤：「當王？當王不是光靠殺人。昭兒，當王要懂得愛民如子，替人民解決生存問題，讓人民安居樂業。」

武丁：「昭兒記得，師父您經常說要好好對待人民。對了，師父，您說有三首詩篇與我有關，什麼是詩篇呢？」

甘盤：「嗯，詩篇，簡單來說，是運用精鍊富節奏的語言文字來記人、記事、抒情的歌謠。」

武丁：「昭兒不懂，您會教我嗎？」

甘盤：「詩篇在我們這個時代還沒成形，嗯，將來若有機會我再教你。只怕時間不多了，沒辦法教你。」

甘盤用枯瘦的手在陶片的字跡旁輕撫，若有所思。

武丁：「師父，那這陶片上面寫些什麼呢？」

甘盤：「這首詩稱為〈玄鳥〉，全詩一章，共二十二句。這是一首後世祭祀商代祖先殷高宗武丁的頌歌，武丁是你死後的諡號，後來又追諡廟號為高宗。詩中寫出你承受天命治國，將國家治理的很好。」

甘盤用低沉穩健而溫暖的音調緩緩吟詠出〈玄鳥〉的詩句。武丁凝神注目的望著師父，武丁興奮的臉上先是洋溢著純真的稚氣，隨即蹙眉而露出迷惑的眼神。

武丁：「師父，這詩我幾乎都聽不懂，內容寫的是什麼呢？」

甘盤：「這是後世的語言文字，其實我也不是全懂，但大概的意思是說：天命讓玄鳥降至人間，簡狄吞下玄鳥卵而生下商人的祖先契，住在殷商廣大的國土。天帝命有武德的成湯，安頓天下四方，昭告各部落的首領，治理遍九州的土地。商朝的先王承受天命不敢怠慢，裔孫武丁賢能更值得嘉許。武丁能承擔武王成湯的遺業，甚至還勝過武王的功業。十輛大馬車插上龍旗，進獻豐盛的酒食祭祀。近京師之地有千里廣，百姓們都安居樂業，甚至還開拓到海濱，四海邊的小國都來助祭朝拜，來助祭朝拜的人相當多。疆域廣闊三面臨著黃河，殷商理應承受天命，接受眾多的福祿。」

武丁聽得十分專注，臉上喜悅的神情卻夾雜著似信似疑的氣息。

武丁：「師父，昭兒跟了您那麼多年，您說的話總是成真，剛才聽了這詩的內容，我真是高興，知道自己將來能當個『好王』，但昭兒對自己的能力仍有些懷疑，總覺得自己仍有太多不足之處。」

甘盤：「嗯，別擔心。你即位後，如果不知怎麼做，就先默默的看，凡事讓大臣們去處理，什麼事都別說，看個三年，了解整個情勢後，你就知道該怎麼做了。記得在你尚未即位這幾年，你生活在民間，一定要深入觀察人民的所需所苦。即位後如果需要人手幫忙，就請大師兄來幫你吧。」

武丁：「大師兄傅說，咦！師父您不幫昭兒嗎？」

甘盤：「嗯，我的時間有限，我有許多該做的事想去完成。」

武丁：「該做的事？」

甘盤：「對。你看這滿山遍野的牽牛花，再美也只能開一個早晨。我想將時間用在更重要的事上，我希望在我有生之年，能謹遵我師父所告誡的事，如果我繼續關心政事，我的修練不只會停頓，還會退步。我的時間不多了，我不能荒廢我師父對我的教誨。」

武丁：「昭兒不明白，這些年師父您總是能將許多事都處理得很好？您可以一邊幫我，一邊修練，昭兒一定會聽話，不但不打擾您，還能提供您想要的所有東西。昭兒想問師父，您師父當年給您的教誨是什麼呢？」

甘盤緩緩移動盤坐的雙腿，柔軟的身姿順勢改為跪坐。溫和的眼神平視前方，輕輕地闔上雙眼。

武丁靜靜的等待，溫紅的朝陽不知不覺已爬上樹梢，從樹枝錯落間撒下金黃色的光芒，照在甘盤蒼老的臉上。

陽光越來越熱，武丁的呼吸聲也漸漸粗促。甘盤慢慢地吐出一口氣，佈滿皺紋的眼皮下隱約可見眼珠微微的轉動，甘盤睜開眼睛看著跪坐在面前的武丁。

甘盤：「嗯，我不能再留在這裡，我必須好好運用我所剩不多的時間。我也不能告訴你當年我師父對我的教誨，並非不想對你說，而是時間與條件都有限，我無法讓你在短時間內明白那麼多事。這麼說吧，你相信祖先玄鳥的傳說嗎？你認為貞人的占卜是正確的嗎？你相信我說的夢嗎？總歸一句話，你認為「人生重要的事」是什麼呢？凡事要看的清楚，才能做好選擇。光是要看的清楚，也許費盡一生的時間也還難以掌握啊。」

武丁用手揉捏跪坐已久的雙腳，似已麻痺的臀腿，竟跌坐在地上。

武丁：「師父，其實昭兒也很困惑，許多事藏在心裡不知如何解開，許多的隱士、貞人都有不同的法力，但您的主張卻是最與眾不同，就像您堅持不能用血祭，不但不殺人，甚至連牲畜也不能濫殺，這與祖先的祭祀、貞人的占卜經常是背道而馳？」

甘盤：「嗯，很好。要去觀察，要去思考，自己更要好好的修練。記得我曾說的話，你不一定要全部相信，但你要記得凡事『將心比心』，用這個心去面對一切。」

武丁：「嗯，『將心比心』我會提醒自己的。對了，師父，剛才您說的夢，昭兒不敢瞞您，昭兒不明白，這夢是真的？還是假的？」

甘盤：「真的假的？呵呵。我說的夢與貞人說的夢不同，不要管它真的？假的？我說的夢，就只是夢。」

武丁：「師父，昭兒不懂。」

甘盤：「夢，就只是夢。嗯，記得我說的話，經常練習我傳授的口訣。也許有一天你會明白，也許，以後就輪到你來『說夢』了。你先回去吧，我靜坐了一整晚，想休息一下，明天我將其他兩篇詩都寫好，你再來找我。」

武丁輕拍已鬆緩麻木的雙腳，起身向甘盤恭敬行禮後，向山路走去。山路旁佈滿清麗紫艷的牽牛花，武丁順手摘了一朵。突然一陣風吹來，吹亂了武丁額前的頭髮，武丁順手撥整，仰頭時看見幾片淡薄的白雲隱約覆在朝陽上，陽光不那麼刺眼，顯得溫暖而不灼熱。武丁抬起左手掌平攤在嘴前，嘴唇嘟成圓形並輕輕吹氣，將吹出的氣悠長的送向朝陽。這時覆在陽光上的幾片白雲，彷彿逐漸的淡散開來。

作者小傳

黃守正，東海大學中文所博士生，喜好閱讀、音樂、學術、教學。經歷國、高中國文教師、東海大學中文系兼任講師。

〈殷武〉之「武丁吹雲」

黃守正

深秋的庭院裡，一名女子跪坐在石臺上的墊被，雙眼凝視著天空中的明月。皎白的明月旁，幾片雲朵秘密的移動，似乎想偷偷遮住美好的光芒，要展開一場不為人知的行動。

武丁：「小師妹，這麼晚了，你還在賞月嗎？。」

婦好：「昭哥，我在做功課。」

武丁：「啊，是甘盤師父傳授的『讀月』密技吧。只要有月亮的晚上，妳就要獨自望著月亮乾瞪眼。對了，當年師兄弟們求師父教『讀月』，師父卻只傳授大師兄與小師妹你們二人，我求了三次，師父都說我暫時還不合適，有時我都覺得師父偏心。」

婦好：「偏心？你敢說偏心，是你說要先學『吹雲』，行軍打仗就能呼風喚雨，甘盤師父考慮很久，只傳給了你。而且聽說甘盤師父還將『說夢』也傳給你。

你說師父偏心，真是忘恩負義。」

武丁：「哇，開個玩笑，何必給我安上罪名呢？『吹雲』雖有助於行軍打仗，但師父千叮萬囑，告誡我不可隨意呼風喚雨，唉，不能常用，就綁手綁腳的。還不如學會『讀月』，時時可洞察人心變化，看穿他人的心思。」

婦好：「看穿他人的心思，呵呵！那你就不怕我看穿你嗎？」

武丁：「咦，難道妳進步這麼快，竟可以看穿我了？」

婦好：「呵呵！你覺得呢？嗯，別說師父偏心，甘盤師父的十大密技，我們只要學得一兩樣就受用無窮。甘盤師父會觀察徒弟的資質，選擇合適的功夫來教徒弟的。我曾聽甘盤師父說，你建業立功的功利心太強了，『將心比心』的能力尚嫌不足，因此『讀月』密技還學不來。我這幾年學了『讀月』，殷勤地做功課，似乎漸漸能領悟師父的話，也明白師父對你再三叮囑『吹雲』密技雖有小成，但絕不能濫用，否則反是害人禍己。」

武丁：「好啦，說不過妳啦，總之師父對我就是有點不放心。」

武丁走近婦好，彎下腰輕鬆地盤坐在婦好身旁，隨著婦好遙望著黑夜中的月光，在月光的映照下，武丁閃爍著黠慧的眼神。

武丁：「妳功課做完了嗎？月亮旁幾片擾人的烏雲，我可以幫你吹開喔？」

婦好：「謝謝啦，昭哥，今晚的功課已完成。不勞你費心啦。師父不是說不可因一己之私而用『吹雲』，否則往後的害處，將會大於眼前的小利啊。」

武丁：「咦，輕輕吹散兩片雲，沒那麼嚴重吧？」

婦好：「嗯，其實練習『讀月』密技時不一定要朗月獨照，有時祥雲伴隨，有時烏雲籠罩，明月的陰晴盈缺都是『讀月』密技裡必須學習的不同功課。」

武丁：「喔，原來練習『讀月』密技時，不需要朗月獨空，但我覺得將遮擋明月的雲都趕走，豈不更好練習。」

婦好：「嗯，先不說我的功課了。對了，我記得你說師父曾教你『說夢』，『說夢』這功夫不僅神奇奧妙，更是難如登天。『吹雲』能呼風喚雨，『讀月』可照鑑人心，但都比不上『說夢』可以來去古今、穿越三世，要懂得『說夢』更要博通古今，否則只能『夢』卻無法『說』，不但用處不大，有時不能解夢，反受其亂。」

武丁：「哇！妳懂得還真多呢？即位以來，我遵照師父的指示，三年不語，先暗中考察內政軍事。第一次『說夢』，是請大師兄傅說來幫我。我向貞人說我夢到一位形同大師兄傅說的神人，透過貞人解夢後，我派人下鄉去尋訪這個人，於是舉大師兄傅說為相，請他幫我處理朝政。」

婦好：「對，甘盤師父曾說將來你即位後，若得大師兄相助，必定能有利於安邦定國。昭哥，我有一件事不懂，師父真的有傳授你『說夢』嗎？」

武丁：「嗯，你我是夫妻，我不想瞞妳，師父曾說以後就輪到我來『說夢』了，其實我壓根還不懂『說夢』。師父雖傳我口訣，但我學不來。我向貞人說我夢到傳說而舉為相，其實，這件事當初師父就有提醒我了，並非我所夢的。」

婦好：「昭哥，你願意對我真誠，我很感動。其實大師兄曾向我點到此事，大師兄『讀月』的功力勝我數倍，以前就頗得師父讚賞。」

武丁：「啊，在你們面前，我豈不就像是個小孩子，凡事都逃不過你們的眼睛。該不會連剛剛想要遮擋明月的雲，妳都讀得出是我的小把戲吧？」

婦好舉起她的左手，柔綿纖長的指掌輕搭在武丁厚實的手臂上。婦好微微轉頭，含笑不語的望著武丁的面容。在月光映照下，婦好的眼神顯得澄明皎潔。

武丁：「妳真的已讀出我施展的小把戲，想先偷偷移動幾片雲朵將月擋住，再來妳面前問妳是否要吹開雲朵？」

婦好：「昭哥，你現在是王，不是當年的昭兒，你的言行一定要謹慎，雖然我與大師兄都不會與你計較，但你一定要記得師父的叮嚀，『當一個王的影響力是大到難以估計』的啊。」

武丁：「哎呀，我知道，我知道，別總是三言兩語就要說大道理，在這麼好的夜空下，可輕鬆一點吧。對了，提到『說夢』，還記得十年前我偷偷給妳看甘盤師父留給我的〈玄鳥〉陶片嗎？後來我們倆都被罰禁語半年，師父更喝斥我絕不能將陶片給第二個人看。我告訴妳喔，其實，甘盤師父留給我的陶片有三塊。」

婦好：「真的！都是甘盤師父『說夢』時所記錄的未來詩篇嗎？」

武丁：「嗯，除了〈玄鳥〉，另兩塊陶片記錄著〈殷武〉、〈萬世〉這兩首詩。師父說將來有小師妹妳、大師兄與我三人，我們鐵三角就能創造殷商的一番盛事，後人記錄這段盛事稱為『武丁中興』。」

武丁突然舉起左手在空中緩緩地虛畫了個圓圈，唇間隱約念了個口訣，再舉起右手探向虛畫的圓心中取出一個藍色的小布包。武丁將布包放置在盤坐的雙腳前，布包突然變大了四、五倍，布包上的打結自行鬆脫滑向四邊，裡面疊放著三塊陶片。在月光映照下，陶片上的墨跡彷彿逐漸活動起來。

婦好看見布包內的陶片，驚訝地「啊」了一聲，隨即低頭並閉上雙眼。

婦好：「甘盤師父說陶片絕不能給第二個人看，你不該給我看的。」

武丁：「我知道妳不會看，剛才疊在最上層的是妳曾看的〈玄鳥〉陶片，下面兩片就是〈殷武〉與〈萬世〉。嗯，三天後，我們又將出征了，這次的戰役相當兇險，我與妳是夫妻，這雖是甘盤師父留給我的秘密，但我想先告訴妳，讓妳對戰事更有信心。」

婦好：「但我還是不能看，我不想違背甘盤師父的告誡。」

武丁：「我也不想違背他，我只想讓妳對戰事更有信心。哈哈，我想了一個法子，妳不用『看』陶片，不會違背師父。這法子就是我來念，妳聽。」

婦好：「這還是違背甘盤師父，甚至是投機取巧，只會讓師父更生氣。」

武丁：「師父離開這裡十年了，也不知是否尚在人世？他不會生氣的。我這麼做是權變，要能變通，我只想讓我們對戰事更有把握。難道妳不想知道未來發生的事嗎？」

婦好：「甘盤師父離開這裡將近十年了，不知師父現在過得好嗎？我很想念他。以前師父一天兩餐都是我幫他打理的，他總是不吃肉，食物不好準備，不知現在是否有人幫他……」

武丁用左手輕輕挪動第一塊陶片，右手將第二塊陶片抽出疊上在第一塊陶片上。

婦好的話還沒說完，武丁口中就悠悠的吟詠起來。婦好隨即用雙手摀住耳朵，摀了一會兒，又慢慢地將雙手垂放在膝上。

撻彼殷武，奮伐荊楚，采入其阻，裒荊之旅。有截其所，湯孫之緒。

維女荊楚，居國南鄉。昔有成湯，自彼氐羌，莫敢不來享，莫敢不來王，曰商是常。

天命多辟，設都于禹之績。歲事來辟，勿予禍適。稼穡匪解。

天命降監，下民有嚴。不僭不濫，不敢怠遑。命於下國，封建厥福。

商邑翼翼，四方之極。赫赫厥聲，濯濯厥靈。壽考且寧，以保我後生。

陟彼景山，松柏丸丸。是斷是遷，方斲是虔。松桷有梴，旅楹有閑，寢成孔安！

婦好：「昭哥，你唸的聲音，其實我都聽不懂。」

武丁：「我口中吟詠的，我也不懂，我是反覆聽師父的『留聲』，從『留聲』硬背下來的，這些都是未來的語言文字，我們本來就聽不懂。幸好這篇詩歌的內容師父曾告訴我，上面是說：

殷王武丁非常神勇，他興師討伐荊楚。深入敵方險阻，將楚兵全都俘虜。殷王軍隊所到之處都是勝戰，他能建功樹業，不愧為成湯的子孫。

殷王對南方的荊楚喊話，在成湯時期，即使是遠方的氐羌也要來進貢，沒人膽敢不來朝王，都服從尊敬我殷商。

天帝命令諸國君，在大禹治水之地建都。每年按時來朝祭就不加以譴責，告誡諸侯要勤於農事。

天帝命令殷王下察人民，百姓們都恭謹從事。殷王賞罰合宜，不過度也不濫施，人人不敢怠慢度日。君王命令下達諸侯，四方封國有福共享。

殷商都城堂皇富麗，成為天下四方的榜樣。殷王武丁有著赫赫的聲名，他的威靈顯放光芒。希望殷王武丁長壽安康，保佑我們子孫萬代昌盛。

登上那高高的景山巔，滿山的松柏蒼鬱挺拔。將它砍斷搬運再削枝刨皮，長長的松木製成方椽，楹柱排列粗壯圓整，寢廟落成後，神靈百姓共享安康。

武丁神采飛揚的解說著詩篇的內容，婦好張開緊閉的雙眼，抬頭望向夜空，一大片的厚雲竟如軍隊行進般迅速將明月覆蓋。

武丁：「師父說這首詩〈殷武〉是後世祭祀歌頌我的詩歌，寫出殷高宗寢廟落成舉行的祭典，頌揚我繼承成湯的事業，征伐荊楚、降伏諸侯、修築宮室的詩歌。全詩六章，共三十七句。哈！哈！真是太好了。哈！真是威風，尤其是「遠方的氐羌要來進貢，沒人膽敢不來朝王，都要尊從我殷商」，我記得那時我還特別向師父問這幾句的原文，就是『莫敢不來享，莫敢不來王，曰商是常』。哈！哈！我們一定能建立超越成湯的功業的。」

武丁說得興高采烈，夜色卻越來越暗，暗黑中彷彿只看見婦好微弱的目光。武丁抬頭望向夜空，月輪已隱沒在雲層中，武丁深深吸一口氣，圈起雙唇朝雲層吹去，雲層逐漸浮散而稍露月光，卻又隨即凝聚。武丁反覆吹了三次，雲層反而越來越密，夜色越來越黑。

武丁：「今天的雲，還真難操控。」

婦好：「甘盤師父的告誡必有深意，『吹雲』密技絕不可因一己之私隨意妄用。你這樣做，甘盤師父會很失望的。你剛說師父偏心，其實師父對你寄予重望，他還教你『探囊』、『留聲』，你今天卻輕易的就顯露出來，師父常說密技的使用時機，必定是在利益大眾時才能施展的。」

武丁：「這些我都知道，但出征在即，我只想讓妳放心，讓我們對戰事更有把握。哈，況且我也不只是因一己之私吧，我是王，我是為殷商的子民啊，殷商的子民不也是大眾嗎？」

婦好：「好吧，我不與你爭辯。總之你要謹記師父的告誡，凡事『將心比心』，要將戰事的傷害降到最低，一定廢除血祭。上次戰役，你擅用『吹雲』密技征服鬼方，造成雙方死傷慘重，這種事一定要避免。」

武丁：「哈，打仗一定有傷亡，況且『吹雲』密技此時不用，要待何時呢？」

婦好：「師父總說密技是用來助人的，若造成那麼多的傷亡，表面或許贏了，其實反是輸了。師父常提醒所有戰事必出於不得已，一定要設法將傷害減到最輕。記得有次與土方對戰，我勸你別在戰鼓皮塗上人血，你不答允，怕士兵們沒有士氣，後來我偷偷將戰鼓塗上桑椹汁，親自擂下第一聲戰鼓，士兵們英勇向前，這不僅是贏得最漂亮的一次，也是死傷最少的一次。」

武丁：「好啦，好啦，你說話的方式越來越像師父了。夜越來越深了，我們趕緊再來看第三篇〈萬世〉。」

婦好：「我不想再聽，我不想讓你違背師父的告誡。」

武丁左手輕抬上面兩塊陶片，用右手抽出最下層的陶片，放置在最上層。突然武丁大叫一聲，用雙手扶住上層陶片，兩腳立即站起，雙手搖晃著陶片，移動著陶片與光線照明的角度，似乎在尋找什麼？

武丁：「啊，不見了，不見了，怎麼會不見呢？」

婦好：「怎麼了？什麼不見了？」

武丁：「師父寫在陶片上的〈萬世〉詩，記載著殷商王朝的萬世昌隆，不見了。不見了？怎麼會不見了呢？」

婦好：「不要急，回想一下，師父當時曾說了什麼？」

武丁：「沒有，沒有啊！」

婦好：「昭哥，先靜靜心，想想師父『說夢』時曾告誡那些事？」

武丁：「沒有啊！就只說陶片不能給第二人看到。」

武丁困惑的神情呆滯的對著手中的陶片，久久說不出話來。

婦好雙手按揉跪坐已久的雙腿，緩緩的站起身來。微微轉身面對著武丁，婦好清柔通澈的目光望向武丁懊惱的雙眼，彷若幽暗的密室燃起燭光，室內景物洞然可辨。

婦好：「昭哥，不要瞞我。」

武丁：「好吧，師父曾再三叮囑，要學『說夢』必須謹記兩件事：

一、『說夢』的夢，只是夢。若非必要，若不知解，都不可隨意告知他人。夢，只是夢，不須分辨真假。

二、凡事『將心比心』，小從個人起心動念、平日處事，大至征戰、統軍、治國，凡事若利廣大於弊，或弊濫多於利，都會改變『說夢』未來的結果。」

夜空中的層雲越佈越廣，竟下起雨來了。雨滴落在武丁與婦好身上，滴答滴答的打在陶片上。婦好昂首看見滿天濃重的烏雲，但在烏雲背後卻尚透著絲絲的柔弱月光，婦好憂心的臉龐漸浮現出笑容，她伸出雙手握住武丁的手。

婦好：「昭哥，雨越下越大了，趕緊將陶片收好，我們進屋吧。下雨也好，好久沒下雨了。下雨好，雨過雲就散了，也許月亮又出來了。」

作者小傳

黃守正，東海大學中文所博士生，喜好閱讀、音樂、學術、教學。經歷國、高中國文教師、東海大學中文系兼任講師。

文化生活叢書・藝文采風 1306025

詩經故事

主　　編　呂珍玉
作　　者　呂珍玉、林增文、
　　　　　黃守正、施盈佑、
　　　　　趙詠寬等著
責任編輯　楊芳綾

發 行 人　林慶彰
總 經 理　梁錦興
總 編 輯　張晏瑞
編 輯 所　萬卷樓圖書(股)公司
臺北市羅斯福路二段 41 號 6 樓之 3
電話 (02)23216565
傳真 (02)23218698

發　　行　萬卷樓圖書(股)公司
臺北市羅斯福路二段 41 號 6 樓之 3
電話 (02)23216565
傳真 (02)23218698
電郵 SERVICE@WANJUAN.COM.TW
香港經銷
香港聯合書刊物流有限公司
電話 (852)21502100
傳真 (852)23560735

ISBN 978-986-478-229-1
2021 年 1 月初版二刷
2018 年 11 月初版一刷
定價：新臺幣 540 元

如何購買本書：
1. 劃撥購書，請透過以下帳號
帳號：15624015
戶名：萬卷樓圖書股份有限公司
2. 轉帳購書，請透過以下帳戶
合作金庫銀行 古亭分行
戶名：萬卷樓圖書股份有限公司
帳號：0877717092596
3. 網路購書，請透過萬卷樓網站
網址 WWW.WANJUAN.COM.TW
大量購書，請直接聯繫，將有專人為您服務。(02)23216565 分機 610

如有缺頁、破損或裝訂錯誤，請寄回更換

國家圖書館出版品預行編目資料

詩經故事 / 呂珍玉主編.
-- 初版. -- 臺北市 : 萬卷樓, 2018.11
面； 公分. --
(文化生活叢書. 藝文采風 ; 1306025)
ISBN 978-986-478-229-1(平裝)
1.詩經 2.通俗作品

831.1　　107019568